Das Buch

Shella ist der auf Tatsachen beruhende Roman eines jungen Mannes namens Ghost, der als scheinbar emotionsloser Killer auf Bestellung tötet. In einer Bar lernt er die gleichaltrige Stripperin Shella kennen. Beide sind sie Outlaws und seelisch zutiefst deformiert auf Grund traumatischer Erfahrungen in ihrer Kindheit, an die sich Ghost und Shella nur noch schemenhaft erinnern. Aber Ghost ist gleichwohl nicht nur eine emotionslose Killermaschine: Als Shella von einem sadistischen Freier attackiert wird, rettet er ihr das Leben. Doch dann ist Shella verschwunden, und für Ghost beginnt eine Odyssee durch die Abgründe der amerikanischen Unterwelt und der skrupellosen Neonazi-Szene. Ghost ist ein Soziopath in einer aus den Fugen geratenen Gesellschaft, ein amoralisches »Monster« – und zugleich ein verstörter junger Mann auf der Suche nach dem einzigen Menschen, der ihm jemals etwas bedeutet hat . . .

Der Autor

Andrew Vachss, 1944 in New York geboren, studierte Jura, leitete eine Anstalt für schwerkriminelle Jugendliche und hat sich in den letzten Jahren als Anwalt wie als erfolgreicher Buchautor einen Namen gemacht. Sein Lebensthema, für das er vor Gericht und als schonungslos realistischer Romancier streitet, ist der Kampf gegen sexuellen Kindesmißbrauch und dessen gesellschaftliche Folgen. Seine Romane um den Privatdetektiv Burke (*Kata,* 1985; *Strega,* 1987; *Blue Belle,* 1988; *Hard Candy,* 1989; *Blossom,* 1990; *Kult,* 1991), der sich wie Vachss selbst dem Kampf gegen Triebtäter und »Pädophile« verschrieben hat, sorgten in den USA und in Europa für großes Aufsehen.

ANDREW VACHSS

SHELLA

Roman

Aus dem Amerikanischen
von Georg Schmidt

WILHELM HEYNE VERLAG
MÜNCHEN

HEYNE ALLGEMEINE REIHE
Nr. 01/9742

Titel der Originalausgabe
SHELLA

Umwelthinweis:
Dieses Buch wurde auf
chlor- und säurefreiem Papier gedruckt.

Wilhelm Heyne Verlag GmbH & Co. KG, München
Printed in Germany 1996
Umschlagillustration: Uli Gleis, Tübingen
Umschlaggestaltung: Atelier Ingrid Schütz, München
Gesamtherstellung: Ebner Ulm

ISBN 3-453-09265-1

Für

Doc Pomus
und
Iceberg Slim

Wahrheit, die auf uns
scheint

GHOST

Als ich das erstemal jemand umbrachte, hatte ich Schiß. Nicht Schiß vor der Tat – ich tat es, weil ich Schiß hatte.

Shella hat gesagt, bei ihr war's genauso, als sie zum erstenmal mit jemand gefickt hat.

Ich war fünfzehn bei diesem ersten Mal. Shella war neun.

♦

Wir sind uns in Seattle über den Weg gelaufen. Ich war in einer Stripbar, suchte einen Typ. Sie tanzte dort, zog zur Musik ihre Klamotten aus und machte mitten auf dem Laufsteg mit was rum, das aussah wie eine Feuerwehraxt.

Nach ihrer Nummer kam sie nach hinten an meinen Tisch, bloß ein durchsichtiges Hemd über ihrem G-String. Ich dachte, sie würde zwischen den Sets als Animiermädchen arbeiten, doch das stimmte nicht. Wie blinde Hunde hörten wir denselben leisen Pfiff. Erkannten uns im Dunkeln.

♦

Danach sind wir zusammen auf Fledder gegangen, durch die Szene getingelt. Ich bin nicht besonders groß – Shella ist so groß wie ich, mit Absätzen größer. Sie trainiert regelmäßig, ein echt starkes Mädchen. Ich geh nicht stemmen – ich rede bloß mit den Mackern, stoß ihnen Bescheid. Die meisten kapieren's dann – sie rücken das Geld raus und hauen ab. Ein Typ in L.A. hat nicht zugehört. Ein großer Typ, Bodybuilder. Spannte den Bizeps an, ging auf mich los. Ich stoppte sein Herz, ließ ihn liegen.

♦

Wir waren ständig auf Achse. Denver, Houston, New Orleans. In Tampa brachte Shella eines Nachts nach der Arbeit einen Macker mit ins Motelzimmer gleich am Strip. Ich saß hinter der Verbindungstür, wartete auf ihr Zeichen. Nichts. Konnte nicht mal ihre Stimme hören. Als ich leise reinging, war das Zimmer dunkel. Shella lag bäuchlings auf dem vergammelten Bett, alle viere abgespreizt und mit Drahtkleiderbügeln gefesselt, einen Knebel im Mund. Ihr Rücken war voller Blut.

Er sah mich nicht kommen. In seiner Jacke fand ich sein Werkzeug – ein Paar schwarze Handschuhe, ein Stück weißer Stoff und eine kleine Flasche mit Glasstöpsel. Er hatte auch eine Plastikdose mit Vaseline. Die schmierte ich auf Shellas Rücken, damit ihre Bluse nicht anpappte. Sagte, sie solle abhauen, das Auto nehmen, ich würde mich später mit ihr treffen, wenn ich mit dem Zimmerwischen fertig war.

Als die Cops ein paar Minuten später die Tür eintraten, war ich noch da.

Sie legten auf mich an, Pistolen und Schrotflinten. Drei im Zimmer, draußen wahrscheinlich Verstärkung. Ich wurde friedlich. Sie sind hinter dem Freak hergewesen – er hatte letzten Monat drei Frauen erledigt. Dasselbe Muster. Ich erzählte ihnen meine Geschichte. Ein Rumtreiber, zufällig in der Nähe. Ich hörte den Lärm, ging rein – er beackerte ein Mädchen. Wir kämpften, sie lief weg. Er starb.

Die Cops machten ihre Tests. Blutproben, DNA. Ich war nicht der Typ, der die andern Mädchen erledigt hatte – der tote Typ war's. Einer von den Kripoleuten sagte, man sollte mir einen Orden geben. Er war nicht blöde – fragte immer wieder, ob ich vielleicht das Mädchen kannte, das abgezischt war. Diejenige, deren Blut überall auf dem Bett war. Wollte wissen, wer in dem Zimmer nebenan gewesen sein könnte.

Shella hatte das Auto, das ganze Geld, alles. Ich war bedürftig, sagten sie, deshalb besorgten sie mir einen Anwalt. Der war nicht besonders – sagte, mir wär bloß zu helfen, wenn sie das Mädchen auftreiben könnten, das im Zimmer gewesen war. Ich sagte ihm dasselbe wie den Cops.

♦

Als wir schließlich vor Gericht landeten, schaute ich gradeaus, für den Fall, daß Shella so doof war und aufkreuzte. Keiner sagte groß was zu mir – die Anwälte redeten alle miteinander, vorn, wo der Richter war. Dieser Anwalt, den sie mir besorgt hatten, der kam zurück, sagte, in Florida hätten sie die Todesstrafe, ich könnte auf Totschlag plädieren, wie sich das anhören würde?

Ich wollte wissen, wieviel Zeit ich abreißen müßte – mir war wurscht, wie sie's nannten.

Nach einer Weile sagte ich das, was der Anwalt wollte, und fuhr ein.

Ich riß die Zeit ab. Eine ruhige Zeit, nach der ersten Woche. Irgendein Wolf dachte, ich wäre ein Schaf. Ich hätte ihn schnell töten können, aber dann wäre bloß der nächste gekommen. Ich kenne das. Ich sagte, ich würde tun, was er wollte. Er sagte, wir sollten uns im Duschraum treffen.

Er war schon da, wartete. Ich drehte ihm den Rücken zu, ließ mein Handtuch fallen, bückte mich vornüber. Ich spürte seine Hände an meiner Hüfte, und es lief wie immer. Ich hieb ihm den Ellbogen in die Kehle – zermalmte seinen Adamsapfel. Er ging zu Boden, hielt sich die Kehle, versuchte zu schrein. Ich kriegte sein Gesicht zu fassen. Ich konnte sämtliche Knochen an seinem Schädel spüren – wie sie langsam nachgaben. Der Boden des Duschraums war gekachelt. Das Wasser kam auf uns runter. Blut lief ihm aus dem Hinterkopf.

Ich konnte spüren, daß die anderen Knackis reinkamen, zusahen. Keiner machte irgendwas. Es war ein wilder, verrückter Laden, dieses Gefängnis – sie wollten sehen, wie ich ihn umbrachte. Ich setzte ihm den Daumen ans Auge. Stieß ihn rein, bis ich spürte, wie alles naß und klebrig wurde.

Die Wachen zogen mich weg. Ich steckte mir den Daumen in den Mund, lutschte dran, während ich an der Wand stand. Ich wußte, was sie glaubten. Daß ich den Geschmack mochte.

Der Wolf starb nicht – sie verlegten ihn irgend woanders hin.

♦

Ich kriegte dreißig Tage Einzelhaft. Als sie den Bunker aufmachten, hielt ich eine Weile die

Augen offen. Wollte sehen, ob der Wolf Freunde hatte. Keiner kam.

Ich war ein guter Häftling. Nach dem, was ich mit dem Wolf gemacht hatte, konnte ich da drin keinen mehr täuschen, aber sie hielten Abstand. Mehr will ich gar nicht.

Die Arbeit war nicht schwer. Ich redete mit niemand. Hatte kein Geld auf der Kante, also hörte ich auf zu rauchen.

Sie kamen zu meiner Zelle, sagten mir, wie ich Zigaretten kriegen könnte, alles kriegen könnte, was ich wollte. Ich schaute sie an, bis sie's kapiert hatten.

Ich kriegte nie Besuch, kriegte nie einen Brief.

In meiner Zelle machte ich meine Übungen. Nicht wie die Gewichtheber, bloß Dehnen und Atmen. Innerlich runterfahren, bis ich meinen Herzschlag zählen konnte.

An einem Montag ließen sie mich raus.

In drei Jahren kann man weit weg verschwinden. Mit Leuten am Telefon reden bring ich nicht. Ich meldete mich beim Bewährungshelfer, kriegte einen Job in der Produktion.

Sowie ich meinen Lohn hatte, ging ich zurück zu der Bar, wo Shella getanzt hatte, als es passiert war. Saß sämtliche Schichten ab, kam ein paarmal zurück. Sie war nicht da.

Ich klapperte den Strip ab, checkte jeden Laufsteg in Tampa. Shella tanzte nicht mehr dort. Eines Nachts bot mir in einer der Bars ein Mann einen Job an. Ich weiß nicht, wie er drauf kam.

Als er mich löhnte, kaufte ich mir ein Auto. Suchte weiter. Konnte sie nicht finden.

Ich erledigte noch ein paar Jobs für den Mann,

sparte das Geld. Als ich was zusammen hatte, fuhr ich nach Norden, nach Atlanta.

♦

Ich habe kein Bild von Shella. Bloß in meinem Kopf. Ein großes Mädchen, weißblonde Haare, graue Augen. Ein paar Sachen konnte sie nicht verändern. Das Schönheitsmal auf ihrer linken Backe, gleich neben den Lippen. Ich habe es dorthin gemacht. Sie wollte eins, hat mich drum gebeten. Ich hab' etwas Xylokain auf die Stelle gerieben, sie mit Eiswürfeln betäubt. In einer Streichholzflamme eine Spritzennadel ausgeglüht, von innen mit zwei Fingern ihre Backe gehalten, die Nadel in schwarze Chinatusche getunkt, ihr einen perfekten kleinen Punkt gestanzt – meine Hände sind echt ruhig. Shella sagte, sie hat überhaupt nichts gespürt, aber als ich es gemacht habe, konnte ich in ihren Augen kleine Dinger zucken sehn.

Und ihren Namen. Sie hat ihn sich selbst gegeben. Sie ist weggelaufen, hat sie gesagt. Als sie noch ein Kind war. Ein Sozialarbeiter in einem der Heime sagte, sie müßte raus aus ihrer Schale. Damit die ihr helfen könnten. Eine Schale, genau das brauchte sie. Also hat sie's andersrum gemacht und sich so genannt. Sie sagte, der Name wär das einzige, was wirklich ihr gehört.

Aber sie benutzte ihn nicht mit Leuten – er wär ein Geheimnis, hat sie gesagt. Als ich sie traf, war ihr Name Candy. Ein Stripteasetänzerinnenname.

♦

Im Knast dachte ich ständig an Shella, aber jetzt dachte ich heftig an sie. An Zeug, das sie mir erzählt hat, Zeichen auf dem Weg.

♦

Atlanta hat einen Strip, wie alle Städte. Shella würde irgendwo tanzen. Auf den Strich würde sie nicht gehn, keinen Loddel haben. Ich hab' sie mal gefragt, ob sie je einen gehabt hat. Ihren Vater, sagte sie.

Ich war eine Woche in Atlanta. Kaufte mir Zeug, das ich brauchte, während ich mich umschaute. Ich würde sie nie finden, so, wie ich vorging. Mir fiel ein Typ in New York ein. Vor Jahren hatte ich Arbeit für ihn erledigt. Vielleicht hatte der was für mich, für die Art, wie ich's mache – von ganz nah. Ich benutze keine Knarren oder Bomben oder so. Ich könnte wieder zu ihm gehen, vielleicht ins Geschäft kommen.

Bevor ich abhaute, kriegte ich von einem Typ, der mich zu einem andern Typ schickte, einen Satz Papiere. Führerschein, Sozialversicherungskarte und so. Der Typ fragte, ob ich einen Paß wollte, kostet einen Riesen extra. Nein, sagte ich.

Ich kaufte mir ein besseres Auto, einen hübschen Chevy, zwei Jahre alt. Ich zahlte bar, stieg ein und fuhr los. Ich wohne jetzt meistens drin, hab' meine Klamotten und Sachen im Kofferraum.

♦

In Baltimore kam eine der Tänzerinnen nach ihrer Schicht und setzte sich an meinen Tisch, Drinks rausleiern. Sagte, sie dürfte sich nicht mit den Gästen verabreden, sie würde gefeuert, wenn's ihr Boß rausfindet. Aber sie würde es riskieren, sagte sie, zupfte sich mit ihren roten Fingernägeln am Nippel, leckte sich die Lippen. Weil sie mich so toll fand.

Wir gingen in ihre Wohnung. Es war die Fledder, wie ich erwartet hatte. Sie war auf den Knien, als der Hammer reinkam. Großer Typ, sagte, sie wäre seine Frau. Wollte mir weh tun, weil ich in seinem Revier rummachte. Ich sagte, ich hätte Schiß, nahm meine Hose vom Bett, hielt sie ihm hin, damit er an meine Brieftasche rankam. Er achtete auf meine Augen, meine Hände sah er überhaupt nicht. Das Mädchen versuchte nicht, ihm zu helfen, gab keinen Laut von sich.

So war Shella nicht. Ich hatte mal Ärger mit 'nem Macker. In Phoenix war das. Mein erster Schlag erwischte ihn seitlich am Hals – ich hörte es knacken, aber er ging nicht zu Boden. Zog ein Rasiermesser aus der Hemdtasche. Ich wich zurück, wollte Platz gewinnen und wieder ran, als Shella, einen Eispfriem in der Hand, ihn von hinten erwischte. Sie stach so oft auf ihn ein, daß ich sie wegreißen mußte.

Der Hammer hatte fast drei Riesen in der Tasche, ein halbes Dutzend verschiedene Kreditkarten, eine kleine Knarre mit Perlmuttgriff. Das Mädchen redete schnell, sagte, er hätte sie gezwungen, sie hätte Angst vor ihm. Zeigte mir eine kleine runde Narbe innen an ihrem Schenkel. Zigarette, sagte sie, ein Geschenk von dem Kerl. Damit sie sich's merkte.

Er war nicht tot. Ich konnte an seinem Hals den Puls spüren. Ich sagte dem Mädchen, ich müßte sie fesseln, Zeit zum Abhaun haben. Sie sagte, sie will mitkommen. Ich dachte mir, sie wär bloß schissig, blöde vor Schiß – wenn ich sie da rausholte, konnte ich sie viel einfacher erledigen. Sie lebte mit dem Hammer zusammen . . . sollen die Cops doch denken, sie hat ihn erledigt, ist abgezischt. Ich sagte ihr, sie könnte einen Koffer mitnehmen.

♦

Auf dem Highway wollte sie ein paarmal anhalten, aufs Klo gehn. Ich fuhr an den Straßenrand, ging mit ihr ins Gebüsch. Sie versuchte nicht, auszureißen.

Ich entdeckte ein Hotel gleich beim Pennsylvania Turnpike, fuhr im Kreis, hielt vor einem Supermarkt, kaufte genug zu essen ein für ein paar Tage, ging zurück und checkte uns ein.

Sie sagte, ihr Name wäre Misty. Ein kleines, dralles Mädchen, stämmige Schenkel, die Brüste zu groß für ihren Körper. Implantate, sagte sie – der Hammer hätte das gewollt.

Ich sagte ihr, ich müßte sie fesseln. Damit ich zum Schlafen käme, mir keine Gedanken machen muß, daß sie was anstellt. Sie ruckelte auf dem Bett rum, lächelte mich an, sagte, ein kleines Mädchen wie sie könnte mir nichts tun. Genau das hätte der Hammer von mir gedacht, sagte ich, und sie hielt die Hände für den Strick hin.

♦

Frühmorgens weckte sie mich. Sanft, rieb sich bloß an mir. Fragte, ob ich nicht zu Ende bringen wollte, was wir grade angefangen hatten, bevor ihr Typ ins Zimmer kam. Ich dachte an das, was Shella mir mal gesagt hat: wie schlimm es wäre, die Gefühle von jemand zu verletzen, bloß so zum Spaß. Daß es schlimmer wäre als Dresche, man fühlt sich wie der letzte Dreck. Also sagte ich kein Wort zu Misty. Band sie nicht mal los. Sie tat so, wie wenn es ihr Spaß machte, gab kleine kehlige Laute von sich, schlief gleich danach ein.

Ich wußte nicht, was ich machen sollte. Ich mußte Shella finden.

♦

Bei Tageslicht wirkte sie älter. Ich band sie los, damit sie aufs Klo konnte . . . da drin war kein Fenster, nichts, was sie anstellen konnte.

Sie kam in zwei Handtücher gewickelt raus, die Haare total naß. Setzte sich neben mich aufs Bett.

»Was hast du mit mir vor?« fragte sie.

»Weiß ich nicht.«

»Hast du Angst, ich geh wieder anschaffen, wenn du mich laufenläßt?«

»Dein Typ ist nicht tot. Der geht nicht zu den Cops. Geh zurück, erzähl ihm die richtige Story, und er dankt dir, daß du ihm das Leben gerettet hast.«

»Du kennst den nicht. Der tut mir gern weh. Der braucht keinen Grund.«

»Also?«

»Also kann ich nicht zurück.«

»In Ordnung. Du bleibst ein paar Tage bei mir. Hast du Freunde in Baltimore? Ruf sie an, finde raus, ob irgendwas läuft.«

»Bloß ein paar Mädchen. Die könnten was wissen, vielleicht. Aber die lassen mich im Stich, sowie's um Geld geht. Sind sowieso meist Junkies, werden ständig hopsgenommen. Denen kann ich nicht traun.«

»Hast du Geld?«

»Ja. In meinem Koffer. Soll ich dir's holen?«

»Nein. Reicht es, damit du irgendwo hinkannst, von vorne anfangen?«

»Ja.«

»Okay. So machen wir's, ein paar Tage.«

◆

Misty konnte nicht fahren, sagte, sie hätte es nie gelernt. Shella war eine gute Fahrerin, aber irgendwie wild – ich mußte sie ständig im Auge behalten, vor allem auf dem Highway. Bis hinter Philadelphia saß ich die ganze Zeit am Steuer, fand bei Trenton ein anderes Motel.

Diese Nacht fesselte ich sie nicht. Im Knast lernt man, leicht zu schlafen, auch bei verschlossener Tür. Ein Typ, der hat mal diese Erpresserbande verkauft, kam unter Verschluß, dachte, da wär er sicher. Die haben eine Plastikflasche mit Benzin gefüllt, es durch das Gitter gespritzt, ein Streichholz reinfallen lassen. Die Wachen konnten nicht ran, um die Zelle aufzumachen. Bis die endlich einen Schlauch den Gang runter hatten, war er hin. Den Geruch kriegten sie nie mehr raus.

Misty schlief noch, als ich am Morgen aufwachte.

Ich fragte sie noch mal, ob sie genug Geld hätte. Ließ es mir zeigen. Sie hatte ein paar tausend. Notgroschen. Shella hat das nie mit mir gemacht. Ich sagte Misty, ich würde sie an der Bushaltestelle absetzen, oder sie könnte bis Newark mitkommen, dort den Flieger nehmen.

Sie sagte, sie könnte nirgendwo hin, wollte wissen, wo ich hinfahre. Chicago, sagte ich.

Sie sagte, dort wollte sie's schon immer mal probieren, sagte, sie hat gehört, da gäb's gut was zu holen.

Ich sagte ihr, daß ich allein fahre. Sie fragte mich, ob ich eine Freundin hätte.

Ich ließ sie im Badezimmer bleiben, während ich duschte. Ich konnte sie durch den dünnen Plastikvorhang sehen. Sie zog ihre Klamotten aus, und als ich rauskam, schliefen wir miteinander.

◆

Auf der Fahrt nach Newark war Misty still. Ich dachte drüber nach. Ich seh nicht besonders aus – selbst wenn sie mich beschrieb, würde das den Cops nichts nützen. Aber das Auto, das Nummernschild . . .

Ich bin kein guter Dieb, weiß nicht mal, wie man ein Auto kurzschließt. Wir mußten mal ein Auto auftreiben, auf die Schnelle, ich und Shella. Sie knackte es, kriegte es an. Sie fand's komisch, daß ich nicht wußte, wie das geht.

Misty schaute mich an, als wüßte sie, was ich dachte. »Du tust Mädchen nicht gern weh, oder?«

»Ich tu niemand gern weh.«

»Das mein ich nicht. Ich meine . . . ihnen *gern* weh tun. Aus Spaß.«

»Das ist kein Spaß.«

»Maurice hat mir gern weh getan.«

»Geh nicht zurück.«

»Mach ich nicht. Ich bin gut, weißt du. Echt gut.

Jeder sagt das. Ich seh besser aus, wenn ich feingemacht bin. Ich könnte mit dir mitgehen.«

»Warum?«

»Um *bei* dir zu sein, okay? Ich kann Geld ranschaffen. Tanzen, alles, was du willst.«

»Ich will gar nichts.«

Da fing sie an zu weinen. Leise, vor sich hin, zog keine Schau ab. Das erinnerte mich an irgendwas, mir fiel nur nicht ein, was.

◆

Von Jersey aus fuhr ich durch den langen Tunnel. Er spuckte uns am Times Square aus, lange Straßenzüge, gesäumt von Nutten. Sie sahen benutzt aus.

Da war ein Hotel, gleich neben dem Highway. Ich stellte das Auto auf den Parkplatz, checkte uns für eine Woche ein.

Das Auspacken dauerte nicht lange. Misty hüpfte rum, ihr gefiel das Zimmer wirklich. Ging ganz lang unter die Dusche. Als sie rauskam, lag ich auf dem Bett, erfühlte das Zimmer.

»Wieso läßt du's hier drin so dunkel, Schätzchen?«

»Ich hab' mich ausgeruht«, sagte ich ihr. Ich bin immer in mir, wenn ich nicht arbeite, aber das konnte ich ihr nicht erklären.

Sie krabbelte aufs Bett, kuschelte sich zwischen meine Beine. »Kann ich mir morgen ein paar Klamotten kaufen, Daddy? Ich hab' fast mein ganzes Zeug in Baltimore gelassen.«

»Ich bin nicht dein Daddy.«

»Doch, das bist du. Mein süßer Daddy. Du wirst dich doch um Misty kümmern, oder?«

Ich bewegte die Muskeln auf meinem Rücken, setzte mich auf. »Ich bin niemand sein Daddy«, sagte ich. Nett und ruhig. »Wenn du dir Klamotten kaufen willst, du hast Geld. Ich sorge nicht für dich.«

»Ich weiß, daß ich Geld habe, Baby. Ich hab's dir gezeigt, weißt du noch? Ich wollte bloß ... irgendwie um Erlaubnis fragen.«

»Es ist dein's, du gibst es aus, wie's dir paßt, verstanden?«

»Entschuldige.«

»Da gibt's nichts zu entschuldigen«, sagte ich und ließ sie tun, was mich ihrer Meinung nach glücklich machte.

♦

Sie blieb die ganze Nacht mit mir wach, machte Sachen. Ich hörte zu, wenn sie redete, während ich meinen Körper auf eine neue innere Uhr einpegelte. Da, wo ich mich umschaun mußte, konnte ich nur nachts hin.

Schließlich schliefen wir ein. Als ich die Augen aufmachte, war es nach ein Uhr. Misty schlief neben mir auf dem Bauch, meinen Gürtel um die Handgelenke und den Bettpfosten gewickelt.

»Was soll das?« fragte ich, zerrte an dem Gürtel.

»Ich wollte dich nicht aufwecken, Baby. Deshalb hab' ich mich selber gefesselt. Ich weiß, es ist blöde ... ich meine, ich konnte raus und alles ... aber ich hab' gedacht, du hast 'n besseres Gefühl, wenn du aufstehst und mich so siehst.«

»Schon okay«, sagte ich ihr. »Du brauchst das nicht mehr zu machen.«

Sie lächelte. Ein breites Lächeln, als hätte ich ihr grad irgendwas geschenkt.

♦

Wieder ging sie lange unter die Dusche. Zog schwarze Strümpfe mit einer Naht hinten an, hohe Stöckelschuhe. Drehte sich ein paarmal vor dem Spiegel um.

»Findest du, meine Beine sehen darin länger aus?«

»Klar«, sagte ich ihr. Sie zwängte sich in einen Halbschalen-BH, zog ein kleines schwarzes Jerseykleid an. Ich sah ihr vom Bett aus zu.

Sie nahm den Zimmerschlüssel, ging raus. Kam nach einer halben Stunde oder so zurück, hatte eine kleine Papiertüte mit Zigaretten und Kosmetikzeug, ein paar Zeitungen. Ich las eine der Zeitungen, während sie rumtelefonierte. Ich machte die Augen zu, hörte dem Gurren ihrer Stimme am Telefon zu. Als sie auflegte, steckte sie irgendwelches Zeug in ein kleines Täschchen, tupfte sich schweres Parfüm zwischen die Brüste.

»Ich hab' um vier eine Vorstellung – weiß nicht, wann ich zurück bin, kann sein, daß ich heut nacht arbeite . . . okay?«

»Okay. Laß mir den Schlüssel da. Sag dem Portier, du brauchst noch einen für dich, steck ihm zehn Mäuse zu. Sollte in Ordnung gehn.«

Sie schmiß sich vor mir in Pose. »Seh ich sexy aus?«

»Klar«, sagte ich.

♦

Diese Nacht fing ich an, mich umzuschaun. Nicht nach Shella, nach dem Mann, der mir helfen könnte, sie zu finden. Umsonst würde er nichts machen, dieser Mann. So was erwarte ich nie – etwas umsonst, das ist ein Hurenversprechen.

Am Times Square läuft nicht viel mit Straßensex. Anquatscher, um einen reinzukriegen. Kinos, Bücher, Hefte, Videos. Die Läden, wo's echtes Fleisch gibt, erkennt man sofort. Live Girls steht auf massenhaft Schildern. Als gäb's in anderen Läden tote Girls.

Die Mädels in den Live-Läden sind auf der Bühne oder hinter Glas. Man steckt einen Jeton in den Schlitz, das Fenster geht auf, das Mädchen fuhrwerkt rum, zeigt sich her, sagt Sachen. Ist deine Zeit abgelaufen, schließt sich das Fenster, und du steckst den nächsten Jeton rein, damit's wieder aufgeht. Wenn einer der Zuschauer fertig ist, schicken sie einen Mann in sein Kabuff, spritzen die Kiste aus, versprühen grünlich riechendes Zeug.

In manchen Läden kommen die Mädels in dein Kabuff, Massagesalons, Modellstudios, Dessous-Shows . . . lauter verschiedene Namen für dieselbe Sache. Sie lassen dich gucken, willst du anfassen, wird's teurer. Je mehr du von den Mädchen willst, desto mehr kostet es.

Ex und hopp hat Shella diese Läden immer genannt.

Ich ging an allen vorbei, ohne dort nach ihr zu suchen. Shella würde in keinem von diesen Läden sein.

Auf der Straße auch kleine Jägertrupps, die sich nach jemand Schwächerem zum Niedermachen umschauten. Zuschlagen und abgreifen. Polizeiautos umkreisten die Häuserblocks, blau und weiß. Dicht vorbei an Typen, die Drogen verkauften, »Rauch?« sagten, wenn man vorbeiging.

In den Fenstern große Radios, wie sie die Kids auf den Schultern rumschleppen. Kleine Fernseher, die man in der Tasche tragen kann. Uhren, Elektronik. Alle möglichen Messer, Kameras. Auch Sexzeug: Vibratoren, falsche Fotzen aus Pelz, Handschellen, Ledermasken mit Reißverschluß für den Mund, Dildos.

♦

Ich ging im Zickzack durch die Straßen, bis ich den Laden fand, wo ich mich früher immer mit dem Mann getroffen habe. Der Club hatte einen anderen Namen, aber ich dachte mir, das machen die immer, vielleicht ist er noch da.

Der massige Typ an der Tür nahm mir zehn Dollar ab. Ich setzte mich ans Ende der Bar. Auf der Bühne eine wie ein kleines Mädchen angezogene Frau, kurzes knappes Kleid mit Trägern über der Bluse . . . wie ein Matrosenanzug. Sie hatte kurze weiße Socken an, Schuhe mit Riemchen. Dunkle Haare in Rattenschwänzchen. Lutschte einen Lollipop, lupfte mit einer Hand den Rock, zog ihn runter, lockte.

Als der Barkeeper kam, fragte ich ihn nach dem Mann, sagte ihm den Namen, den ich hatte. Ich bot ihm kein Geld dafür, so was würde ein Jäger machen. Ich fragte so, als wäre ich ein alter Freund, eine Weile weg gewesen. Shella sagte immer, ich wäre ungeschickt, aber ich kam ziemlich gut klar, wenn's sein mußte.

Der Barkeeper ging weg, als hätte er mich nicht

gehört. Ich blieb, wo ich war. Er kam zurück, schaute mich genau an, als müßte er mich beschreiben. Ich wußte, das würde ihm nichts nützen – ich seh nach gar nichts aus.

Ich saß da, sah zu, wie sich die Frau auf der Bühne bückte, den Rock hochschlug, die Unterhose runterzog, rumkroch, damit jeder gucken konnte. Sie hatte eine Speckrolle um die Hüfte, wabblige Schenkel.

Der Barkeeper kam wieder zurück, beugte sich rüber.

»Falls ich einen Monroe kennen sollte, *falls* ich ihn kenne, kapiert? . . . Was soll ich ihm sagen, wer ihn sehen will?«

Zu so was taug ich nicht – ich weiß nie, was ich sagen soll. Ich sagte, er soll mir ein Glas bringen. Er warf mir einen Blick zu, ging aber und holte eins. Ich hielt es hoch ins bläuliche Licht der Bar. Es war mittelschwer, hatte Flecken von der Geschirrspülmaschine. Ich nahm das Glas in die Hand, drückte zu, bis es sprang, stellte es wieder auf die Bar – nur der Boden des Glases war noch in einem Stück. Ich öffnete die Hand, damit er sehen konnte, daß nichts drin war. Auch kein Blut.

»Sag ihm, ich bin's«, sagte ich ihm.

Der Barkeeper guckte, sagte, ich könnte Monroe in der Poolhalle im Osten der Stadt finden. Gab mir die Adresse, sagte, Monroe wäre heute nacht dort.

◆

Ich träume nicht viel. Als Kind hab' ich's gemacht. In der Anstalt. Damals bin ich aufgewacht, hatte einen Krampf im Gesicht, als würde ich schrein, aber kein Ton kam raus, das Laken total naß von meinem Körper. Damals hatte ich ständig Schiß.

Überall, wo die mich hinsteckten, hatte ich Schiß. Die ganze Zeit Schiß. Ich bin abgehauen, oft. Von überall, wo sie mich hinsteckten. Aus dem Pflegeheim, von der Farm. Ich konnte immer durchbrennen. Als ich das letzte Mal ausriß, wollte ich weit weg, also klaute ich aus einem Laden Geld. Griff einfach in die offene Registrierkasse und rannte los. Die schnappten mich mit Leichtigkeit.

Wo die mich dann hinsteckten, gab's nichts zum Ausreißen.

Alle anderen Läden, in die sie mich steckten, wurden von Erwachsenen geschmissen. Aber in dieser Anstalt schmissen die Kids den Laden. Nicht alle, bloß ein paar.

Duke, das war derjenige, der das Sagen hatte. Ein echt großer Bengel. Ich glaube, der war siebzehn. Er war vorher auch schon in andern Läden. Das konnte man an den zwei kleinen blauen Klecksen sehen, die in sein Gesicht tätowiert waren. Das sollten Tränen sein. Eine für jedesmal, das er vorher eingesperrt war.

Als ich die Tränen das erstemal sah, dachte ich, ich glaub, ich hab' bald selber eine.

Duke hatte ständig Kumpels um sich. Sie schleppten sein Zeug. Er schleppte nie was rum, nicht mal seine Zigaretten. Sie gaben ihm immer, was er wollte, manchmal sogar ein Messer.

Am ersten Tag ging ich ins Badezimmer. Duke war da, mit seinen Jungs. Er hatte einen der Kleineren am Wickel und verdrosch ihn. Heftig. Immer wieder. Die Kumpels lachten. Dem Kleinen sein Gesicht war total rot und naß. Duke nahm ihn mit in die Duschen. Ich hab' nach unten geguckt, aber ich hab' sie gehört. Er ließ sich von dem Kleinen einen lutschen.

Ich hab' niemand was gesagt. Soviel wußte ich von den anderen Läden her.

Als der Kleine aus dem Bad kam, legte er sich auf seine Pritsche, das Gesicht im Kissen. Er weinte, als der Mann vorbeikam. Als der Mann fragte, warum er weinte, sagte der Kleine, er hätte Heimweh.

Der Mann lachte ihn aus.

So lief das jeden Tag. Duke und seine Jungs nahmen sich alles. Wenn man Basketball spielte und die kamen, mußte man runter vom Platz. Im Fernsehn schauten sie sich an, was sie wollten. Wenn man Päckchen von daheim kriegte, nahmen sie sich was davon.

Ich habe nie Päckchen gekriegt.

Die Nächte waren das schlimmste. Nachts kontrollierte der Mann nie bei uns. Er blieb außerhalb der Schlafsäle, saß vor seinem eigenen Fernseher. Solange es ruhig war, kam er nie dahin, wo wir waren.

Freitags hatten wir Kofferfassen. Dann konnten wir unser Geld ausgeben. Bis dahin hoben sie unser Geld für uns auf. Jede Woche. An Freitagen konnte man Zigaretten kaufen, Bonbons, Limonade. Das sollte einem die ganze Woche reichen. Duke nahm sich von jedem was.

Sogar die Staatskids, die ohne Familie, wie ich, sogar die kriegten was. Für Hausarbeiten, zum Beispiel draußen den Boden fegen.

Einmal, Donnerstag nacht, kamen Duke und seine Kumpels zu einem anderen Kid rüber. Sie weckten ihn auf. Ich ließ meine Augen zu, atmete tief, als würde ich schlafen. Aber ich hörte zu.

»Morgen, wenn du Koffer faßt, kaufst du mir 'n Schokoriegel«, befahl Duke dem Kid.

»Bitte, bitte, Duke . . . ich will nicht –«

Ich hörte einen Klaps. »Halt's Maul, Sack«, sagte einer der Jungs.

»Morgen«, sagte Duke dem Kid. »Oder ich schneid dir dein Scheißherz raus.«

Am Freitag ging der Kleine einkaufen. Gab Duke seinen Schokoriegel. Duke wickelte ihn aus, legte ihn auf die Heizung. Ich sah, wie der Riegel weich wurde, bis er am Heizkörper runterlief.

In dieser Nacht nahm einer der Kumpels den verschmierten Riegel samt Papier in beide Hände. Er trug ihn neben Duke her. Duke ging zum Bett von dem Kid.

»Gib's auf.« Mehr sagte er nicht.

Der Kleine drehte sich um. Duke ließ die Hosen runter. Schmierte sich die weiche Schokolade auf den steifen Schwanz und stieg über den Jungen.

Der Junge schrie, einmal. Ich hörte ein matschiges Geräusch, und dann war er ruhig.

Ich hatte so viel Schiß, daß ich nicht weinen konnte, als ob keine Luft in mir wäre.

Der Mann kam nicht rein.

Am nächsten Morgen wurde der Junge aufs Krankenrevier gebracht.

Es war zwei Wochen später, der Sommer fing grade an, als Duke einem anderen Jungen befahl, ihm am nächsten Tag einen Schokoriegel zu bringen. Wir mähten Gras an diesem Freitag, als sich der Junge, der den Schokoriegel bringen sollte, mit der Sense in den Fuß säbelte. Sie ging glatt durch. In der Spitze von seinem Turnschuh konnte ich ein Stück von seinem Zeh sehen.

Der Mann brachte ihn aufs Krankenrevier. Die

wissen dort total Bescheid über Stichwunden, aber sie behalten einen nicht lang. Sie brachten den Jungen ins Krankenhaus außerhalb der Anstalt.

Damals dachte ich, der Junge hätte gewonnen. Aber ein paar Tage später brachten sie ihn zurück, auf Krücken.

Am nächsten Freitag ging Duke zum Bett des Jungen. Einer seiner Kumpels hielt einen Schokoriegel hoch. Duke lächelte den Jungen an.

»Diesmal hab' ich mir selbst einen mitgebracht«, sagte Duke.

In dieser Nacht bumsten sie den Jungen. Alle nacheinander.

Am nächsten Morgen holte ihn der Mann raus. Er kam nie zurück.

Ich dachte drüber nach. Jeden Tag. An manchen Tagen war es das einzige, was ich dachte.

Es war kurz nach dem 4. Juli, als Duke und seine Jungs zu mir kamen.

»Diesen Freitag«, sagte er, »kaufst du mir einen Schokoriegel, wenn du fassen gehst, okay?«

Mein Herz schlug langsamer, als er das sagte. In mir war glatter, kalter Frost. Ein eisiges Gefühl, aber es machte mich innerlich warm.

Ich nickte, als ob es okay wäre. Meine Stimme wollte nicht funktionieren.

Donnerstag nacht. Ich konnte den Mond spüren, auch wenn ich ihn von meinem Bett aus nicht sehen konnte. Ich ging rüber, dorthin, wo er durchs Fenster schien. Dukes Bett war gleich unter dem Fenster, das beste Bett im Schlafsaal.

Alles schlief. Der Schuppen war voller nächtlicher Geräusche, nächtlicher Gerüche. Der Mann schaute nur rein, wenn es Lärm gab.

Duke hatte ein großes Kofferradio, eins mit Lautsprechern an der Seite und Kassettenrecorder und allem. Einer seiner Jungs schleppt es für ihn rum. Ich hob das Radio vom Regal. Große, fette Batterien drin. Leise, leise nahm ich sie raus.

Dukes Turnschuhe waren am Fußende von seinem Bett. Nagelneue weiße Ledersneaker. Die Socken waren drin, dreckige Socken von gestern. Einer von den Jungs machte jede Woche die Wäsche für ihn.

Ich holte einen Socken raus. Steckte die Batterien in die Spitze. Eine nach der anderen. Sachte, damit sie nicht aneinanderklackerten.

Ich hielt den Knöchel der Socke in der rechten Hand und ging barfuß zum Kopfende vom Bett. Wo Duke auf dem Rücken schlief. Ich spreizte die Beine. Ich konnte Nässe in meinem Gesicht spüren, aber ich gab keinen Ton von mir. Ich knallte ihm die Socke so heftig, wie ich konnte, zwischen die Augen. Rot und weiß spritzte es aus seiner Nase. Er gab ein Stöhnen von sich, rollte herum und bewegte die Hände, aber ich knallte ihm die Socke immer wieder auf den Hinterkopf. Weißes Zeug kam aus seinem Kopf auf das Kissen.

Als ich aufhörte, war alles Matsch. Die Socke klebte vor Haaren.

Ich legte die Socke auf den Boden, ging wieder in mein Bett.

Am Morgen fanden sie Duke. Später kamen ein paar Männer in Weiß mit einer Trage. Sie deckten sein Gesicht mit einem Laken zu.

In dieser Nacht, Freitag nacht, kamen Dukes Kumpels rüber zu meinem Bett. Einer von ihnen schleppte das große Radio. Sie stellten es auf mein Bett und gingen weg.

Später schaltete ich es ein. Sie hatten neue Batterien für mich reingetan.

◆

Als ich Metall auf Glas scheppern hörte, war es fast fünf Uhr morgens. Der Quarter, den ich auf den Türknauf gelegt hatte, fiel in den Aschenbecher, den ich direkt drunter auf den Teppich gestellt hatte – jemand war an der Tür. Ich glitt aus dem Bett, stellte mich neben den Türrahmen. Misty kam rein, schloß ganz leise die Tür hinter sich, marschierte zum Bett.

»Ssssch«, sagte ich hinter ihr – sie machte einen kleinen Satz.

»Hast *du* mich erschreckt, Schätzchen!«

»Schon okay. Ich hab' nicht gewußt, daß du's bist.«

»Ich wollte dich nicht aufwecken.«

»Schon okay.« Ich setzte mich auf den Stuhl, sah zu, wie sie ihre Klamotten auszog.

»Ich hab 'n Job«, sagte sie. »Tanzen. Im ersten Laden, wo ich's probiert hab', so was von Glück, oder? Ich hab 'ne ganze Schicht durchgearbeitet.« Sie holte ein paar Scheine aus der Tasche. »Schau, Baby. Trinkgeld. Für nur eine Nacht. Ein neues Mädchen verdient immer gut.«

Sie gab mir das Geld, genauso, wie mir die Kumpels Dukes Radio gegeben hatten.

◆

Am Morgen bewegte sich Misty ganz sachte im Bett, zog das kleine blaue Seidenhemd aus, das sie trug, steckte den Kopf zwischen meine Beine und leckte, als hätte sie vor, mich auf die Art aufzuwekken. Ich reckte mich, damit sie mitkriegte, daß ich wach war.

Sie schaute zwischen meinen Beinen zu mir auf. »Ich tu, was du willst«, sagte sie. Ihr Ton war rauh und sanft.

Ich machte die Augen zu. Misty, die war nun eine Tänzerin. Wie die Frau, die ich letzte Nacht in der Bar gesehen hatte, die in Kleinmädchenklamotten. Misty, die mochte mich. Weil ich ihr nicht aus Vergnügen weh tat, wie's der Hammer gemacht hat. Das genügte ihr.

Mich machte es traurig.

Shella kam mir in den Sinn. Eines Nachts kam ich später heim als sie. Sie steckte in Kleinmädchenklamotten, wie die Frau letzte Nacht. Hat sich auf meinen Schoß gesetzt, Babygeräusche gemacht. Ich hab' ihr so eine geknallt, daß sie runtergefallen ist, angefangen hat zu heulen.

Es war das erstemal, daß ich sie geschlagen habe, das einzige Mal. Und das einzige Mal, daß sie je geweint hat.

»Ich wollte dir nur 'ne Freude machen, Daddy«, sagte sie. »Männer mögen kleine Mädchen. Das weiß ich.«

Danach hielt ich sie lange Zeit fest, während sie weinte. Versprach, daß ich eines Tages ihren Vater für sie umbringen würde. Damit sie ihm beim Sterben zuschaun könnte.

Als ich an Shella dachte, wurde ich in Mistys Mund hart.

♦

New York City ist wie ein Meßtischblatt. Die Straßen gehn von Ost nach West, die Avenues von

Nord nach Süd. Bis zur Poolhalle waren es nicht mehr als dreieinhalb Kilometer. Es war kurz vor zehn Uhr, als ich mich zu Fuß aufmachte. Misty war arbeiten gegangen.

Auf dem Marsch entlang der Eighth Avenue nach Downtown sah ich alles. Polizeiautos fuhren vorbei, als wären sie blind.

Die Poolhalle hatte kein Schild oder so, aber die Nummer war an der Tür. Ich öffnete sie, ging eine Metalltreppe hoch. Es roch nach Wohnsilo.

Oben war ein großer Raum, vielleicht vierzig Tische. Die alte Sorte, lauter grüner Filz, lederne Taschen. Schild an der Wand. In großen Buchstaben stand bloß NEIN drauf, daneben in kleinen Wörtern: Glücksspiel, schmutzige Ausdrücke, alkoholische Getränke, so in etwa.

Der Laden war fast leer, ein Dutzend Tische besetzt. Genau wie auf dem Gefängnishof: Schwarze im einen Teil des Raums, Weiße im anderen. Latinos, Asiaten. Alle für sich.

Der Typ am Tresen gab mir einen Plastikkorb mit Kugeln, deutete auf einen leeren Tisch in einer Ecke, am Fenster.

Ich trug den Korb rüber zum Tisch, holte eine Kugel nach der andern raus. Ich rollte sie mit der Hand auf dem Tisch rum, probierte Widerstand und Abweichung auf dem Filz. Das Tuch war alt, lief aber genau.

Ich checkte die an der Wand gegenüber aufgebauten Queues. In die Stöcke sind Zahlen eingebrannt, die einem das Gewicht verraten. Die höchste Zahl war 22. Ich probierte sie durch, bis ich auf einen stieß, der hübsch ausbalanciert war, mit guter Spitze. Streute etwas Talkum aus einer Büchse in meine linke Hand, nahm mir den Stock vor, bis er glatt flutschte. Baute die Kugeln auf, rieb die Queuespitze mit einem kleinen blauen Kreidewürfel ein, der auf dem Tisch lag.

Ich stieß die Kugeln an, lochte sie eine nach der anderen ein. Es war friedlich da, der Tisch sauber und eben, die Elfenbeinkugeln klackerten aneinander, liefen dahin, wo ich sie haben wollte.

»Du bist ziemlich gut«, sagte ein Typ, der von hinten kam, als wollte er mich überraschen. Ich hatte ihn gesehen, bevor er überhaupt losgegangen war. Rothaariger Typ, helle Augen, kleine Narbe im Mundwinkel.

»Danke«, sagte ich.

»Du . . . willst du um was spielen?«

»Nein, danke. Ich übe bloß.«

Er setzte sich auf einen Hocker, zündete sich eine Zigarette an, als hätte er vor, eine Weile dazubleiben. Ich mag das Gefühl, wenn ich Sachen in der Hand habe. Ich mag es, wenn sie sich bewegen, machen, was ich will. Wenn ich genau hinschaue, mich reinversenke, kann ich das Gewebe im Filz sehen, die Körnung im Elfenbein. Die Kugeln wirken groß – ich kann sehen, wo der Effet einsetzt. Das Queue fühlt sich an, als käm's aus meinem Arm, wie eine verlängerte Fingerspitze.

Ich zog ein paar Spiele durch, ohne einmal aufzuschaun. Rückläufer, Abpraller, ein Gefühl für die Bande kriegen.

Ich lochte die letzte Kugel ein, baute sie wieder auf, drückte die Kugeln mit dem Daumen gegen die Vorderseite des hölzernen Dreiecks, damit sie dicht saßen, richtete die Winkel aus, machte alles perfekt. Ich kreidete mein Queue wieder ein, visierte drüber an.

»Sagst du 'nen Stoß an?« fragte der Typ.

»Ja.«

»Aus einem vollen Dreieck ... sagst *du* 'nen Stoß an?«

»Ja.«

»Welche? Der Eckball?«

»Kopfball auf Mitte, zwei Banden.«

»'n Zwanziger, daß du's nicht schaffst.«

»Es klappt etwa jedes fünftemal«, sagte ich zu ihm.

»Willst du fünf zu eins?«

»Okay.«

Er legte zwei Fünfziger auf die Bande. Ich legte einen Zwanziger hin.

»Den Fünfer?« fragte er, wollte sichergehen. »Fünfer auf Mitte?«

»Deine Seite«, sagte ich, trat an den Tisch. Ich schickte die weiße Kugel am Dreieck vorbei, hart gegen die Hinterbande, wo sie mit Effet abprallte und von rückwärts auf das Dreieck knallte, genau zwischen die Eckkugel und die daneben. Die Fünferkugel schoß auf mich zu, stieß an die linke Längsbande, touchierte die kurze Bande genau da, wo ich stand, und plumpste in die Mitteltasche, als ob sie sich verkriechen wollte.

»Heiliger Strohsack!« sagte der Typ. Ich steckte das Geld ein.

Kopfschüttelnd stand er da. »Du bist wegen Monroe hier, stimmt's?«

Ich fegte die Kugeln vom Tisch, legte sie wieder in den Plastikkorb.

»Ja«, sagte ich.

♦

Er folgte mir rüber zum Tresen, wo ich für meine Zeit am Tisch bezahlte. Hinter dem Tresen war eine Tür. Der Rothaarige klopfte, stand eine Minute lang da. Ich hörte, wie Riegel zurückgeschoben wurden, und wir gingen rein.

Es war ein großer Raum, in einer Ecke ein achtseitiger Pokertisch, an dem vier Männer saßen. Monroe war am Tisch, den Rücken zur Wand.

Ein fetter Typ legte mir die Hand auf die Schulter, als ob er mich abtasten wollte.

»Laß bleiben«, sagte Monroe.

Ich ging hin, stand da und schaute ihn an.

»Ghost! Mein Mann! Hab' dich seit Jahren nicht gesehn. Du hast dich kein bißchen verändert, wa?«

»Du auch nicht«, sagte ich. Seine schwarzen Haare waren dünner – ich konnte die blasse Kopfhaut sehen. Und sein Gesicht war kräftig, fleischig. Aber ich meinte, was ich sagte.

»Setz dich, setz dich. Willst du was trinken?«

»Ein Glas Wasser«, sagte ich und setzte mich. Der Typ links von Monroe lachte. Keiner beachtete ihn.

»Mann, du solltest den Typ spielen sehen, Monroe. Wie ein verdammter Roboter«, sagte der Rothaarige.

»Ich *habe* ihn spielen sehen«, sagte Monroe und schaute mit seinen kleinen Augen hoch zu dem Rotschopf.

»Würde dir nicht gefallen. Hol ihm ein Glas Wasser.«

Der Rotschopf ging weg.

»Also, was steht an, Ghost? Isses 'n Anstandsbesuch?«

»Nein«, sagte ich, blickte mich um. Sollte heißen, daß ich nicht vor der ganzen Meute reden wollte. Monroe hat mich nie nach meinem Namen gefragt – nannte mich immer Ghost. Ich hab' nie gefragt, warum.

»Geht spazieren«, befahl Monroe den anderen.

Ich wartete ein bißchen. Der Rotschopf kam mit einem Glas Wasser zurück. Ich dankte ihm. Er sagte gar nichts, ging einfach wieder weg.

»Ich suche jemand«, sagte ich Monroe.

Er nahm die Hände hoch, als wollte er jemand wegschieben. »Ich misch mich nicht in anderer Leute Geschäfte.«

»Darum geht's nicht«, sagte ich. »Eine Frau. Meine Frau. Ich hab' ihre Spur verloren, als ich letztesmal eingesperrt war. Sie ist Tänzerin. Ich denk mir, vielleicht könntest du rumfragen, die Fühler ausstrecken . . . mir suchen helfen.«

»Nichts Geschäftliches?«

»Nein.«

»Was weißt du?«

»Ihr Name ist Candy. Großes Mädchen, Ende Zwanzig, Anfang Dreißig. Ganz hellblonde Haare, etwa meine Größe.«

Er zuckte die Achseln. »Eine Blondine namens Candy, tanzt oben ohne . . . da gibt's tausend Mädels, auf die die Beschreibung paßt.«

»Sie hat ganz helle Augen, eine Art Grau. Und 'nen kleinen Fleck, ein Schönheitsfleck, gleich hier drüber«, sagte ich und berührte die Stelle in meinem Gesicht. »Und 'ne lange dünne Narbe, wie 'ne feine Naht, am rechten Schenkel, über die ganze Außenseite.«

»Sonst noch was?«

»Auf den Strich geht sie nicht. Vielleicht animieren, trockengeiern, strippen. Aber ihre Möse verhökert sie nicht. Jedenfalls nicht in 'ner Bar.«

»Machen sie alle, wenn der Richtige kommt.«

»Sie hat keinen Loddel.«
»Isse 'ne Lesbe?«
»Nein. Ich weiß nicht, kann sein . . . ist egal. Sie würde ihr Geld niemand andrem geben.«
»Okay. Weißt du ihren richtigen Namen?«
»Nein.«
»Hat sie irgendwo Leute?«
»Nein.«
»Sie ist vielleicht tot, im Knast, alles mögliche. Oder verheiratet, hat ein paar Kinder. Diese Bräute, die können nicht ewig auf dem Laufsteg rumturnen, verstehst du?«
»Ja.«
Er zog eine lange Aluminiumröhre aus seiner Jackentasche, schraubte den Deckel ab. Es war eine Zigarre, in dunkles Papier gewickelt. Er knipste mit einem kleinen runden Messer die Spitze ab, riß ein Streichholz an, setzte sie in Gang. »Willst du das als Gefallen?« fragte er.
»Nein.«
»Ganz der alte Ghost. Nichts umsonst, wa?«
»Genau.«
»Und was kannst du bieten?«
»Geld?«
»Wieviel?«
»Wieviel willst du?«
»Kein Geld. Ich *habe* Geld. Wie wär's, wenn du das machst, was *du* für Geld machst . . . für mich. Noch einmal.«
»Okay.«
»Einfach so, wa? Isses dir egal?«
»Nein.«
»Ich fang heute nacht an, schau mich um. Du kommst wieder, sagen wir, Freitag nacht, selbe Zeit, okay? Vielleicht hab' ich dann was für dich.«

»Danke.«

»Und ich hab' dein Wort, stimmt's, Ghost? Du machst diese andere Sache für mich?«

»Ja.«

»Abgemacht«, sagte er und beugte sich nach vorn zum Händeschütteln.

Misty kam kurz nach mir ins Hotel zurück. Sie hätte müde sein müssen nach ihrer Schicht, aber sie war total flippig, aufgekratzt.

»Heut nacht hab' ich noch mehr Geld gemacht, Baby. Ist echt gut hier. Uns geht's jetzt gut, oder? Könnten wir uns vielleicht 'ne Wohnung nehmen oder so? Damit wir nicht in dem einen Zimmer wohnen müssen. Das ist wie 'ne Gefängniszelle.«

»Nein, isses nicht«, sagte ich.

»Ich mein, nicht *wirklich*, Schätzchen. Aber wenn wir 'ne eigene Bude hätten, könnten wir ... Zeug haben, weißt du? Unsre eignen Möbel vielleicht. Dann könnten wir ab und zu zu Hause essen, nicht immer diesen Fertigfraß. Denk doch mal drüber *nach*, okay?«

»Ich hab dir doch gesagt, ich glaube nicht, daß ich lang hierbleibe.«

»Gehst du weg?«

»Ich weiß nicht, was ich mache. Aber ich werd's bald wissen, in Ordnung?«

»In Ordnung, Baby. Wie du willst.«

◆

Die nächsten Tage blieb ich drin. Übte. Ich kann mich unsichtbar machen, sozusagen. Alles in mir langsamer werden lassen, so langsam, daß ich spüren kann, wie das Blut in kleinen Stößen durch meine Brust strömt. Ich geh im Kopf irgendwo anders hin. Nicht weit, ich bin immer noch bei mir. Aber irgendwo abgeschieden. Wo ich nichts spüre. Eines Tages ist es einfach passiert, als ich noch ein Kind war – als sie mir weh getan haben. Jetzt kann ich es machen, wann ich will.

♦

Eines Tages bat mich Misty, in ihren Club zu kommen.

»Ich bin im Fernsehn, Schätzchen.«

»Was?«

»Schau mich nicht so an – ich mein nicht im richtigen Fernsehn. Im Fenster. Is 'ne neue Sache. Könntest du's nicht bitte machen? Bloß einmal. Fänd ich richtig toll von dir. Ich mein, du hast mich nie gesehn . . . bei der Arbeit. Ich bin echt gut, jeder sagt das. Deswegen bin ich im Fenster.«

»Macht dir irgendwer Druck?«

»*Das* isses nicht, Baby. Bitte?«

♦

Am nächsten Abend ging ich hin. Es war genauso, wie sie gesagt hat. Der Club war bloß ein schmaler Eingang mit einem kleinen Fenster daneben. Dort hing ein Fernsehgerät an Drähten. Schwarzweiß, wie man sie in billigen Zimmern mieten kann. Eine Endlosschleife, dasselbe Zeug. Immer wieder. Ich stand da und schaute, bis Misty drankam. Man konnte nicht sehen, wo sie war, in einer Art Umkleideraum oder so. Sie hatte ein normales Kleid an. Die Kamera verfolgte, wie sie es über den Kopf zog. Sie hatte ein Unterkleid an. Sie zog es aus. Dann war sie in BH, Höschen, Stöckelschuhen und Strümpfen. Sie kickte die Schuhe weg, bückte sich und rollte mit dem Rücken zur Kamera die Strümpfe runter. Sie öffnete den BH von hinten, ließ ihn auf den Boden fallen. Sie rollte grade das Höschen über den Hintern runter, als das Band zu einem anderen Mädchen umsprang.

Der Brüllaffe war ein schmieriger kleiner Typ mit einer blauen Jacke. Er schrie und plärrte nicht wie die anderen im Block, wartete einfach, bis irgendwer stehenblieb und in den Fernseher schaute, flüsterte ihm zu.

»Drinnen gehn sie aufs Ganze, Mann«, sagte er zu mir. »Kein Eintritt, kein Gedeck.«

Ich ging rein. Dunkler Laden, die Luft brannte mir in den Augen. Ich bestellte Rum und Cola. Nicht mischen, sagte ich der abgeschlafften Obenohne-Bedienung. Als ob ich mir Sorgen machte, daß sie die Drinks panschten. Sie zwinkerte mir zu, als wär ich ein gerissener Kerl, der weiß, wo's langgeht. Ich trank einen kleinen Schluck Cola, goß den Schuß Rum ins Glas. Ein bißchen später kam die Bedienung zurück.

»Sie mögen die Cola nicht, wa?«

»Bloß ein bißchen für den Geschmack«, sagte ich. Sie brachte mir eine neue. Ich machte dasselbe, gab ihr genug Trinkgeld, damit sie keinen Aufstand machte . . . aber nicht so viel, daß sie dachte, ich wär etwas Einsatz wert.

Eine Puertoricanerin mit einer blonden Perücke war dran. Die Musik lief, aber sie tanzte nicht richtig. Wackelte bloß mit den Körperteilen zur Musik. Leute warfen Geld auf die Bar. Sie kniete sich hin und hob es auf. Als sie genug hatte, rollte sie die Scheine zu einer kleinen Röhre, hielt sie hoch, damit die Zuschauer sie sehen konnten, küßte die kleine Rolle, stopfte sie tief in ihren G-String. Ab und an zog sie blitzschnell den G-String runter. Das Geld war weg. In ihr, irgendwo. Die Männer applaudierten, als hätte sie was Tolles gemacht.

Misty war anders. Sie tanzte richtig, als ob sie sich zur Musik bewegte. Die Männer klatschten nicht richtig laut, bis sie auf Händen und Knien die Bar entlangkrabbelte, sich immer noch zur Musik bewegte. Sie nahm das Glas vor dem einen Mann weg, steckte die eine Hand in ihren G-String, als ob sie an sich rumspielte, nippte am Glas. Dann schüttete sie was mitten auf die Bar, senkte den Kopf, wackelte heftig mit dem Hintern, während sie es aufschleckte. Dafür bekam sie Gejohle. Männer legten Geld auf die Bar – Misty krabbelte rüber zu denen, die das meiste hinlegten, ließ sie ihre Drinks auf die Bar kippen, damit sie sie noch mal aufschlecken konnte. Als ihre Nummer zu Ende war, krabbelte sie von der Bühne, blickte über die Schulter zurück.

◆

Misty wirkte müde, als sie zurückkam. Ich schaute Fernsehn ohne Ton, versuchte durch die Bewegungen der Leute zu raten, was sie redeten. Sie sagte bloß rasch hallo, ging ins Badezimmer. Ich hörte die Dusche.

Sie kam mit einem Handtuch um den Kopf raus, war noch ein bißchen naß.

»Schätzchen?«

»Was ist?«

»Ich hab gedacht, du kommst heut abend.«

»Bin ich.«

»Ich hab' dich nicht gesehen.«

»Ich war da.«

»Yeah.«

»Glaubst du, ich lüge?«

»Das hab' ich nicht gesagt, Schätzchen ... sei nicht sauer.«

»Komm her.«

Langsam, das Gesicht gesenkt, kam sie zu mir. Ging neben dem Sessel in die Knie. »Tut mir leid«, sagte sie.

»Auf dem Bildschirm, im Fenster, schwarzweiß, war zu sehn, wie du dein Kleid ausgezogen hast und so. Alles, bis auf dein Höschen. Drinnen hast du zu 'nem Song getanzt ... Fever, glaub ich, hat er geheißen. Du bist auf der Bar rumgekrabbelt, hast die Drinks aufgeleckt, die sie ausgekippt haben.«

»Du *bist* gekommen!«

»Ja. Du warst sehr gut. Als Tänzerin, mein ich. Viel besser als die andern. Du bewegst dich echt gut, wie 'ne richtige Tänzerin.«

Sie hatte Tränen im Gesicht. Sie nahm das Handtuch vom Kopf, hielt es in den Händen, drehte es, als ob sie das Wasser auswringen wollte.

»Was ist los?« fragte ich.

Sie legte mir den Kopf in den Schoß, hatte die Hände hinter dem Rücken. Ich spürte ihre Zähne am Bund der Pyjamahose, die ich anhatte. Sie zog die Schleife auf, kam mit dem Mund über mich. Ich tätschelte ihr den klitschnassen Hinterkopf. Als ich kurz davor war, zog ich sie sachte an den Haaren zurück, aber sie saugte bloß fester, bis mir in ihrem Mund einer abging.

Freitag abend ging ich wieder in die Poolhalle. Diesmal gaben sie mir einen anderen Tisch. Drei Tische weiter spielte eine Meute Chinesen, aber nicht richtig, irgendwas anderes lief ab. Ich sah ihnen zu, so wie ich ohne Ton fernsehe. Jemand kaufte was, jemand verkaufte was. Ich konnte nicht feststellen, was.

Der rothaarige Typ kam an meinen Tisch. »Willst du den Stoß noch mal probieren?« fragte er.

»Nein.«

»Wieso? Ich geb dir dieselbe Wette.«

»An dem Tisch geht das nicht. Die kurze Bande ist zu steif.«

»Dann nehmen wir halt den Tisch, den du vorher hattest.«

»Ich bin wegen Monroe hier.«

»Na und? Das dauert nur 'ne Minute.«

»Ich bin wegen Monroe hier«, sagte ich ihm.

Wir gingen durch dieselbe Tür. Diesmal war Monroe allein an dem Tisch. Ich setzte mich ihm gegenüber. Ich spürte, wie der Rotschopf gleich neben meiner linken Schulter in die Luft schlug.

»Was ist?« sagte Monroe und schaute zu ihm hoch.

»Der Typ hat mein Geld. Als er letztes Mal hier war, hat er mir's mit 'nem Trickstoß rausgeleiert. Ich hab' ihn gebeten, es noch mal zu machen, gleiche Bedingung. Er wollte nicht. Ich sollte 'ne Chance kriegen, mein Geld wiederzukriegen.«

»Wieviel hast du verloren?« fragte Monroe.

»'nen Hunni.«

Monroe holte eine Rolle Scheine raus, pulte einen Hunderter ab, schmiß ihn auf den Tisch. »Zisch ab«, sagte er zum Rotschopf.

»Ich will es von ihm«, sagte der Rotschopf und rührte sich nicht.

Ein Knistern in der Luft, rund um mich rum. Ich konnte Zuschauer spüren, wie im Knast. Ich bewegte mich nicht.

Monroe lehnte sich nach vorn. »Sei nicht blöd«, sagte er.

Der Rotschopf war so nahe, daß ich die Luft aus seinem Mund spüren konnte. »Ich könnte es machen«, sagte er. »Du brauchst keinen Ballermann von außerhalb, der dir den Job erledigt. Ich glaube, daß das 'n dickes Ding is, und dieser Typ kassiert mein Geld.«

»Geh da rüber und setz dich hin«, sagte Monroe. »Ich rede später mit dir.«

»He, komm schon, Monroe. Für mich sieht der Typ überhaupt nicht taff aus.«

»Krebs sieht auch nicht taff aus. Das ist 'ne Nummer zu groß für dich. Und jetzt tu, was ich dir sage.«

»He, leck mich, Monroe.«

Monroe schaute mich an. »Willste die Type aufmischen, Ghost? Kleiner Gefallen für mich?«

»Nein.«

»Tust du deinen Freunden keinen Gefallen?«

»Ich mische Leute nicht auf.«

Da fing Monroe an zu lachen, ein dünnes, irres Lachen. Es klang wie das in meiner Hand zerspringende Glas. Keiner lachte mit.

»Was ist da so saumäßig komisch dran?« sagte der Rotschopf.

»Du kapierst es nicht, was, Kleiner?«

Der Rotschopf wich zurück, ich und Monroe bildeten ein Dreieck mit ihm als Spitze.

»Steh auf«, sagte er zu mir.

Ich drehte mich nicht um, achtete auf Monroe. »Wie hoch ist derzeit der Preis für Arschlöcher, Ghost?« fragte er mich.

»Der ist für jeden gleich«, sagte ich.

Er lachte wieder, diesmal mit mehr Schmackes. »Okay«, sagte er.

Ich stand auf. Der Rotschopf war direkt vor meinem Gesicht. Er stierte wild. Ich ließ den Blick über sein Gesicht wandern, machte mir ein Bild von ihm. Von seiner Größe und Gestalt, dem Körperbau.

Ich setzte mich wieder hin. »Okay«, sagte ich zu Monroe.

♦

Wir gingen durch die Hintertür zur Feuerleiter, stiegen über die Eisentreppe aufs Dach. Alle kamen mit da hoch. Einer der Jungs brachte einen Klappstuhl aus Metall. Er stellte ihn Monroe hin.

Rund um uns die Lichter der Stadt, aber das Dach war dunkel. Flach, bloß ein Trafoschuppen auf der einen Seite, großes Oberlicht auf der anderen. Die Tür des Schuppens ging auf, ein Mann kam raus. Drinnen mußte es nach unten gehn, von innen verschließbar, damit keiner in die Hütte einbrechen konnte.

Ich zog meine Jacke aus. Ich hatte ein Sweatshirt an. Größe XL. An mir war es weit, locker und bequem. Ich zog es mitsamt dem T-Shirt bis zum Hals hoch, hielt es so, damit sie sehen konnten, daß ich keine Knarre hatte. Ich machte ein paar Schritte, tastete das Dach unter den dünnen Sohlen meiner Turnschuhe ab.

Der Rotschopf zog ein Messer. Ein großes, mit

Schlagring am Griff, kleinen Zähnen entlang der Oberkante der Klinge.

Einer von Monroes Jungs trat vor, einen kurzen Strick in der Hand.

»Möchtest du seiltanzen?« fragte Monroe den Rotschopf.

»Nein, Scheiß drauf. Gib ihm 'n Messer – fangen wir endlich an.«

Der Typ trat zurück. Alles holte Geld raus, flüsterte in den dunklen Winkeln.

»Okay?« fragte Monroe den Rotschopf.

»Yeah. Mach schon!«

Monroe nickte. »Alles okay, Ghost?«

Ich nickte, beobachtete den Rotschopf. Er kam angekrochen wie eine Krabbe, das Messer in der rechten Hand, hinterhältig, die Klinge nach innen gekehrt. Er probierte einen Ausfall – ich machte einen Schritt zur Seite, paßte auf. Er summte wie ein Generator. Jedesmal kam er an, stieß zu, sprang zurück. Immer wieder, kam jedesmal näher. Ich legte die linke Hand an den rechten Ärmel, schob den Bund des Sweatshirts zurück, ließ die Autoradioantenne in meine Hand gleiten. Ich schlenkerte mit dem Handgelenk, und sie kam raus, ausgefahren etwa anderthalb Meter lang. Ich hieb sie ihm über die linke Hand, bevor er sehen konnte, was es war. Er gab ein Geräusch von sich, als ich sie wieder hochriß, ihm ein X ins Gesicht schlitzte. Seine Hände kamen hoch, Blut schoß dazwischen raus, und das Messer fiel runter. Ich kickte es weg, ging näher an ihn ran, ließ ihm Zeit, schob den Ärmel von meinem linken Handgelenk zurück. Er griff nach der Antenne. Ich ließ sie ihm, ratschte ihm einmal mit dem scharfen Büchsenöffner, den ich mit Klebeband an meinem linken

Handgelenk befestigt hatte, übers Gesicht. Ich trieb ihn tief rein, zerrte an den Muskeln. Das Metall verhakte sich neben seinem Mund, als er zu Boden ging, ich über ihm. Ich riß den Öffner los. Er schrie jetzt. Ich drosch auf seinen Hals ein, bis ich spürte, wie er brach.

Ich wischte Büchsenöffner und Antenne vorn an seinem Hemd ab. Ich konnte riechen, daß einer der Jungs aufs Dach gekotzt hatte.

Wir gingen alle runter. Ein paar Jungs schoben Monroe Geld rüber. Ich sah das Geld auf dem Tisch. Monroe zweigte ein bißchen was ab, gab es mir. Er sah, daß ich auf das übriggebliebene Geld schaute.

»Das ist der Unterschied zwischen dir und mir, Ghost«, sagte er. »Vergiß das nie.«

Ich sagte gar nichts.

Monroe wollte, daß ich nicht wieder dorthin komme. Er nannte mir eine Stelle, wo ich mich in zwei Nächten mit ihm treffen sollte. Sagte mir, mit welchem Auto er kommen würde.

Am nächsten Nachmittag zog ich los, Zeitungen kaufen. Da stand nichts von einer Leiche auf einem Dach.

Ich lese nicht viel. Bloß die Zeitungen, manchmal. Sehn, ob's Ärger gibt. Shella hat mir früher vorgelesen, manchmal. Das fing an, als ich verletzt war. Diese eine Type kam jede Nacht und wollte Shella tanzen sehn. Er bat sie, mit ihm auszugehn – sie hat ihm gesagt, sie geht nicht mit Gästen aus. Also hat er angefangen, sie auf der Arbeit anzurufen. Die ersten ein-, zweimal hat sie mit ihm gesprochen. Er hat sie eingeschüchtert mit diesen Anrufen. So was ist schwer bei Shella, aber er hat's geschafft. Hat dauernd gesagt, wenn sie ihm nicht ein Stück Arsch gibt, dann nimmt er sich's. Schneidet's ihr eines Nachts ab. Hat gesagt, er hat ein Rasiermesser. Ich hab' ihr gesagt, der Typ spielt an sich rum, wenn er so mit ihr redet, dem geht einer ab, wenn sie Schiß hat. Ich wollte ihr erklären, daß ich das wußte, weil ich Jungs wie ihm zugehört habe, als ich's letztemal eingesperrt war.

Freaks, die kenn ich. Mußt bloß zuhören, die erzählen dir alles. Im Club ließ er sich nie wieder blicken. Ich habe Shella gesagt, red einfach nicht mit ihm am Telefon, und der findet jemand anderen, den er terrorisieren kann. Sie hat's mir versprochen. Aber sie hat gelogen. Ich hab' immer gewußt, wenn Shella lügt.

Eines Nachts hat er sie abgepaßt. In der Gasse hinter dem Club, als sie zu ihrem Auto wollte. Eine Abkürzung. Ich war auch da. Jede Nacht war ich da. Seit ich rausgefunden hatte, daß sie log.

Er hat nicht gewußt, was er macht, dieser Freak. Als Shella in die Einmündung der Gasse kam, hat er so laut geatmet, daß ich ihn hören konnte. Shella konnte man nicht übersehen, mit ihren Stöckelschuhen, den hochgesteckten weißblonden Haaren. Allein.

Der Freak scheppert beim Aufstehen an ein paar Mülltonnen. Shella ist nicht ausgerissen. Blöde Zicke. Shella. Sie blieb stehn, zog irgendwas aus ihrer Tasche. Ich konnte das rote Neonlicht auf Metall glitzern sehn.

»Komm schon, du Arschficker!« brüllte sie den Freak an. »Komm und hol's dir. Ich hab' auch eins.«

Er trat aus dem Schatten. Sah aus, als hätte er bloß einen Arm, der Ärmel seines Mantels baumelte lose runter. Nichts in der anderen Hand. Er torkelte, als wäre er besoffen, nuschelte, wie wenn er Schiß hätte, Shella wäre eine Irre, die ihm wegen nichts was antun würde. Sie gab einen angewiderten Ton von sich, schnaubte durch die Nase. Sie hat nur einen besoffenen Krüppel gesehn, der einen ruhigen Ort zum Schlafen sucht. Ließ das Rasiermesser wieder in die Tasche fallen, machte kehrt und wollte aus der Gasse raus. Er stürzte sich auf sie wie eine Riesenfledermaus, mit flatterndem Mantel. Der Winkel war falsch – ich war zu weit weg. Er hatte sie schon fast von hinten, als ich ihm in die Knie trat. Er ging an der Mauer zu Boden, kam schnell wieder hoch. Ich griff ihn von der armlosen Seite her an, spürte irgendwas Schweres wie der Blitz auf mich zukommen, riß die Hände hoch – das Bleirohr krachte gegen meine Hand, mitten in mein Gesicht. Ich habe nichts gespürt, bis ich mit ihm fertig war.

Shella schaffte mich ins Auto, brachte mich aufs Zimmer. Mein linkes Auge war zu, meine Nase total platt, zur Seite gedrückt. Ich blutete wie blöd.

Ins Krankenhaus konnten wir nicht. Shella holte Eis von der Eismaschine im Foyer, wickelte es in ein Handtuch, zertrümmerte es mit dem Bleirohr. Ich schob meine Nase mit den Fingern wieder dahin, wo sie hingehörte, und Shella legte mir das Handtuch mit dem zerschlagenen Eis wie eine Maske übers Gesicht. Sie gab mir Percodan, das sie hatte, und ich wurde döselig – Drogen bin ich nicht gewohnt.

Das Bleirohr war am einen Ende mit Band umklebt, gibt einen besseren Griff. In der Brieftasche des Freaks fanden wir die Nummer vom Münztelefon in dem Club.

Ich lag rücklings auf dem Bett. Wir mußten jetzt eine Weile bleiben. Wenn Shella in derselben Nacht abhaute, wo die Cops den Freak in der Gasse fanden, wenn sie irgendwo das Auto anhielten und mein Gesicht sahen ...

Sie kam an mein Bett, in der einen Hand einen Stuhl, setzte sich neben mich.

»Du solltest mir den Arsch versohlen«, sagte sie.

Ich sagte gar nichts.

»Das ist meine Schuld. Ich hab' nicht auf dich gehört. Jedesmal, wenn er angerufen hat, hab' ich mit ihm am Telefon geredet. Hab' ihm gesagt, er soll mich in Frieden lassen, ich mach keinen Spaß. Ich hab' gedacht, er verpißt sich, wenn ich so mit ihm rede. Aber er ist sauer geworden. Ich hab' dir nicht sagen wollen ... was ich gemacht habe ... also hab' ich beschlossen, ihn mir selber vorzunehmen. Telefonfreaks, die kreuzen nie persönlich auf. Genau wie Flitzer. Ich war mal im Zug, in Chicago. Spätnachts. Der eine Typ macht seinen Mantel auf, und alles hängt raus. Er ist steif und so, dem geht einer ab. Ich renn hin und greif ihn mir, direkt an der Wurzel. Hab' ihn ihm beinah abgerissen, der Arschgeige. Ich hab' gedacht ... tut mir leid, Baby.«

»Schon okay«, sagte ich ihr. Müde, nicht schläfrig.

»Möchtest du, daß ich ...?« fragte sie und fuhr mir mit den Fingern über den Schwanz. Er war weich, klein.

»Nein.«

Sie gab mir einen leichten Kuß auf die Brust. Stand auf und ging irgendwohin.

Als sie zurückkam, war ich noch genauso. Ich konnte spüren, daß sie auf dem Stuhl neben dem

Bett saß. »Möchtest du, daß ich dir was vorlese, Schätzchen?«

Ich sagte: »Klar.« Ich weiß nicht, warum ich das gesagt habe.

Es war einer von diesen Liebesromanen, die sie immer gelesen hat. Taschenbücher. Ich hörte ihr beim Lesen zu, sah die Story im Kopf. Es war eine blöde Story, irgendwas mit einer Prinzessin. Ihr Vater wollte, daß sie den Sohn von einem anderen König heiratet, ein politischer Kuhhandel. Sie brannte durch. Sie wurde von irgendwelchen Piraten gefangen. Die hatten sie an einen Stuhl gefesselt, als der Piratenhäuptling reinkam. Sie fing grade an, ihn rumzukommandieren, als ich einschlief.

Am nächsten Morgen fütterte Shella mich mit heißer Suppe. Wusch mir mit einem heißen Handtuch das Gesicht, gab mir mehr Percodan, machte noch eine Eismaske für mich. Ich lag da, ruhte mich aus. Sie fragte mich, ob sie mir weiter vorlesen sollte.

»Okay«, sagte ich.

In dieser Nacht ging sie arbeiten. Sie sagte, falls die Cops sie aufgriffen, würde sie ihnen nicht sagen, wo sie wohnt. Falls sie nicht zurückkäme, sollte ich davon ausgehn, daß sie eingesperrt wäre.

Aber sie kam zurück. Sagte, die Cops hätten die Mädchen im Club nicht mal verhört.

Shella hatte haufenweise Bücher. Sie holt sie sich im Drugstore, vom Ständer. Alles mögliche. Sie las mir jeden Morgen vor, jede Nacht, wenn sie wieder heimkam.

Mir ging's jeden Tag besser.

Eines Nachts fragte sie mich, was mir am besten

gefallen hätte. Von den ganzen Büchern, die sie mir vorgelesen hat.

Die Sexbücher mochte ich nicht. Oder die Western. Die Krimis, mit den ganzen Andeutungen, waren zu kompliziert, zu albern. Ich dachte darüber nach. Die Sherlock-Holmes-Stories, sagte ich ihr. Als sie mich fragte, warum, sagte ich ihr, weil die Stories kurz sind. Als sie auf der Arbeit war, dachte ich drüber nach. Warum ich die Stories mochte. Sie waren unzertrennlich, immer zusammen, Holmes und dieser Doktor. Watson. Freunde bis zuletzt. Richtige Partner. Selbst als Watson geheiratet hat, blieb er bei Holmes. Holmes, der war eiskalt. Machte immer schlaue Sachen, tüftelte Zeug aus. Aber in einer Geschichte, ich hab' den Namen vergessen, sagt er zu einem Typ, wenn Watson irgendwas passiert, ist der Typ tot.

Es gab Unmassen von solchen Geschichten. Manche waren länger, so ähnlich wie Bücher.

Shella las sie mir die ganze Zeit vor, als es mit mir aufwärtsging. Sogar nachdem wir aus der Stadt fort waren, als mein Gesicht verheilt war, hat sie mir manchmal vorgelesen. Eine Art Belohnung.

Als ich in Florida eingefahren bin, waren immer noch jede Menge Sherlock-Holmes-Stories übrig.

◆

Ich traf mich mit Monroe kurz nach Mitternacht. Er gab mir die Adresse: Pike Slip, an der South Street. Das war unter einem großen Highway im Osten, Betonfläche wie ein Parkplatz, aber kein Auto kam dorthin. Er war in einer schwarzen Limousine, wie von einer Party. Ich sah sie von meinem Beobachtungsposten aus vorfahren. Das Glas der hinteren Fenster war so schwarz wie das Auto.

Ich trat vor, damit sie mich sehen konnten. Das hintere Fenster ging runter. Ich ging hin.

»Steig ein, Ghost«, sagte Monroe.

Drinnen war's wie in einem Wohnzimmer. Lauter Leder, sogar eine hölzerne Bar, die man hinten aus dem Vordersitz rausklappen konnte. Auf dem Rücksitz bloß Monroe. Auf dem Vordersitz konnte ich zwei Männer sehn, die hinter einer Trennscheibe saßen und nach vorne schauten.

»Bereit für den Job?« fragte er mich.

»Ja.«

»Ich bin Geschäftsmann, okay? Ich habe allerhand Geschäfte laufen. Da ist dieser Typ, Carlos. Carlos der Kolumbianer, nennen sie ihn. Er weiß nicht, wie die Sache läuft – ein Scheißtier.«

Mir ist es wurscht, warum Leute dies oder das machen. Jeder hat seinen Grund – warum sie's machen, ist egal. Aber das habe ich Monroe nicht gesagt. Weil ich das seit langem mache, hab' ich gelernt, nichts zu sagen. Ich laß die Leute einfach reden, bis sie mir sagen, was ich brauche. Manchmal nicke ich, als ob ich zuhöre.

»Wir haben dem Scheißkerl gesagt, wir haben ihm gesagt, er kann den Stoff nicht einfach so in der Stadt vertickern. Er hat erstklassiges Zeug, muß ich ihm lassen. Wir wollten weiter nichts als 'ne Kostprobe, bloß 'n bißchen vom Kuchen. Ich hab' ihm nett gesagt, ist genug für alle da, sei nicht gierig, weißt du?«

Genau da nickte ich. Damit er's zu Ende brachte.

»Er saut mit seiner eigenen Ware rum, denkt, er

ist Superman, keiner kann ihm was. Geht überallhin, mit so einer Scheißarmee. Wie ich gehört habe, hat er 'nen Deal gemacht. Mit den *Federales*. Marschiert rum, als hätt er Immunität. Wird nie hopsgenommen. Da, wo er wohnt, kommst du jedenfalls nicht an ihn ran. Wo das auch sein mag, Scheiße noch mal, irgendwo draußen in Queens, Jackson Heights. *Chapinero* nennen sie es. Spanisch für irgendwas, vielleicht ihr Heimatkaff. Da draußen ist alles spanisch, von hinten bis vorne. Kannst du spanisch?«

»Nein.«

»Jedenfalls, das Geld isses nicht, Ghost. Jeder hat 'nen Boß. Sogar ich, ich muß Leuten Rede und Antwort stehn. Ich löhne persönlich für den Abzweig. Seit zwei Monaten schon. Verstehst du, was ich meine? Zweig ich mir was von seinem Pott ab, zweigen die sich was von meinem ab. Denen isses egal, wie ich das kriege, ich hab's zu kriegen. Die wissen, daß der Stoff vertickert. Die erwarten, daß ich was abzweige. Sag ich denen, ich kann gegen den Typ nichts unternehmen, unternehmen die was gegen mich. Genauso läuft das, stimmt's?«

Ich nickte wieder.

»Der einzige Laden, wo er hingeht, der einzige Laden, den wir kennen, ist dieser Club. Da drüben, in diesem *Chapinero*. Sieht von der Straße aus wie ein Geschäft, aber der ganze Keller ist so 'ne Art Club. Er geht da alleine hin, geht jedenfalls alleine runter. Läßt seine Jungs oben. Er tanzt da unten gern. Nimmt 'ne Braut mit, zieht 'ne Schau ab. Ich hab' Leute, laß ihn beobachten. Er hat keine Wumme dabei.

Vor ein, zwei Wochen schick ich zwei Ballermänner da runter. 'nen anderen Typ zur Deckung. Aber die beiden Ballermänner gehn drauf. Der Typ, der rauskommt, der sagt uns, der Laden ist total dunkel, kleine Scheinwerfer über der Tanzfläche, das is alles. Dieser Carlos, der tanzt mit irgend'ner Fotze, hat die Finger überall an ihr dran. Die Ballermänner wollen auf ihn los, peng-peng, sind beide tot. Der andere Typ, der hat nicht die ganze Chose sehen können, aber als die Lichter angehen, steht Carlos einfach da, ohne was in der Hand. Stellt sich raus, die sind in die Brust geschossen worden, frontal. Wie wenn's von selbst passiert ist. Keine Chance, daß Carlos das bringt, nicht so.«

Monroes Gesicht schaut mich an. Bloß das Gesicht, nicht die Augen. »Hast du nichts zu sagen?« fragt er mich.

»Nein.«

»Verstehst du, was ich sage? Er erschießt Leute ohne Knarre, okay?«

»Okay.«

»Das ist der Typ, den du erledigen mußt, Ghost. Hier hast du ein Foto von ihm. Machst du das, find ich die Braut, diese Candy. Ich spüre sie für dich auf.« Jetzt schaut er mich mit den Augen an. »Abgemacht?«

»Ja«, sagte ich ihm.

Als Misty heimkam, fragte ich sie, ob sie jeden Abend arbeiten muß.

»Ich *muß* nicht, Baby. Ich könnte jederzeit 'n Abend freinehmen, glaub ich. Ich frag einfach den Boß.«

»Willst du mit mir wohin gehn? In einen Nachtclub zum Beispiel?«

»Klar! Ich mach gern was los, Schätzchen. Ich hab' nicht gedacht, daß du . . . wohin möchtest du denn?«

»So ein Club, von dem ich gehört habe. In Queens. Soll angeblich nett sein.«

»Wollen wir heut abend hin?«

»Nächste Woche«, sagte ich.

♦

Am nächsten Tag nahm ich einen Zug in die Gegend. Als ich den Jeton für die U-Bahn kaufte, gab mir die Frau eine Karte, verschiedenfarbige Linien, sämtliche Haltestellen drauf. Es fing unterirdisch an, aber dann ging's nach draußen. Ich stieg aus, lief rum. Wie Monroe gesagt hat, die ganze Gegend war spanisch – die Restaurants, die Drugstores, sogar die Zeitungen. Ich ging an dem Laden vorbei. Sah aus wie tagsüber geschlossen, das Fenster war überstrichen. Ich konnte das Neonschild lesen, auch wenn es nicht erleuchtet war. *Bajo Mundo.*

Ich konnte nicht erkennen, ob es einen Hinterausgang gab. Die Leute kommen nicht mit der U-Bahn zu einem Nachtclub, aber ich konnte auch keinen Parkplatz sehen.

Ich lief noch ein bißchen rum. Ich machte mir keine Gedanken, daß mich Leute sehen könnten. Mich sieht niemand.

Am nächsten Abend ging ich wieder hin. Vom Bahnsteig der Hochbahn aus sieht man den Club. Ich stand da, schaute runter. Autos fuhren vor. Schicke, schnittige Autos. Zwei Typen davor, die übernahmen jedes Auto, fuhren damit irgendwohin. Irgendwo abseits der Straße – ich konnte nicht sehen, wohin sie fuhren. Wie in einem Nobelhotel.

Ich zählte die Autos, versuchte mir vorzustellen, wie groß der Laden war. Es war etwa zehn Uhr. Der Mann, den ich suchte, den konnte ich nicht sehen. Vielleicht kam er erst später.

Ich spürte sie hinter mir, aber ich schaute weiter übers Geländer. Als sie dicht dran waren, sagte einer was auf spanisch. Ich drehte mich um. Der Typ, der geredet hatte, der hatte 'ne Knarre. Sie trugen solche Sweatshirts mit Kapuzen. Ich war ganz am Ende des Bahnsteigs, wo's dunkel war. Die anderen Leute vielleicht dreißig Meter weg. Ich wußte, sie würden nichts unternehmen.

Ich hob die Hände. Der Typ ohne Knarre, der langte in meine Jackentasche, nahm meine Brieftasche raus. Da waren vielleicht hundert Mäuse drin. Er nahm sie. Der Typ mit der Knarre machte eine Bewegung, ich sollte mich umdrehen. Ich machte es.

Ich hörte, wie sie abzogen. Einer von ihnen sagte irgendwas. Marie-konn oder so ähnlich.

♦

Kurz vor Mitternacht fuhren drei Autos auf einmal vor. Der Mann, nach dem ich Ausschau hielt, stieg hinten aus dem mittleren Auto. Er sah genauso aus wie auf dem Foto, das Monroe mir gezeigt hatte. Der Mann streckte die Hand aus, und eine Frau nahm sie, kam hinter ihm raus. Sie gingen in den Club. Männer stiegen aus den anderen Autos, stellten sich neben die Tür.

Als andere Autos vorfuhren, paßten diese Männer auf.

Kurz vor drei fuhren dieselben drei Autos vor. Der Mann kam raus, die Frau dicht vor ihm. Alle drei Autos rückten hintereinander ab.

♦

Am nächsten Nachmittag holte ich mein Auto aus der Garage beim Hotel, fuhr rüber in die Gegend. Ich fuhr einfach eine Weile rum, bis ich zwei Blocks von dem Club weg einen Parkplatz fand. Ich las die Schilder. Das Auto würde keinen Strafzettel kriegen, auch wenn es zwei Tage dort stand. Ich ließ es da, nahm den Zug zurück.

Ich war wach, als Misty zurückkam. Ich rauchte eine Zigarette, während sie duschte. Als sie rauskam, hatte sie ein rosa Seidending an, das irgendwie um sie rumgewickelt war.

»Gefällt's dir?« fragte sie.

»Ist hübsch.«

Sie machte eine Drehung, damit ich das ganze Ding sehen konnte. Setzte sich aufs Bett. Reckte sich, als ob sie total müde wäre von der Arbeit.

Ich legte mich neben ihr aufs Bett, schaute an die Decke.

»Kommst du an Kreditkarten ran?« fragte ich sie.

»Klar, Schätzchen. Im Club versucht ständig irgendwer, welche zu verkaufen. Was für eine Sorte?«

»American Express, Mastercard, Visa . . . alle wichtigen Karten.«

»Frische gibt's für 'n Hunni. Und sie gehn bloß zwei, drei Tage. Weißt du . . .?«

»Yeah.« An Kreditkarten kommt man immer

ran. Die werden beim Handtaschenraub abgegriffen, im Damenklo aus den Abendtäschchen gefingert . . . dann verkaufen sie sie. Die meisten Menschen benutzen sie, um Sachen einzukaufen. Dann verkaufen sie die Sachen. Denselben Leuten, denen sie die Karten geklaut haben.

»Hast du 'nen Führerschein?«

»Nein, Baby. Ich mein, ich hab 'n Ausweis, aber . . .«

»Schon okay.«

Sie schob sich näher, legte mir den Kopf auf die Brust, langte runter, fing an, mit mir zu spielen.

»Was brauchst du denn, Schätzchen? Sag's Misty, ich besorg's dir.«

»Wir brauchen ein Auto. Wenn wir in diesen Club gehen. Ein schickes, hübsches Auto. Wir mieten uns ein Auto, lassen es dort, verstanden? Fahren in unserm eigenen Auto heim.«

»Warum nehmen wir nicht einfach 'ne Limousine?«

»'ne Limousine?«

»Klar! Wir können eine mieten. Für die eine Nacht, okay? Das kostet nicht so viel. Wie ein Taxi, bloß schicker. Manche von den Typen, die in den Club kommen, machen das. Wenn sie wieder weg wollen, rufen sie einfach an, und das Auto wartet draußen auf sie.«

»Die sind wie Taxis, oder? Die haben ein Buch, schreiben rein, wo sie einen hinbringen?«

»Ich . . . glaub schon.«

»Nicht gut.«

♦

Ich dachte drüber nach, wendete es im Kopf hin und her. Ich mache nichts schnell, außer wenn ich mittendrin bin. Shella war nicht so, immer ungeduldig. Sie hat immer rumgespielt, nicht nachgedacht, wie die Sachen ausgehen könnten.

Wir hatten mal ein bißchen Geld zusammen, und sie wollte dieses kleine Haus mieten, eine Art Hütte, ganz nah am Strand. Von mir aus ging das okay. Keiner von uns hat damals gearbeitet. Ein Urlaub wär's, hat sie gesagt.

Nachts ging ich zum Strand, schaute auf das dunkle Wasser. Manchmal kam sie mit. In der einen Nacht nicht. Als ich zurück zum Haus ging, sah ich, daß das Auto weg war, kein Licht brannte. Dachte mir, sie wäre in der Stadt – Shella war manchmal umtriebig. Ich machte die Haustür auf, spürte, daß jemand da war. Ich glitt wieder raus, machte sachte die Tür zu, rastete das Schloß nicht ein. Ich ging zur Rückseite des Hauses . . . konnte nichts entdecken, wo jemand reingekommen wäre. Ich suchte mir eine gute Stelle, von wo aus ich das Auto sehen konnte, wenn sie ankam. Egal, wer drin war, irgendwann mußte er rauskommen.

Ein paar Stunden später fuhr das Auto vor. Die Tür ging auf, und ich sah jemand drinsitzen. Nicht Shella. Klein, dunkelhaarig. Die Gestalt schloß die Tür, ging zum Haus. Ich trat hinter sie, legte ihr den Unterarm um die Kehle, trat ihr in die Knöchel, riß sie zu Boden. Ich roch Parfüm, spürte lange Haare. Eine Frau.

»Ein Ton, und ich brech dir das Genick«, sagte ich leise. »Wer is da drin?«

»Candy«, flüsterte sie. »Sie hat mir das Auto geliehen. Bitte nicht . . .«

»Wer bist du?«

»Bonnie. Ihre Freundin Bonnie.«

»Arbeitest du im Club?« Sie hatte einen schmalen Körper, schlaksig wie ein Junge. Was immer sie war, eine Tänzerin jedenfalls nicht.

»Oben. Ich bediene die Telefone. Bitte, tu mir nicht weh.«

»Wo hast du das Auto her?«

»Candy hat's mir geliehen.«

»Wann?«

»Um neun. Sie hat's mir rausgebracht. Ich hab' ihr gesagt, bis Mitternacht hat sie's wieder – sie will mich heimfahren.«

»Es ist nach Mitternacht.«

»Ich weiß. Sie wird mir den Arsch vollhaun.«

Ich hab's nicht kapiert, als sie es sagte. Ich ging mit ihr zur Haustür. »Es ist offen«, sagte ich ihr. »Geh einfach rein, ruf ihren Namen. Wenn sie drin ist, alleine, ist alles klar.«

Ich berührte die Stelle, wo ihr Hals in die Schulter überging, spürte, wie sie vor Schmerz zusammenzuckte. »Versuch nicht, auszureißen«, sagte ich.

Sie öffnete die Tür. Ich hörte sie »Candy?« rufen. Ich wartete draußen.

♦

Im Haus ging ein Licht an. Dann noch eins. Ich ging nach hinten, zwängte mich durch ein Fenster. Von vorne hörte ich ein Geräusch. Fleisch auf Fleisch. Die kleine Bonnie war auf den Knien. Shella schlug sie mit der einen Hand, hielt in der anderen die Haare des Mädchens. Ich trat vor, so daß Shella mich sah.

»Was ist?« fragte ich sie.

»Schon okay. Das Luder ist zu spät gekommen,

das ist alles«, sagte Shella zu mir. Sie wandte den Kopf, schaute das Mädchen an. »Nicht wahr?« sagte sie. Knallte ihr noch eine, heftig.

»Ich dachte . . .«

»Schon okay«, sagte sie zu mir. Noch mal. »Ich bring sie heim.« Shella war ganz schwarz angezogen, eine Art Body. Stiefel an den Füßen, Gesicht total zurechtgemacht, als ob sie ausgehen wollte. »Wir bringen das später zu Ende.«

Ich wußte nicht, mit wem sie redete, als sie das sagte.

Sie gingen zusammen raus. Ich hörte das Auto anspringen.

◆

Shella kam erst am nächsten Nachmittag zurück. Ich war im vorderen Zimmer, sah fern.

»Wieso stellst du nie den Ton an?« fragte sie mich.

»Ich will lernen, wie man von den Lippen abliest.«

Sie warf mir einen komischen Blick zu, sagte, sie ginge duschen.

Ich saß immer noch da, als sie wieder reinkam.

»Du stellst nie Fragen, oder?«

»Manchmal.«

»Was du letzte Nacht gesehn hast. Das ist bloß ein Spiel, okay?«

»Klar.«

»Ich mach so was, manchmal.«

»In Ordnung.«

»Isses dir egal?«

»Ich weiß nicht, was es ist.«

Sie setzte sich auf die Armlehne meines Sessels,

roch nach Seife und Puder. »Möchtest du, daß ich was für dich tu?«

Ich schloß die Augen. War so müde.

»Möchtest du, daß ich dir vorlese, Baby? Dir ein Buch vorlese?«

Ich nickte, dachte drüber nach. Sie gab mir einen leichten Kuß, einen süßen Kuß.

Als ich aufwachte, war es dunkel. Eine Decke über mir. Shella war fort.

♦

Ich wußte, daß ich irgendwas in Erinnerung hatte. Ich zwang es nicht, ließ es einfach in mir hochkommen. Wie Schmerz. Manchmal kann ich meinen Körper von innen sehn. Ich wurde mal angeschossen. Eine kleine Knarre. Knapp über dem Knie. Ging rein und raus. Ich konnte das Loch in meiner Hose sehen, als ich sie auszog. Rein und raus. Ich konnte die Bahn von der Kugel sehen. Wie ein Tunnel, total rot und mit weißem Zeug verklumpt. Ich hab' eine Binde rumgewickelt, ganz fest. Ich sah das Innere von meinem Bein, sah, wie sich der Tunnel schloß, sich wieder füllte. Es wurde besser. Die Narben sind wie Punkte, vorne und hinten.

Erinnerungen. Shella, wie sie das Mädchen schlug. Ein Hotelzimmer. In Huntsville, Alabama. Irgend'ne Tagung. Shella sagte, wir könnten schwer was abzocken. Als wir eincheckten, sah ich die Schilder von der Tagung. Weibliche Führungskräfte. Werbung oder so. Ich schaute Shella an. Sie zwinkerte mir zu. Sagte mir, wir würden nicht auf Fledder machen – sie schafft das Geld alleine ran. Sei bloß bereit, falls irgendwas schiefläuft.

Ich war im Zimmer nebenan, als ich sie reinkommen hörte. Ich hörte Stimmen, dann ein Geräusch wie von einem Gürtel. Shella würde keine harten Nummern schieben. Ich schaute durch die Tür. Eine fette Frau war auf dem Bett, Gesicht nach unten, Hand- und Fußgelenke an die Bettpfosten gefesselt, einen Kissenbezug über dem Kopf. Shella peitschte sie aus. Rot stachen die Schenkel der fetten Frau von ihrer blassen weißen Haut ab.

Später zeigte mir Shella das Geld. Eine Masse Geld. Warum behielt ich im Kopf, wie Shella diese Frau ausgepeitscht hat? Ich erinnere mich nie umsonst an irgendwas. Ich ließ es abspulen, wartete.

Ich hatte es. Als Shella diese Tagung abklapperte, hatten wir ein anderes Zimmer. In einem Motel draußen auf dem Highway. Nahmen ein Taxi zu dem Tagungshotel, als wir eincheckten. Wie wenn wir vom Flughafen kämen. Als wir aus dem Hotel auscheckten, nahmen wir ein Taxi zum Flughafen. Dann schnappten wir uns ein anderes zurück zum Motel, wo wir unser Auto hatten.

◆

Als Misty zurückkam, sagte ich ihr, ich wüßte, wie wir's machen. Sagte, wir würden nächsten Freitag hingehn. Sie kam angerannt, gab mir einen dicken Kuß, als hätte ich was Tolles gemacht.

Das Telefon in dem Hotelzimmer klingelte. Es klingelt nie. Niemand hat die Nummer. Ich deutete auf Misty – sie hob ab.

»Oh! Ich bin gleich unten. Nein, warten Sie 'ne Minute. Können Sie jemand damit raufschicken? Okay. Danke.« Sie wuselte im Zimmer rum, zog eine Hose an.

»Was ist?«

»Wirst schon sehen, Baby.«

Ein Klopfen an der Tür. Freundliches Klopfen. Misty machte auf. Ein Hotelpage in Uniform, einen ganzen Schwung Päckchen auf so einem Wagen, mit dem sie in Hotels Gepäck rumkarren. Der Hotelpage legte das Zeug dorthin, wo Misty hindeutete, auf das Bett. Mich schaute er nicht mal an. Misty gab ihm ein paar Scheine. Er verbeugte sich irgendwie, sagte danke. Muß zuviel Geld gewesen sein.

Als sie die Tür zumachte, schloß Misty ab, legte die Kette vor, riß sich die Klamotten runter, tanzte rum.

Sie öffnete eins der Pakete, öffnete noch eins. Holte ein kleines rotes Lederteil raus, hielt es hoch.

»Isses nicht wunderschön?«

»Was ist das?«

»Ein *Kleid*, Baby. Warte . . . schau, es paßt zu diesen Schuhen, und ich hab' Strümpfe dafür und . . .«

»Wieso . . .?«

Sie schaute das Kleid an . . . nun, wo sie's mir gesagt hatte, sah ich, daß es ein Kleid war . . . hielt es hoch. »Ich muß Puder nehmen, damit ich reinkomme, aber warte mal ab . . .«

Sie rannte ins Badezimmer. Schloß die Tür. Das macht sie normalerweise nicht, die Tür zu. Ich hörte die Dusche. Stellte den Fernseher an.

Als sie rauskam, war sie in dem roten Kleid. Es war so eng, daß sie kleine Schritte machen mußte. Das Oberteil des Kleides drückte ihre Brüste so fest zusammen, daß sie über dem roten Leder rausquollen. Vorne ein großer Reißverschluß bis ganz runter. Der Rocksaum war weit oben an ihren Schenkeln. Sie hatte schwarze Strümpfe an, rote Stöckelschuhe in der gleichen Farbe wie das Kleid. Ihre Arme und der Hals waren nackt, die Haare hochgesteckt, lange Ohrringe, am Ende kleine, baumelnde rote Kugeln.

»Was meinst du?«

»Es ist wunderschön«, sagte ich ihr. Shella hat mal so rumposiert, mich gefragt, wie sie aussehn würde. Ich sagte: »Gut.« Und sie hat einen Aschenbecher nach mir geworfen. Deshalb weiß ich, daß ich das nicht noch mal sagen darf.

»Siehste, wie's mich zur Geltung bringt, Schätzchen? Mit diesen Absätzen und den dunklen Strümpfen ...? Wie wenn ich lange Beine hätte, ja?«

»Ja.«

»Ich weiß nicht, wie ich mich damit hinsetzen soll. Und Höschen kann ich auch nicht drunter tragen. Aber das isses wert. Ich mein, ich will, daß du stolz auf mich bist, wenn wir ausgehn.«

»Ich bin stolz auf dich. Du siehst klasse aus, Misty.«

»Wirklich?«

»Ich schwör's.«

»Warte, bis du das Allerbeste siehst!« sagte sie und wühlte in den anderen Paketen rum.

Ich sah, wie sie sich übers Bett beugte. Der Rock rutschte hoch, weißes Fleisch über den breiten schwarzen Strumpfrändern. Ich konnte ihr Geschlecht sehen.

»Schau!« sagte sie und hielt schwarze Klamotten hoch.

»Was ist das?«

»Das ist ein Anzug, Schätzchen. Für dich. Du hast nichts zum Anziehen für einen Nachtclub.«

Ich ließ sie mit dem Zeug rumfuhrwerken. Sie hatte recht – ich hätte nie dran gedacht. Ein schwarzer Anzug. Glatt, glänzend. Ein weißes Hemd, wie man es zum Frack trägt, vorne lauter Rüschen. Das Hemd hatte kleine schwarze Knöpfe, schwarze Manschettenknöpfe. Sie hatte sogar schwarze Stiefel. Alligator, wie's aussah.

»Paßt alles«, sagte ich. Überrascht.

»Ich hab' dich ausgemessen, Schätzchen. Im Schlaf. Jeden Quadratzentimeter. Gefällt's dir?«

»Das ist klasse«, sagte ich und ließ sie all die kleinen Schnallen und Knöpfe am Hemd zumachen. Ich stieg in die Hose. Der Bund war prima, aber irgendwie fühlte es sich nicht richtig an. »Die ist zu eng«, sagte ich.

»Nein, isse nicht. Hier ...« Sie öffnete die Schnalle oben, trat hinter mich, langte mir in die Unterwäsche, griff sich meinen Schwanz, schob ihn auf die eine Seite. »Probier's jetzt mal.«

Sie saß prima. Ich warf ihr einen Blick zu. »Das heißt, daß du Linksträger bist, Schätzchen. Man hat doch nicht ... ich mein, er gehört doch nicht genau in die *Mitte*, verstehst du? Wenn du ihn dahin legst, wo er hingehört, verrutscht er nicht, okay?«

Sie wirkte auf einmal so jung. Als ging's um irgendwas Großes. Ich fühlte Shella neben mir, wie sie mir in die Rippen stupste, die Augen verdrehte, wie sie's immer gemacht hat, wenn sie sagte, ich wäre blöde. »Der bleibt nicht so, wenn ich dich in dem Kleid sehe«, sagte ich Misty. Ihr Gesicht leuchtete auf.

Die Jacke paßte echt gut. Ich schaute mich im Spiegel an. »Die Schultern sind zu breit«, sagte ich Misty. Sie ragten weit raus.

»Die *gehören* genau so«, sagte sie. »Das ist jetzt Mode.«

♦

Später. Ich lag auf dem Rücken, Misty über mir, strich mir mit den Brüsten übers Gesicht. Ich in ihr, spürte die festen Muskeln im weichen Fleisch. Sie war naß, tropfte auf mich, stieß zu.

Als sie fertig war, schlief sie so ein.

♦

Noch später. Sie wachte auf, rollte von mir runter, zündete sich eine Zigarette an. Legte den Kopf auf die Schulter, blies Rauch an die Decke.

»Wie hab' ich in dem Kleid ausgesehen, Schätzchen?«

»Wunderschön.«

»Das hast du schon *gesagt*. Aber das mein ich nicht. Hast du gedacht, ich seh aus wie eine ... was? Eine Studentin?«

»Nein.«

»Wie 'ne Hure?«

»Nein. Das nicht.«

»Aber ... wie was, Baby?«

Ich nahm einen Zug von ihrer Zigarette, überlegte mir die Wahrheit. »Wie nennt man die Dinger, in denen du tanzt?«

»Kostüme?«

»Nein. So 'ne Art G-String. Den schmalen Strick, der zwischen deinen Backen durchgeht.«

»Das *ist* ein G-String.«

»Nein. Wie nennt man denn die breiteren, mit so 'ner Art Einsatz vorn dran?«

»Oh!« Sie sprang aus dem Bett, suchte in den Schubladen der Sperrholzkommode an der Wand rum. »So was?« fragte sie, und hielt ein schwarzes Seidenteil hoch.

»Ich weiß nicht . . .«

Sie stieg rein, zeigte es mir. Von vorn sah es aus wie ein Höschen, aber seitlich war das Bein nicht bedeckt, und hinten nichts außer einem Streifen, der den Hintern teilte.

»Dreh dich um«, sagte ich. »Bück dich.« Als sie's machte, war es, als ob sie nackt wäre, aber ihr Geschlecht war von dem schwarzen Stoff bedeckt.

»Wie nennt man so was?«

»Einen Tanga, Schätzchen.«

»Kannst du einen auftreiben, in der gleichen Farbe wie das Kleid?«

»Klar! Das ist 'ne gute Idee. Hätt ich draufkommen sollen. Du bist so süß. Es ist . . . viel hübscher so, was?«

»Ja.«

◆

»Hast du vor, mit mir zu tanzen, Baby? In dem Club?« Das war am nächsten Morgen, lang bevor sie zur Arbeit mußte.

»Ich weiß nicht, wie's geht«, sagte ich. Ich hatte nicht dran gedacht.

»Hast du's nie gelernt?«

»Nein.«

»Soll ich dir's lernen?«

»Das bringt überhaupt nichts«, sagte ich. Dachte an Shella. Daran, wie sie's mir zeigen wollte. »Halt mich einfach, eine Hand auf meiner Schulter . . . so etwa . . . ja . . . eine Hand an meiner Taille, okay?

Jetzt beweg dich einfach zu der Musik – ich folge dir.« Es hat nicht funktioniert. Ich habe probiert und probiert – ich werde nie müde –, aber es hat nicht funktioniert. Dauernd rumste ich an sie, schubste sie um, latschte ihr auf die Füße. Schließlich hat's Shella gesteckt. »Ich kapier das nicht«, sagte sie. »Ich hab dich Fliegen aus der Luft fangen sehen, ohne daß du sie auch nur verletzt hast. Du bewegst dich so elegant, wenn du ... arbeitest. Aber ... es ist, als ob keine Musik in dir ist.« Ich schüttelte den Kopf. Misty kam zu mir, lächelte.

»Komm schon, wir probiern's einfach, okay?«

Ich ließ mich drauf ein. Im Radio lief irgendein Song. Es brachte nichts. Schließlich legte mir Misty den Kopf an die Brust, blieb dicht an mir, wiegte sich ein bißchen, bis der Song vorbei war.

♦

Freitag nachmittag zogen wir los. Misty hatte für uns in einem der Motels beim Airport reserviert. LaGuardia Airport, nur ein paar Kilometer weg von da, wo wir hinmußten. Ein Taxi setzte uns direkt davor ab, als ob wir mit dem Flieger gekommen wären.

Das Zimmer war so wie alle. Misty ging lange unter die Dusche. Ich sah fern. Dann telefonierte sie, bestellte die Limousine für abends um zehn. Sie breitete alles auf der Kommode aus: Make-up, Nagellack, Haarbürsten. Sie sagte, sie würde eine Runde schlafen, wollte um sieben geweckt werden, damit sie sich fertigmachen könnte.

Ich durchdachte alles, während sie schlief. Es mußte nicht heute abend sein. Vielleicht war er nicht mal da.

Wir standen vor dem Hotel und warteten, damit der Fahrer der Limousine nicht im Zimmer anrufen mußte. Der Parkplatz war voller Leute, die irgendwelche Deals machten, in kleinen Gruppen rumstanden, durch die Autofenster miteinander redeten. Sie taten nicht mal heimlich. Ich sah, wie ein Auto vorfuhr, drei Jungs hingingen. Zwei Jungs stiegen hinten aus, öffneten den Kofferraum. Ein Typ wühlte im Kofferraum rum, holte einen flachen Koffer raus, öffnete ihn, schaute rein. Sie tauschten den Koffer gegen eine Reisetasche ein, und das Auto fuhr weg.

Männer kamen vorbei, schauten Misty an. Sie hatte die Hand an meinem Arm, bloß eine leichte Berührung. Zwei Männer kamen die Treppe hoch, total aufgemotzt, in geckigen Klamotten. Der eine lächelte Misty an, sagte irgendwas auf spanisch. Der andere schaute mich echt hart an. Ich senkte den Blick. Ich konnte ihr Parfüm riechen, als sie an uns vorbeigingen, lachten.

Die Limousine war pünktlich. Der Fahrer trug einen Anzug, hatte eine Mütze auf mit einem kleinen Schirm. Er öffnete die Hintertür, hielt sie Misty auf. Wir stiegen ein.

Sowie wir unterwegs waren, sagte Misty, wir hätten unsere Meinung geändert, nannte ihm die Adresse von dem Club, nicht irgendwas in Manhattan, wie sie ihm zuerst gesagt hatte. Er schaute über die Schulter, sagte, es täte ihm leid, aber er müßte denselben Preis machen. Ist schon okay, sagte Misty.

Wenn ihm die Cops irgendwelche Fragen stellen, kann er sich nur an Misty in diesem krachengen Kleid erinnern. Ich sehe aus wie jeder andre.

Die Limousine hielt direkt vor dem Club. Der

Fahrer kam außen rum zum Gehsteig. Ich stieg zuerst aus, streckte Misty die Hand hin. Genau, wie er's gemacht hat, als ich ihn oben von den Bahngleisen aus beobachtete.

Ich gab dem Fahrer einen Zwanziger. Misty sagte ihm, wir würden bei der Zentrale anrufen, wenn wir heimwollten.

Die zwei Leibwächter draußen schauten uns nicht mal an.

Hinter der Tür saß ein Mann an einem weißen Tisch, vor sich eine graue Metallkassette. Ich reichte ihm einen Hunderter, er gab mir einen Fünfziger wieder. Ein kleiner, muskulöser Typ stand neben dem Tisch. Er deutete mit dem Kopf, wir folgten der Richtung. Gradeaus war ein weiterer Raum. Ich stand still, während ein dürrer Typ mit den Händen über mich fuhr. Er spielte nicht rum, checkte meine Knöchel, die Innenseite der Schenkel, hinten an meinem Kreuz. Er hatte ein Messer in einem Schulterholster – so eins hab' ich noch nie gesehen.

Eine Frau war auch da – sah aus wie eine Gefängniswärterin, kurze Haare, kräftige Unterarme. Sie fuhr mit den Händen über Misty. schaute in ihr Abendtäschchen.

Wir gingen weiter, folgten ein paar Leuten vor uns. Eine Treppe nach unten. Ich ging voraus, spürte Mistys Hand auf meiner Schulter.

Wir nahmen einen Tisch an der einen Wand. Der Laden war dunkel, weiches blaues Licht in dünnen Röhren, die sich quer über die Decke zogen. Eine Kellnerin in einem kurzen schwarzen Kleid und einer weißen Schürze vorn kam rüber. Misty bestellte einen geeisten Daiquiri, ich bestellte Rum und Cola, zwei Gläser.

Der Raum war angelegt wie ein eingedellter Kreis, außen rum überall Tische. In der Mitte war eine Tanzfläche. Die Musik war langsam, klebriges Zeug ... Gitarre und Piano. Ich konnte keine Band sehn, die Musik kam von überall. Schließlich entdeckte ich ein paar Lautsprecher – es müssen Dutzende gewesen sein.

Zwei Tische weiter holte ein große Frau mit wilder schwarzer Haarmähne einen Spiegel raus, tippte aus einem Silberröhrchen etwas Koks drauf, hackte es in Lines, schnupfte mit einem aufgerollten Geldschein in jedes Nasenloch eine Line. Dann gab sie den Spiegel dem Mann neben sich.

Als Leute zur Tanzfläche gingen, strahlten Babyspots von der Decke runter. An und aus, kleine Kleckse aus weißem Licht, große schwarze Flächen. Wie Suchscheinwerfer im Gefängnis, wanderten einfach rum, ohne daß einer sie bediente.

Ich trank ein bißchen Cola, goß den Schuß Rum in das, was übriggeblieben war. Als die Kellnerin kam, bestellten wir noch mal dasselbe.

Nach einer Weile standen wir auf und tanzten. Standen einfach am Rand der Tanzfläche, bewegten uns nicht. Misty rieb sich an mir. Ich senkte den Kopf, damit ich hören konnte, was sie sagte, aber sie sang bloß vor sich hin.

◆

Er kam kurz vor Mitternacht. Mit derselben Frau. Er wurde zu einem allein stehenden Tisch geführt. Nichts anderes war in der Nähe.

Ich war mir nicht sicher, daß er es war, dieser Carlos, von dem Monroe gesprochen hatte, bis er aufstand und tanzte. Ein großer, schmaler Mann, die schwarzen Haare glatt aus der Stirn gekämmt, hinten zum Pferdeschwanz gebunden. Er trug einen langen weißen Mantel, wie ihn Cowboys tragen, aber aus Seide. Als er aufstand, ging er ihm fast bis zum Knöchel. Die Frau mit ihm trug Hosen aus diesem Stretchzeug, wie man's beim Training trägt, so eng, daß ihr Hinterteil zwei Hälften bildete. Die Hosen waren um die Waden schwarz, wurden aber nach oben zu immer heller. Der Teil, der ihren Hintern bedeckte, war silbrig. Er hielt den Mantel auf, und sie kam zu ihm, tanzte vor sich hin, während er dastand. Seine Hände waren mit Diamanten übersät – er hielt sie so, daß sie ihren Hintern umfingen, silbernes Zucken unter dem Funkeln. Ihre Hände waren um seine Taille – unter dem langen Mantel konnte ich sie nicht sehen.

Als sie sich hinsetzten, brachte ihm eine Kellnerin ein Silbertablett mit einem kleinen Haufen weißem Pulver drauf. Die Frau hatte einen winzigen Löffel an einer Kette um den Hals. Sie setzte sich auf seinen Schoß, löffelte ein bißchen Pulver, hielt es ihm unter die Nase. Machte es noch mal. Sie selbst nahm keines.

♦

Ein Koloß kam rein, mit einer Blondine am Arm. Die Blondine steckte in einem bis zur Taille ausgeschnittenen Kleid, das vorn mit Riemchen zusammengehalten war. Misty beugte sich zu mir rüber. »Meinst du, ich sehe aus wie die?« fragte sie.

Ich war mir nicht sicher, was ich sagen sollte, also schüttelte ich den Kopf.

»Die schaut aus wie 'n billiges Sonderangebot«, sagte Misty. »Keine Klasse.«

Ich nickte, beobachtete die Frau auf dem Schoß des Mannes.

Carlos und die Frau standen wieder auf und gingen tanzen. Die Musik war jetzt schneller, aber Carlos bewegte sich immer noch nicht. Die Frau wickelte sich total um ihn rum, wand sich wie eine Schlange, arbeitete hart.

»Was ist das für ein Tanz, den die da machen?« fragte ich Misty.

»Das ist ein Lambada . . . jedenfalls *soll's* einer sein. Die dürre Zicke kann sich bloß nicht bewegen. Siehst du, wie die Hose geschnitten ist . . . Damit's ausschaut, als hätte sie 'n anständigen Hintern. Die würde auf dem Laufsteg keine zehn Minuten überleben.«

Die Beine der Frau waren lauter harte Muskeln unter dem Stretch. Ihre Hände konnte ich immer noch nicht sehn.

♦

Misty stand auf und ging zum Damenklo. Als sie zurückkam, beschrieb sie mir alles. Goldrahmen um die Spiegel, ein Mädchen mit Handtüchern, Tabletts voller Parfüm, Koks.

Je später es wurde, desto voller war es. Der Qualm war so dicht, daß mir die Augen brannten. Misty war dran gewöhnt, sagte, es wäre nicht so schlimm.

Ich stand auf und tanzte wieder mit Misty. Wir schoben uns dichter an Carlos. Ich beobachtete ihn über Mistys Schultern. Seine Augen waren geschlossen.

Zwischen den Tänzen mit der Frau zog er sich immer wieder einen Löffel rein. Die Frau stand nie allein auf, ging nie aufs Damenklo, wich nie von seiner Seite.

Schließlich kam ich drauf.

♦

Ich rückte Mistys Stuhl direkt neben meinen, legte den Arm um sie, zog sie an mich, damit ich ihr was zuflüstern konnte.

»Ich mach mich bald an die Arbeit«, sagte ich ihr. »Geh raus, so, als hätten wir Krach oder irgendwas. Laß dir von denen ein Taxi rufen. Geh zurück zum Motel, check aus. Nimm dir ein Taxi und fahr heim.«

»Was hast du . . .?«

»Ssssch, Misty. Mach's einfach, okay?«

»Baby, könnt ich . . . dir nicht helfen oder so?«

Ihre nackten Schultern waren warm unter meiner Hand. Ich rieb mit dem Daumen ihr Fleisch, zog einen kleinen Kreis.

»Gibt's im Damenklo ein Fenster?«

»Ich weiß nicht, Schätzchen. Ich mein, ich hab' keins gesehn. Aber ich könnte hingehn und nachschaun . . .«

»Yeah. Mach das, okay? Ich geh mich auch umschaun.«

Sie ging weg. Ich gab ihr zwei Minuten. Dann schlenderte ich über die Tanzfläche, entdeckte den Gang zum Männerklo, ging rein.

Es war schnieke, genau, wie Misty es beschrieben hatte. Aber man konnte sehn, daß es früher mal eine Ecke vom Keller war. Vielleicht war oben ein Restaurant gewesen. Ich ging in eins der Kabuffs, das allerhinterste, bei der Außenwand. Dicht am Boden zogen sich lauter Rohre entlang.

Ich sah ein mit Draht befestigtes Papierschild an einem der Rohre. Brooklyn Union Gas stand drauf.

Ich kam aus dem Kabuff, wusch mir die Hände, schaute in den Spiegel, damit ich alles sehen konnte. In einer Ecke führten zwei Rohre vom Boden zur Decke. Seitlich an den Rohren ein rundes Ventil. Für die Küche, die früher mal oben war?

Ich war vor Misty wieder am Tisch. Sie setzte sich, wartete, bis uns die Kellnerin neue Drinks brachte. »Es gibt ein Fenster, Baby. Aber es ist ganz klein, mit einem Gitter außen dran.«

»Schon okay. Passen die Leute da drin genau auf dich auf? Könntest du vielleicht irgendwas machen, bevor du abhaust?«

»Schätzchen, ich könnte alles machen . . . da drin geht's zu wie auf 'ner Orgie. Die schnupfen alle, machen 'ne Sauerei. Ich hab' zwei Mädchen in eine der Kabinen gehn sehn, vor aller Augen. Das eine Mädchen hat sich mit hochgeschobenem Kleid auf die Toilette gestellt, und das andere hat sich's reingezogen. Die haben nicht mal die Tür zugemacht.«

»Yeah, an den Tischen machen sie's auch.«

»Kein Koks, Baby, Sex. Das eine Mädchen hat auf der Toilette gestanden, das Kleid bis ganz oben, und die andere hat ihr einen geleckt. Es war ekelhaft . . .«

»Okay.« Ich gab ihr drei Streichholzheftchen. »Steck 'ne angezündete Zigarette in die Streichhölzer, etwa so.« Ich zeigte es ihr. Wenn die Zigarette runterbrennt, kommt sie an die Streichholzköpfe, macht 'ne kleine Stichflamme. Shella hat mir den Trick gezeigt. »Ist da drin 'ne Mülltonne, für Papiertücher und so?«

»Yeah. Es gibt sogar zwei.«

»Meinst du, du kannst 'ne angezündete Zigarette da reinwerfen, vorher die Streichholzheftchen rumwickeln?«

»Klar.«

Wir gingen wieder tanzen. Der Tanzboden war jetzt so voll, daß wir ständig mit Leuten zusammenstießen. Misty vor allem. Ich legte meine Lippen ganz nah an ihr Ohr, hielt sie eng umschlungen.

»Wenn wir zum Tisch zurückgehn, setzt du dich einfach hin und wartest. Wenn ich zurückkomme, gehst du aufs Damenklo und machst, was wir besprochen haben. Sowie du die Zigarette reingeworfen hast, marschierst du rauf und gehst raus auf den Bürgersteig. Wie wenn du frische Luft brauchst. Schnapp dir ein Taxi.«

»Was hast du …?«

»Wir sehen uns später, okay?«

Sie zog mein Gesicht runter, gab mir einen tiefen Kuß.

◆

Ich brauchte eine Weile, bis ich mich durchs Gedränge zum Männerklo durchgekämpft hatte. Ich wartete, bis es ziemlich leer war. Wartete noch ein bißchen, bis ich allein war. Dann trat ich aus dem Kabuff. Der Aufpasser wischte in Türnähe auf. Ich ging zu den Rohren, packte das Ventil und drehte fest. Es rührte sich nicht. Ich holte tief Luft durch die Nase, packte besser zu und ließ sie raus, während ich wieder dran drehte. Ich spürte kleine Nadelstiche im Nacken, Schmerz um die Augen … spürte, wie das Ventil nachgab. Ich drehte es ganz auf, hörte ein leises Zischen.

Ich ging wieder raus. Misty stand auf, rieb sich den Kopf, als täte er ihr weh. Sie ging hoch.

Langsam und entspannt rauchte ich zwei Zigaretten. Es dauerte etwa fünfzehn Minuten, bis ich was roch, bloß ein feiner Hauch, aber ich wußte, was es war. Konnte noch nichts unternehmen. Carlos saß immer noch da.

Endlich stand er auf zum Tanzen. Ich stand auch auf, ging über die Tanzfläche. Die Frau schmiegte sich an ihn, Hände hinter seinem Rükken. Ich hörte, wie jemand »Gas?« sagte. Ich nehme an, auf spanisch heißt es dasselbe. Überall Leute in Bewegung, die Musik war laut . . . manche konnten es riechen.

Ich trat hinter die Frau, hieb ihr, so fest ich konnte, in die Nieren. Der Schlag warf sie gegen ihn. Er breitete die Arme aus, und sie ging zusammengekrümmt zu Boden. Ich konnte die Knarre in ihrer Hand sehen, aber sie war hinüber. Ihr Mund stand offen. Jemand schrie. Ich donnerte ihm eine Linke in die Rippen, drosch ihm die Kante der rechten Hand an den Hals, als sein Kopf sich senkte. Der Gasgeruch war jetzt stark. »Feuer!« hörte ich jemand brüllen. Alles rannte auf den Ausgang zu, eine irre Meute, die einander niedertrampelte.

Mitten in dem Durcheinander kam ich raus, rannte, fand das Auto da, wo ich es stehen gelassen hatte.

♦

Als ich ins Hotel zurückkam, war Misty schon da. Immer noch in dem roten Kleid. Sie umarmte mich ganz fest, sagte, sie wäre problemlos aus dem

Club rausgekommen. Der Fernseher lief. Sie hatte die Nachrichten geguckt. Es kam nichts.

Ich zog meine Klamotten aus, nahm eine Dusche. Als ich rauskam, war sie immer noch in dem roten Kleid.

»Ich wollte es anlassen, Baby. Es sieht so hübsch aus, nicht wahr?«

»Es sieht großartig aus«, sagte ich.

Frühmorgens, kurz vor dem Einschlafen, schmiegte sich Misty an mich. »Werd' ich je wieder dazu kommen, mein Kleid zu tragen, Schätzchen?«

»Klar«, sagte ich und hielt sie, bis sie wegnickte.

♦

In den Zeitungen am nächsten Morgen war bloß von einem Gasaustritt in einem Privatclub die Rede. Ein nicht identifizierter Toter, Genick gebrochen. Und eine Frau, Rippen gebrochen und innere Verletzungen. Die Frau wurde verhört, als sie aus dem OP kam. Sie sagte, sie hätte nichts gesehen – alles in Panik, der reinste Aufruhr.

Ich dachte an die Knarre in ihrer Hand. Diese Frau, sein Bodyguard, die würde nichts sagen, nie. Sie war nicht seine Frau – es war rein geschäftlich.

Ich wartete zwei Tage, bevor ich zu Monroe ging. Er saß an alter Stelle. Dieselben Leute bei ihm, bis auf den rothaarigen Typ.

»Ghost! Wie ein Scheißgespenst, genau wie ich gesagt habe. Wie hast du das gemacht?«

»Hast du sie gefunden?« fragte ich.

»Ich hab' meine Fühler überall. Keine Sorge. Isse da draußen, treib ich sie auf. Wo kann ich –«

»Ich komme wieder«, sagte ich.

♦

Als ich eine Woche später wiederkam, fragte er, ob ich ein Bild von Shella hätte. Ich hab' nie ein Bild von Shella gehabt.

♦

Noch zwei Wochen vergingen. Ich ging zu Monroe. Ich stand bloß da, schaute auf ihn runter.

»Manchmal machst du mir Schiß, Ghost«, sagte er. »Hör mal, wenn ich nicht mit dem Mädchen rüberkommen kann, wie wär's, wenn ich dich statt dessen mit Geld auszahle?«

»Nein. So war das nicht abgemacht.«

»Okay. Okay. Ich schau mich ja weiter um, hab' meine Fühler überall. Weißt du noch, was ich dir gesagt habe? Vielleicht arbeitet sie nicht . . . is im Knast oder verheiratet oder irgendwas, könnte längere Zeit dauern, sie aufzuspüren. Is ja nicht so, daß du 'nen Ausweis von ihr hast.«

»Ich weiß. Ich warte.«

Ich sagte Misty, daß ich bald ginge. Auf Reisen. Jemand suchte eine alte Freundin von mir. Wenn er sie fand, wollte ich hin zu ihr.

»In Chicago? Hast du vor, dorthin zu fahren?«

»Ich weiß nicht. Wo immer sie ist.«

»Weißt du noch, wie wir das erstemal drüber geredet haben? Im Auto? Ich wollte schon immer mal Chicago probiern.«

Ich sagte gar nichts.

Am nächsten Morgen kam Misty vom Club heim, duschte, kam zu mir ins Bett. Ich war wach.

»Schätzchen, weißt du noch, wie ich dir das mit der Damentoilette erzählt habe? In dem Club, wo wir tanzen waren? Ich hab' dich nicht auf falsche Gedanken bringen wollen.«

»Von wegen was?«

»Was die Mädels da gemacht haben. Das lesbische Zeug. Als ich gesagt hab', es wäre ekelhaft . . .? Ich hab' nicht gemeint, daß es ekelhaft ist, das zu machen . . . bloß . . . so auf der Toilette, vor allen andern, weißt du, was ich meine?«

»Klar.«

»Ich meine . . . manche Männer, die halten das für das Allergrößte. Zuzuschaun. Ist dir das je aufgefallen? Wie in Pornofilmen . . .? Typen schaun zu, wie's zwei Frauen miteinander treiben, werden echt angetörnt. Aber du siehst nie 'ne Frau Filme anschaun, wo's zwei Männer machen. Wieso, glaubst du, ist das so?«

»Ich weiß nicht.«

»Bist du jemals . . . in so einen Film gegangen?«

Bin ich, einmal. Ein Schwulenfilm. Der Typ, den ich für Geld erledigen sollte, der ging da die ganze Zeit hin. Stromern nennen die's. War der leichteste Job, den ich je erledigt habe. Ich hab' mich einfach hinten hingesetzt, wie sie's mir sagten.

Der Typ kam rein, setzte sich neben mich. Sagte zuerst kein Wort. Ich hab' mir bloß den Film angeschaut, nicht geantwortet, als er anfing, mit mir zu reden. Hab' ihn meinen Stall aufmachen lassen. Als er den Kopf gesenkt hat, hab' ich ihm das Genick gebrochen.

»Nein«, sagte ich, rieb ihr den Rücken.

»Glaubst du, du würdest das vielleicht mögen, irgendwann?«

»Nein. Ich hab' nichts gegen die. Ich kannte mal einen. Als ich drin war. Echt harter Typ, blieb immer für sich.«

»Ich mein doch keine *Männer*, Schätzchen. Mädels.«

»Ich geh nicht viel ins Kino.«

»Weiß ich. Aber das einemal, wo wir hingegangen sind, hat's dir gefallen, oder nicht?«

»Klar.« Das war *Goodfellas*. Ein Film über Gangster. Der Typ, der ihn geschrieben hat, der wußte, was er macht, wie die arbeiten. Das hat überhaupt nicht wie ein Film gewirkt, bis auf die Musik. Ich wünschte, ich hätte ihn ohne Ton sehen können.

Misty legte mir die Hand zwischen die Beine, rollte sich auf ihre Seite, redete leise an meiner Brust.

»Ich könnt irgendwann nachts 'ne Freundin mitbringen. Aus dem Club, nach der Arbeit. Möchtest du so was, Baby?«

»Sie hierherbringen?«

»Oder irgendwo anders hin, wenn du willst. Da arbeitet ein Mädchen im Club, Chantal. Die steht auf beides. Ich weiß, sie mag mich, ich sehe so was. Wir könnten 'ne kleine Show für dich abziehn. Mir tät das gefallen, wenn du möchtest. Ich bin nicht eifersüchtig, ich kann teilen.«

»Schon okay«

»Möchtest du nicht?«

»Nein, schon in Ordnung.«

◆

Donnerstag abend ging ich wieder zu ihm.

»Ich hab' dich schon erwartet, Ghost. Dein

Mädchen arbeitet in Cleveland, in 'nem Schuppen an der Euclid Avenue, Downtown. Kennst du dich aus?«

»Ich bin nie da gewesen«, sagte ich ihm. Das stimmte nicht – ich habe da mal einen Job erledigt. Weiß nicht, warum ich's Monroe nicht gesagt habe.

»Nennt sich The Chamber, der Schuppen. Echter Hardcore, nach dem, was ich höre.«

Während er redete, achtete er auf mein Gesicht. Normalerweise macht er das nicht. Ich heftete den Blick auf seine Nasenwurzel, genau zwischen seine Augenbrauen.

Er zündete sich eine Zigarette an. »Sie nennt sich Roxie. Sie ist nicht immer da – der Geschäftsführer sagt, sie arbeitet nur Teilzeit, Freitag, Samstag abend, so in etwa.«

»Danke.«

»Gern geschehn, Ghost. Ich steh zu meinem Wort. Außerdem will ich nicht, daß du sauer auf mich bist, mich wieder besuchen kommst.«

»So was würde ich nicht machen.«

Er gab mir die Adresse von dem Club, fragte, wie ich hinkommen wollte.

Ich sagte, ich würde fahren, mir ein paar Tage Zeit nehmen.

♦

Von einem Münztelefon rief ich die Auskunft von Cleveland an. Sie sagten, sie hätten keinen Eintrag von einem Laden namens Chamber. Das hieß gar nichts. Manche von diesen Clubs, die werben in den gelben Seiten und alles, aber manche haben bloß ein Münztelefon hinten drin.

Ich sagte Misty, ich wäre zwei Tage fort, vielleicht ein bißchen länger. Packte Zeug in eine Reisetasche. Sie saß auf dem Bett, sah mir zu.

»Kommst du wieder?«

»Klar.«

»Versprichst du's?«

»Warum fragst du mich das alles?«

»Tut mir leid. Ich mein ... ich weiß, wir sind nicht ... bloß ... ich hab' gedacht, wir könnten ... weitermachen ...«

»Schon okay«, sagte ich.

♦

Ich nahm einen Flieger nach Cleveland, ließ mich von dem Taxifahrer zu einer Adresse bringen, an die ich mich erinnerte. Im Westen, am Wasser. Es heißt The Flats, dieses Viertel.

Als ich aus dem Taxi stieg, hatte sich alles verändert. Als ich letztesmal hier war, war's 'ne rauhe Gegend. Hafenbars, Stripschuppen, Huren auf der Straße, Häuser, wo man ein Zimmer mieten konnte, einen niemand nach dem Namen fragte. Jetzt waren hier lauter schicke Restaurants, kleine Läden, wo man teures Zeug kaufen konnte, sah alles neu aus.

Ich marschierte weiter nach Westen, die Detroit Avenue raus. Schließlich fand ich was, kleines Schild, auf dem ZIMMER stand. Ich schob dem Mann etwas Geld rüber. Alles redete Dialekt. Das Zimmer war klein, Klo am anderen Ende vom Gang.

♦

Diesen Abend ging ich zu dem Club. Er war genau da, wo Monroe gesagt hat. Keine Bilder von den Mädchen draußen. Mann an der Tür, ganz in Schwarz.

»Nur für Mitglieder«, sagte er.

Ich drehte mich um, wollte weg. Ich wollte warten, bis der Laden schloß, mit Shella reden, wenn sie rauskam.

»Mitgliedsbeitrag macht zwanzig Mäuse«, sagte der Mann.

Ich gab ihm einen Zwanziger, ging rein. Es war dunkel, wie in einer Höhle. Eine Frau stand an einem Pfosten, die mit Lederriemen umwickelten Hände hoch über dem Kopf. Ein kleiner roter Ball war in ihrem Mund, ein Riemen hinten um ihren Hals, wie ein Knebel. Sie hatte keine Klamotten an. Eine andere Frau stand neben ihr, hohe schwarze Stiefel, die ihr fast bis an die Knie reichten, ein schwarzes Korsett, in der Taille eng geschnürt. Als ich vorbeiging, sagte sie: »Fünfzig Mäuse.« Ich ging weiter an die Bar, bestellte einen Rum mit Cola, wie immer.

Ich nippte am Cola, beobachtete. Zwei Frauen gingen hin zu dem an den Pfosten gefesselten Mädchen. Sie gaben der Frau in dem Korsett etwas Geld. Die schnappte sich einen Ledergriff mit dünnen Riemen dran, peitschte die andere Frau dreimal. Die Leute waren alle in Kostümen. Masken, Ketten. Es roch wie ein Krankenhaus, wo grade jemand stirbt.

Eine Treppe in der einen Ecke. Seitlich Türen zu Zimmern. Es fühlte sich an, als wäre die Decke sehr niedrig, aber ich konnte sie nicht sehn.

Ich schaute mich weiter um. Keine Bühne. Keine Tänzerinnen.

Als der Barkeeper zurückkam, fragte ich ihn, ob Roxie heute abend dran wäre.

Er schaute mich genau an, bloß eine Sekunde lang. Sagte nein – warte hier, und er würde für mich rauskriegen, wann sie wiederkam.

Ein Mann setzte sich neben mich, bei ihm ein weiterer Mann, ein Stachelband um den Hals. Der erste Mann hielt die Leine zu dem Halsband. Er bat mich um ein Streichholz.

Ich gab ihm eine kleine Streichholzschachtel. Er sagte danke. Riß ein Streichholz an, hielt es dem Mann an der Leine an die Hand. Ich konnte sehen, wie das Fleisch verbrannte, aber der Mann an der Leine sagte kein Wort.

Der Barkeeper kam zurück. Sagte, Roxie käm am Dienstag wieder. Ich dankte ihm, ließ zehn Dollar auf der Bar.

Ich ging raus. Als ich auf den Gehsteig kam, wandte ich mich nach links, hielt Ausschau nach einem Taxi. Ein Mann in einem Regenmantel kam aus der Einfahrt. Ich war über ihm, bevor er die Abgesägte aus dem Mantel hatte – ich hörte die Schrotflinte losgehen, als ich ihm mit den Fingern in die Augen fuhr, spürte ein Brennen an den Beinen, warf mich an die Wand und zog ihn mit mir runter. Schüsse kamen von vorne, splitterten in die Ziegelmauer. Der Mann fing sich ein paar davon ein, einer kratzte das Fleisch an meinem Arm.

Eine Sirene schrillte los. Ich hörte schnelle Schritte auf dem Gehsteig. Ich bückte mich, um sicherzugehn, daß der Mann mit der Schrotflinte hinüber war.

Die Abgesägte hing an einem Lederriemen um seinen Hals, damit er sie schnell rausziehen konnte, wenn er sie brauchte. Innen am Mantelärmel war ein Foto angeheftet. Mein Bild, schwarz-weiß. Ich riß es ab.

Ich ließ die Leiche liegen, verzog mich durch die Einfahrt. Kam an der nächsten Ecke raus. Setzte mich in Marsch.

♦

Ich lief lange Zeit. Ein schwarzes Mädchen kam auf mich zu, fragte, ob ich Gesellschaft wollte. Wieviel, fragte ich sie. Sie sagte fünfundzwanzig, zehn fürs Zimmer.

Okay, sagte ich, gab ihr das Geld. Sie nahm mich mit in dieses Hotel, trug sich für uns ein. Wir gingen hoch.

Kleines Zimmer, eine von der Decke hängende Glühbirne. Es gab keinen Stuhl. Ich setzte mich aufs Bett.

»Willste 'n bißchen halbe-halbe, Schätzchen? Daß de auf Touren kommst?«

»Knöpf mir die Jacke auf«, sagte ich.

Sie machte es. Mein Hemd war rot um den Muskel. »Zieh es aus«, sagte ich.

Sie wußte, was ich meinte. War dabei ganz vorsichtig. Eine Schramme lief quer über meinen Arm – die Kugel war nicht reingegangen.

»Kannst du hier heißes Wasser kriegen?«

»Unten im Foyer, Schätzchen.«

»Folgendes will ich: Du holst mir heißes Wasser, okay? Richtig heiß. Ich leg meinen Arm aufs Fensterbrett, du gießt das Wasser drüber. Dann bindest du mein Hemd drum herum. Fest. So fest du kannst. Dann bin ich weg. Ich geb dir noch mal fünfzig Mäuse, okay?«

Sie nickte. Ich gab ihr die fünfzig. Öffnete mit der linken Hand das Fenster, für den Fall, daß sie nicht schnell zurückkam.

Doch sie tat's. Sie goß mir das heiße Wasser über den Arm. Es lief sauber ab, aber der Arm blutete wie blöd.

Sie holte irgendwelches Zeug aus ihrer Tasche. Kotex. »Is nicht dolle, aber besser als nur das Hemd, okay?«

Ich sagte danke. Sie legte mir das Kotex auf den Arm, wickelte das Hemd außen rum, half mir in die Jacke.

»Wo ist die nächste Stadt?« fragte ich sie.

»Große Stadt? Akron, nehm ich an.«

»Willst du dir zweihundert Mäuse verdienen?«

»Mit was?«

»Kannst du 'n Auto besorgen?«

»Nein, Mann. Ich hab' kein Auto. Mein Mann, der hat 'n Auto. Großes, hübsches Auto. Willste, daß ich –«

»Nein. Hilf mir bloß die Treppe runter, hol mir ein Taxi.«

Sie machte es, stand in ihrem hellblauen Kleid auf dem Gehsteig.

Ich stieg ein, sagte dem Fahrer, er soll mich zum Busbahnhof bringen.

Ich erwischte den nächsten Bus nach Chicago.

♦

In Chicago nahm ich mir ein Zimmer nahe der Stadtmitte. The Loop, sagte der Fahrer dazu.

Am nächsten Tag blutete mein Arm nicht mehr. Ich wechselte den Verband, nahm mein Unterhemd dazu.

Ich zog los, entdeckte einen Jeansladen, kaufte zwei Sweatshirts, ein Paar Hosen.

In einem Drugstore besorgte ich mir einen Rasierer und anderes Zeug.

Als ich sauber war, nahm ich ein Taxi zum Flughafen, kaufte ein Ticket nach Philadelphia.

Von dort nahm ich einen Bus zum Port Authority, dann lief ich zum Hotel.

◆

Als ich das Zimmer aufschloß, konnte ich spüren, wie leer es war.

Mistys Klamotten waren aus dem Kleiderschrank verschwunden. Auf dem Bett war ein Zettel.

Ich weiß nicht, wie ich das sagen soll. Ich hoffe, Du kommst zurück und liest das, und ich hoffe gleichzeitig, Du kommst nie zurück und wirst es dann nicht lesen. Ich weiß nicht, ich geh weg, Du willst mich sowieso nicht. Ich brauche einen Mann, ich nehm an, das macht mich schwach. Vielleicht brauchst Du ja niemand. Ich glaub nicht, daß du's tust. Ich weiß, daß Du sie suchst, wo sie auch ist, aber ich weiß nicht, warum. Wahrscheinlich ist es egal. Da ist ein Mann, der in den Club kommt, und er hat mich gefragt, ob ich bei ihm einziehn will. Ich hab' nie ja gesagt, ich bin nicht mal mit ihm ausgegangen, nicht, solange ich mit Dir zusammen war, aber jetzt geh ich.

Ich habe die Zimmermiete für drei Wochen voraus bezahlt, damit sie Deine Sachen nicht raustun. Wenn Du bis dann nicht zurück bist, kommst Du wahrscheinlich nie zurück. Ich weiß nicht mal Dei-

nen Namen. Aber ich habe Dich geliebt, ich schwör's.

♦

Ich legte mich aufs Bett, schloß die Augen. Dachte, ich muß zu Monroe, bevor ich wieder anfange, Shella zu suchen.

JOHN

Ich bin kein Planer. Shella sagte immer, das einzige, was mich die ganze Zeit vor dem Gefängnis bewahrt hat, wäre Geduld. Weil ich immer warten kann.

Ich versuchte es durchzudenken. Monroe, der hat nie gewußt, wo Shella ist. Er konnte sie nie und nimmer auftreiben – war alles bloß Geschwafel. Verlogenes Geschwafel. Großes, angeberisches Geschwafel, die reine Schau. Aber bei mir hat es funktioniert. Er war meine Hoffnung – ich hab' ihn auf was gebracht, und er spielte es einfach aus.

Er benutzte mich. Dann kriegte er Schiß.

Monroe wußte wahrscheinlich, daß ich in Cleveland davongekommen war. Er hat für eine Leiche gelöhnt, und keine gekriegt. Jetzt hatte er wahrscheinlich Angst. Ich mag's nicht, wenn Leute Angst haben – sie werden dann gerissen. Er wußte nicht, wo ich war, aber darauf kam's sowieso nicht an. Er wußte, daß ich ihn mir vornehmen würde. Und ich, ich wußte bloß, daß es eine Poolhalle gab, wo er sein könnte.

Und jetzt, dachte ich mir, jetzt kriegt er's also mit der Angst zu tun. Hat 'ne Masse Leute um sich, die nach mir Ausschau halten. Ich wußte nicht, wo er wohnte. Nichts.

Wenn ich wieder in die Bar ging, wo ich das erstemal Kontakt zu ihm aufgenommen hatte, würde er's erfahren. Die würden mich irgendwohin schicken, und dort warteten dann ein paar mehr Leute auf mich.

Ich muß ihn umbringen. Er hat mich angelogen. Durch ihn habe ich Zeit verloren, als ich Shella hätte suchen können. Ich habe Arbeit für ihn erledigt, und er hat mich nicht bezahlt. Ich muß ihn umbringen. Ich versuchte mit Shella zu reden. Im Kopf. Ich konnte sie nicht sehen, aber ich wußte, was sie sagen würde.

Ich brauchte nicht lange zum Packen. In der obersten Schublade der Kommode, wo ich meine Unterwäsche und die Socken hatte, war ein Bild von Misty. Ein großes Bild, schwarzweiß. In ihrem Tänzerinnenkostüm, lächelnd. Auf der Rückseite war ein roter Kuß, mit Lippenstift. Winzig kleine Schrift drunter, mit Tinte. »Für den Fall, daß du mich jemals suchen solltest, da bin ich.« Und eine Telefonnummer. Die Vorwahl war 904. In dem Zimmer gab es ein Telefonbuch. Vorne drin war eine Karte vom ganzen Land, mit kleinen, abgegrenzten Flächen. Wo die Vorwahlen für galten. 904 war der obere Teil von Florida.

♣

Niemand beachtete mich, als ich durch die Lobby ging – die Zimmermiete war bezahlt. Ich holte mein Auto aus der Garage, löhnte den Mann und fuhr durch den Tunnel nach Jersey.

Ich nahm die Autobahn. Blieb genau auf Tempolimit. Durch ganz Pennsylvania bis nach Ohio. In Youngstown machte ich halt, nahm ein Motelzimmer, schlief lange.

Die nächste Nacht fuhr ich an Cleveland vorbei, durch bis nach Indiana. Fuhr bei Gary ab, nahm mir ein anderes Zimmer.

Tagsüber schlief ich wieder.

Diesen Abend fand ich den Strip, gleich außerhalb der Stadt. Sie sehn alle gleich aus, diese Bars. Es gibt so viele.

Kein Zeichen von Shella.

♣

Am Morgen fuhr ich weiter nach Westen. Als ich die Schilder von Chicago sah, hielt ich bei einem Münztelefon an. Ich wählte die Nummer, die Misty dagelassen hatte. Eine Frauenstimme meldete sich. Junge Frau.

»Könnte ich Misty sprechen?« fragte ich die Stimme.

»Sie ist grad nicht hier. Wenn Sie mir eine Nummer geben, sag ich ihr, sie soll zurückrufen.«

Ich hängte ein. Ich nehme an, die Frau war Mistys Freundin. Vielleicht rief Misty sie ab und zu an, meldete sich. Jeder hat Freunde.

♣

Stony Island Avenue, so stand's auf dem Schild. Die ganze Gegend war schwarz, aber in den Autos waren jede Menge Weiße. Ein Straßenstrich. Ich stieg wieder ins Auto, klemmte mich hinter einen Weißen in einer von diesen schnieken, dunklen ausländischen Kompaktlimousinen. Ich folgte ihm einfach bis Downtown, dann seilte ich mich ab und fuhr rum, bis ich einen Platz fand, wo ich parken konnte.

Ich kaufte mir ein paar Zeitungen. Dann suchte ich mir ein Zimmer und ging schlafen.

Abends ging ich in einige von den Läden, auf die ich in den Zeitungen gestoßen war. Je mehr man löhnt, desto näher kommen die Mädchen. Wie beim Ködern. Tischtänze, Schoßtänze. Einige Mädchen konnten tanzen, die meisten konnten's nicht. Einige konnten schauspielern – es sah aus, als ob sie sich echt schafften bei dem, was sie machten. Die meisten, die wirkten bloß bedröhnt. Niemand schaute irgendwem ins Gesicht.

Ich gab weiter Geld aus. Nicht besonders viel Geld – so nah mußte ich nicht ran, um zu sehen, ob es Shella war.

An einem Laden war ein Schild: LIVE GIRLS. Es brachte mich auf einen Gedanken, aber ich behielt ihn nicht im Kopf. Ich ging rein. Es war dasselbe.

♣

Am nächsten Abend zog ich nach Norden. Uptown nannte sich das. Am ersten Laden, wo ich's probierte, stand OBEN OHNE, aber er war voller Säufer, die die Mädchen nicht mal anschauten.

In einem anderen Schuppen saß ich an einem der hinteren Tische. Ein großer Kerl in einem Hemd mit abgeschnittenen Ärmeln, das seine Muskeln zur Schau stellen sollte, saß am nächsten Tisch, brüllte die Mädchen an, nannte sie Scheißlesben, Fotzen, lauter so Zeug. Der Rausschmeißer kam, sagte, er sollte verschwinden. Der Typ machte einen Aufstand, und der Rausschmeißer drehte dem Typ den Arm auf den Rücken, schaffte ihn zur Tür raus. Ich achtete nicht drauf, schaute bloß nach vorne, um das ganze Mädchenaufgebot zu sehn, bevor ich zum nächsten Laden zog.

Ich spürte eine Hand im Nacken. »Du auch,

Arschloch.« Es war der Rausschmeißer, der mich vom Stuhl hochzog. Ich stand auf, spürte den Nierenschlag kommen – ich landete meinen Ellbogen tief in seinen Rippen und zog ihm gleichzeitig den Hacken hart über den Knöchel. Seine Hand fiel runter – sein Gesicht sank über meine rechte Schulter, und ich knallte es mit einem Schwung auf die Tischplatte.

Leute sahen zu. Ich stand auf. Der Rausschmeißer fiel hin. Vorne verrenkten die Mädchen weiter die Körper, die Musik war nach wie vor laut.

Ich ging zur Vordertür raus. Der Typ mit dem abgesäbelten Hemd kam auf die Bar zumarschiert. Er hatte eine Knarre in der Hand. Sein Gesichtsausdruck war irre.

♣

Ich ging nicht weit. Egal, was ich in der Bar gemacht hatte, der Typ mit den Muskeln hatte Schlimmeres vor. Die Cops würden anrücken. In der nächsten Straße fand ich eine andere Bar, kein Stripschuppen. Vorne auf einer kleinen Bühne spielte eine Band, quer rüber Maschendraht, als wäre sie in einem Käfig. Ich versuchte mich hinten hinzusetzen, der Musik zuhören. Country-Musik, glaub' ich, war's. Es war so laut, daß mir der Kopf weh tat. Ein Typ machte seine Bierflasche alle und warf sie nach den Musikern. Ich sah, wozu der Maschendraht da war – sie spielten einfach weiter.

Nach etwa einer Stunde ging ich. Es war immer noch früh.

Die letzte Bar, in die ich ging, die war wie ein Laden, wo Leute Geschäfte machen. Die Bedienungen waren oben ohne, und sie hatten Tänzerinnen und alles, aber hinten gab es Nischen. Ich sah Männer miteinander reden, die Mädchen nicht mal anschauen.

Eine Nische war frei. Ich bestellte bei dem Mädchen ein Steaksandwich und einen Rum mit Cola, machte dasselbe wie immer.

Ich wollte grade gehen, als sich der Indianer mir gegenüber hinsetzte.

♣

Er legte die Hände auf den Tisch, drehte sie einmal um, als wäre das ein geheimer Gruß, den ich kennen müßte. Ich sah bloß, daß seine Hände leer waren. Ich schaute nach links, behielt die Hand unter dem Tisch, schätzte im Kopf die Entfernung zu ihm ab.

»Da ist niemand sonst«, sagte er, als wüßte er, was ich dachte.

Ich beobachtete ihn bloß, horchte auf die Geräusche in dem Schuppen, suchte nach einer Änderung im Rhythmus. Wenn noch einer da war, konnte ich ihn nicht ausmachen.

Zeit verging. Er nickte zu der Schachtel Zigaretten hin, die ich auf der Tischplatte liegen hatte. »Okay?« fragte er.

Ich nickte zurück. Er schüttelte sich eine raus, zündete sie mit den Pappstreichhölzern an, die ich daliegen hatte.

Er rauchte die ganze Zigarette auf, total ruhig, rauchte, als würde er's genießen, nicht nervös oder so. Am rechten Handrücken hatte er eine lange gezackte Narbe. Er drückte die Kippe im Aschenbecher aus.

»Bist du jetzt einverstanden?«

»Einverstanden mit was?«

»Dem Laden. Mit mir reden.«

»Über was reden?« Vielleicht hat er draußen noch andere, dachte ich – inzwischen hatte er genug Zeit gehabt, den Laden zu umstellen.

»Ich bin dir seit Morton's gefolgt.«

»Morton's?«

»Wo du den Rausschmeißer flachgelegt hast.«

»Ich weiß nicht, von was Sie reden.«

»Ich weiß. Ich möchte mit dir reden . . . über eine Arbeit.«

»Ich suche keine Arbeit.«

»Nicht in der Fabrik, mein Freund. Auch nicht als Autowäscher. Deine Arbeit. Es ist auch meine Arbeit.«

»Was?«

»Ich weiß, was du machst. Ich hab' Arbeit für dich. Willst du oder nicht?«

»Nein.«

Er saß bloß da, so, wie die Leute im Knast dasitzen. Als würde Zeit keine Rolle spielen, nicht mal die Zeit, die sie abreißen. Ich würde zuerst gehen, ihm den Rücken zukehren. Die Bedienung kam. Er starrte nicht auf ihre Brüste, bestellte bloß einen Hamburger und eine Cola.

»Kostet dasselbe wie Schnaps«, sagte die Bedienung.

»Schon in Ordnung. Und bringen Sie meinem Freund noch mal dasselbe, was er da grade trinkt.«

Die Bedienung nahm mein leeres Schnapsglas und das Wasserglas mit der Cola und dem geschmolzenen Eis am Boden mit. Ich hab' mal in einem Laden gesessen, wo sie den Aschenbecher mitten am Tisch ausgeleert haben, dort, wo man saß – sie kippten ihn in eine Serviette, ließen einem eine frische da. Sie machte das nicht. In Schuppen wie dem nehmen sie die leeren Gläser mit, damit man nicht dasitzt und das Eis lutscht. Und damit man nicht merkt, wie viele man hat.

Sie brachte dem Typ seinen Hamburger, stellte meine Drinks hin. Ich nippte an der Cola. Er nickte, als würde ich ihm irgendwas sagen.

»Sind Sie wirklich Indianer?« fragte ich.

»Halb Chickasaw, halb Apache. Mein Name ist Wolf.«

»Wolf.« Ich sagte ihn noch mal vor mich hin. Er klang nicht echt.

Er sah, was ich dachte. »Eigentlich ist der Name länger. Er heißt so was wie Wolf mit langen Augen. Der Spähwolf des Rudels. Aber das läßt sich nicht gut übersetzen, deshalb heiß ich einfach Wolf.«

»Warum sind Sie mir hinterher?«

»Du willst wissen, warum du mich nicht entdeckt hast, als ich dir gefolgt bin?« Ich wußte nicht, woher er das wußte. »Ich bin nicht selber hinter dir her«, sagte er. »Ich habe die Trommel gerührt. Hab' dich im Morton's gesehen, meinen Leuten Bescheid gegeben. Ich hab' einfach gewartet, wo ich war, bis sie sich wieder bei mir meldeten. Dann bin ich reingekommen.«

»Sie haben also einen ganzen ... Stamm da draußen?«

»In Uptown gibt's die größte Ansammlung von Indianern außerhalb eines Reservats in Amerika. Verschiedene Stämme, aber den Weißen ist das egal. Die können uns nicht erkennen, können uns nicht auseinanderhalten – ist so, wie wenn man in Asien gelbe Haut hat.«

»Sind Sie in Asien gewesen?«

»O ja. Vietnam. Wo ich mein Handwerk gelernt habe. Wo hast du's gelernt?«

Ich sagte gar nichts, fragte mich, woher er das wußte.

»Du benutzt keine Knarren, nicht wahr?« fragte er, als redeten wir über Angelzeug oder so. »Wir benutzen alle verschiedene Sachen für unsere Arbeit. Ist das ein besonderer Stil?«

»Stil?«

»Wie Kung-Fu oder Aikido, du weißt schon, was ich meine. Ich hab' so was noch nie bei jemand gesehen – sein ganzes Gewicht auf einen Punkt bringen.«

»Was wollen Sie?« fragte ich ihn wieder. Dachte, vielleicht ist jetzt Schluß für mich. Man hört von anderen Jungs in dem Geschäft, daß manche gern eine Zeremonie draus machen, mit dem Objekt reden, bevor sie's erledigen. Was er da von seinem Stamm erzählte und so – vielleicht wollte er mir sagen, ich könnte ihn zwar aus dem Verkehr ziehn, aber das würde mir nichts nützen, da draußen waren andere.

»Ich habe von dir gehört«, sagte er. »Nicht deinen Namen. Ich habe seit Jahren von dir gehört.«

»Nicht von mir.«

»O doch. Von dir. Ich habe mir meinen Namen verdient. Ich irre mich nie. Ich habe den Tod so oft durch einen kleinen runden Kreis aus Glas gesehen, bis ich ihn dann auch durch Beton sehen konnte. Du und ich, wir sind gleich. Blutsbrüder. Es gibt Männer, die machen Jagd auf Trophäen, fahren in einem Jeep raus in die Wälder, tragen hübsche Sachen und knallen das Wild mit dem Zielfernrohr ab. Sie gehen auf die Pirsch, aber sie sehen nicht. Du und ich, wir machen Jagd auf Fleisch. Fleisch zum Essen, Fleisch zum Leben. So leben wir. So jagt das Rudel.«

»Ich habe kein Rudel.«

»Ich weiß. Aber du machst es nicht aus Spaß.«

»Spaß?«

»Sie nennen sich Profis. Du weißt schon, die Schleimscheißer in den schicken Anzügen, Hunde an der Leine, machen, was man ihnen sagt. Die haben auch kein Rudel, die glauben es bloß. Und wenn sie Armbänder verpaßt kriegen, fangen sie an zu singen. Ratten haben auch Rudel, aber sie leben nicht für das Rudel, sie leben für sich. Psychos gibt's auch. Sie mögen den Geschmack. Nach einer Weile sind sie so weit, daß sie ihn brauchen. Du bist einer von uns, du weißt es bloß nicht.«

»Ich bin gar nichts.«

Die Bedienung kam wieder, räumte dem Indianer sein Geschirr weg. Er hielt sein leeres Glas hoch, schaute mich an.

»Ich bin okay«, sagte ich.

♣

Die Mädchen klapperten die Tische ab, ließen sich von den Männern gepanschte Drinks spendieren. Zu den Nischen kamen sie nicht.

»Du suchst eine Frau«, sagte der Indianer. So, als wär's keine Frage.

»Ich suche gar niemand.«

»Du bist nicht auf der Jagd«, sagte der Indianer. »Wärst du auf der Jagd, würdest du Ausschau nach einem Mann halten. Du würdest nicht so lange brauchen, um zu sehen, ob er in einem Laden ist. Du gehst rein und raus, beobachtest die

Tänzerinnen, paßt auf, daß du die ganze Schicht siehst. Dann probierst du's in einem andern Laden. Du bist auf der Suche nach einer Frau.«

Ich dachte drüber nach. So, wie ich's machte, würde ich Shella nie finden. Nachdem Monroe ...

»Wenn ich's täte ...?«

»Niemand kennt sich in Uptown so aus wie mein Volk«, sagte der Indianer. »Wenn sie hier ist, finde ich sie für dich.«

»Für was?«

»Was? Für was? Was soll das heißen?«

»Was wollen Sie? Im Gegenzug?«

»Ist das wichtig?« fragte er.

♣

Ich erzählte ihm von Shella. Ich kann sie besser sehen, wenn ich über sie rede ... deswegen mach' ich's im Kopf. Er hörte zu, das war alles, wartete, bis ich fertig war.

»Es gibt Dinge, die man anders machen kann«, sagte er, als ich durch war. »Gewicht verlieren, Gewicht zulegen. Kontaktlinsen. Die Haare schneiden, neu färben. Man kann Narben kaschieren, Tätowierungen verändern. Ein ganz neues Gesicht kaufen, wenn man Geld hat.«

»Ich weiß.«

»Und Dinge, da geht's nicht.« Wie wenn ich nichts gesagt hätte. »Du hast kein Bild, stimmt's?«

»Nein.«

»Zeig mir, wie groß sie ist, barfuß.«

Ich hielt meine Hand genau zwischen Augenbrauen und Haaransatz, wie beim Salutieren.

Er drehte die Speisekarte um, hinten drauf ein leeres weißes Blatt. »Zeig mir den Abstand von Augenmitte zu Augenmitte.«

Ich legte die Hand auf das Papier, spreizte Daumen und Zeigefinger, schloß die Augen, sah ihr Gesicht. Als ich es richtig hingekriegt hatte, machte ich die Augen auf. Er zog einen schwarzen Fettstift aus der Tasche, setzte an jedes Ende des von mir gezeigten Abstands einen Punkt. Ich nahm die Hand weg. Er verband die Punkte so grade und sicher wie mit dem Lineal. Faltete das Papier zusammen, steckte es in die Tasche.

»Ist sie jemals hopsgenommen worden?«

»Ja.

»Mehr als einmal?«

»Ja.

»Kleinkram?«

Ich nickte.

»Jemals gesessen?«

»Nicht richtig gesessen. Nicht mehr, seit sie groß ist. Zehn Tage hier, 'ne Woche da. Mal ein gestohlenes Auto, mal bei 'ner Razzia. Nichts Großes.«

»Haben die ihr vielleicht Fingerabdrücke abgenommen?«

»Klar.«

»Über Uptown raus können wir nicht suchen«, sagte der Indianer. »Komm nicht wieder hierher.«

Ich probierte es in anderen Läden überall in Chicago. Musikbars an der Rush Street, schicke Schuppen am See, Pinten an der South Side.

Einmal, als ich früh am Morgen zurückkam, wartete der Indianer in meinem Zimmer.

♣

Ich fragte ihn nicht, wie er reingekommen war – ich bring so was nicht, aber ich weiß, daß es leicht ist.

»In Uptown ist sie nicht«, sagte der Indianer.

»Trotzdem danke«, sagte ich ihm, aber er stand nicht auf und ging, wie ich dachte.

»Wenn's Fingerabdrücke von ihr gibt, kenn' ich jemand, der sie finden könnte.«

»Wen?«

»Ein Verrückter. Er macht Tauschgeschäfte. Bezahlt nie Geld für die Arbeit. Wir haben mal etwas für ihn erledigt ...«

Ich schaute ihn bloß an, wartete.

»... und er hat's gemacht. Getan, was er gesagt hat.«

»Jemand hat mir das mal erzählt ... daß er sie finden könnte.«

»Es funktioniert genau wie ein Job – er muß im voraus zahlen.«

»Arbeitest du für ihn?«

»Nein.«

»Was ist für dich drin?«

»Da ist was, was wir erledigen müssen. Nicht du und ich, wir ... mein Volk und ich, okay? Es gibt Orte, wo wir nicht hinkönnen. Wo du einfach reingehen kannst.«

»Und ich mach' die Arbeit, diese Arbeit für Sie, und dann krieg' ich diesen Typ zu sehn, richtig?«

Sein Gesicht war traurig, als hätte ich ihm erzählt, daß grade jemand gestorben war. »Nein.« Mehr sagte er nicht.

Ich saß im Zimmer und wartete. Er zündete sich eine Zigarette an, rauchte sie bis zu Ende. Ich rührte mich nicht.

Er drückte die Zigarettenkippe auf dem Fenstersims aus, holte tief Luft.

»Ich bring' dich zu ihm. Er wird dir ein paar Fragen stellen, wissen wollen, ob du der richtige Mann bist. Wenn er sich drauf einläßt, findet er sie für dich. Egal, wo sie ist. Dann erledigst du es. Egal, was er will. Wenn du mit ihm fertig bist, erledigst du diese Sache für uns. Dann ist es erledigt.«

»Und er kann Shella für mich auftreiben?«

»Er findet sie. Keine Ahnung, was er findet. Vielleicht ist sie im Knast oder tot.« Er schaute her zu mir. »Vielleicht ist sie mit einem Mann zusammen«, sagte er, als wär das am schlimmsten.

»Ich weiß.«

»Und du kriegst es im voraus. Aber wenn er sie findet, schuldest du ihm was. Auf der Stelle.«

»Und dir auch?«

»Mir auch.«

Ich sagte, ich würde es machen.

♣

Ich schaute mich nicht mehr in Chicago um. Wartete bloß auf den Indianer. Blieb auf meinem Zimmer. Es gab keinen Fernseher, also hörte ich Radio. Meistens kam Hillbillymusik. Ich hatte es leise gestellt, neben meinem Kopf. Mal spielten sie den einen Song, den Titel hab' ich nie mitgekriegt. Ein Mann soll am Morgen gehängt werden, also geht seine Frau zum Direktor. Sie gibt ihm ihren Körper, damit er das Hängen absagt. Aber es findet trotzdem statt. Sie hat's umsonst gemacht. Ich dachte an Shella – wie sie das anstellen würde.

So angeschmiert zu werden machte mich traurig.

♣

Einen Morgen hörte ich ein leises Klopfen an der Tür. Ich machte auf. Es war einer von den Jungs, die zusammen am anderen Ende vom Flur wohnten. Sein Partner stand dicht hinter ihm, Koffer auf dem Boden. Ich sagte gar nichts.

Der Typ, der klopfte, trug einen orangen Pullunder, ein dicker, fast kahler, sanft wirkender Mann.

»Wir ziehen aus«, sagte er. »Wollte bloß Wiedersehen sagen.«

»Wiedersehn«, sagte ich, paßte auf. Sie hatten vorher nie mit mir gesprochen.

»Sie sollten auch weg«, sagte der Mann.

Ich sagte nichts.

»Zeig's ihm«, sagte sein Partner. »Mach schnell.« Sein Partner war klein, dunkelhaarig. Er trug ein weißes Seidenhemd, wie eine Frauenbluse. Er hatte Make-up im Gesicht, Lidstrich.

»Sie haben uns nie angemacht«, sagte der Dicke. Er holte Stahlplättchen aus einem Lederetui, ging zur Tür nebenan. Er fummelte eine Sekunde am Schloß rum, und die Tür ging auf. Ich schaute ihm über die Schulter.

Das Zimmer roch ekelhaft. Alles voller Fastfood-Kartons, am Boden, überall. In einer Ecke war ein hoher Stapel Hefte, bis in Taillenhöhe. An der Wand waren Bilder. Eine Frau auf den Knien, die Hände mit Stricken am Rücken gefesselt, Stricke um die Knöchel. Sie trug eine Augenbinde. Sämtliche Bilder waren so. Die meisten waren zerschlitzt, wie mit einem Rasiermesser. Über dem Gesicht der einen Frau war ein schwarzes X. Die Fenster waren mit Klebeband abgedichtet. Alles roch verwest.

»Die Cops werden bald hier sein«, sagte der Fette. »Machen Sie den Schrank nicht auf.«

Ich drehte mich ab, wollte gehen. Der kleine Typ mit dem Lidstrich im Gesicht stand in der Tür, schaute raus. Er hatte eine Pistole in der Hand, hielt sie dicht am Bein.

♣

Meinen Seesack über der Schulter, ging ich die Treppe runter. Der Portier sagte kein Wort, schaute nicht mal auf.

Als ich auf die Straße kam, sah ich einen Indianer unter der Haube eines alten Autos arbeiten. Ich ging langsam, damit er mich sehen konnte. Ein paar Straßen weiter fand ich ein anderes Hotel. Das Fenster führte raus auf eine Gasse. Draußen war derselbe Indianer, arbeitete am selben Auto.

♣

Etwa eine Woche verging. Einen Tag war ich spazieren, ging was essen. Als ich meine Zimmertür aufmachte, saß der Indianer da.

»Es ist Zeit«, sagte er. »Zeit, den Mann kennenzulernen.«

»Okay.«

»Nicht jetzt. Sonntag. Wir müssen in sein Büro. Wenn keiner da ist und uns sieht. Sei um fünf Uhr früh unten. Ich hol' dich ab.«

♣

Ich war da und wartete, wie er gesagt hatte. Ein Taxi war's, das anhielt. Der Indianer war auf dem Rücksitz. Er sagte kein Wort zum Fahrer. Das Taxi fuhr los, immer noch dunkel draußen.

Durch die Trennscheibe konnte ich das Gesicht des Fahrers nicht sehen – er trug so eine Chauffeursmütze. Seine Haare waren lang, schwarz.

Das Taxi war leise, rollte gleichmäßig dahin, hielt an sämtlichen Ampeln. Ich sah die Uhr vorn – sie lief, als wären wir eine Fuhre.

Wir kamen auf den Highway, fuhren Richtung Downtown.

»Du stellst keine Fragen«, sagte der Indianer.

»Ich habe keine Fragen«, sagte ich.

♣

Das Taxi fuhr rechts ran. Der Indianer holte einen kleinen schwarzen Kasten aus seiner Tasche, drückte einen Knopf. Ich hörte ein Piepsen vom Vordersitz. Der Fahrer legte den Handteller flach an die Plastiktrennscheibe. Der Indianer hielt seine Hand dagegen, so, wie man sich in Haft die Hände schüttelt, wenn man sich nicht anfassen darf.

Der Indianer stieg aus. Ich folgte ihm. Er hatte eine rote Rose in der rechten Hand. Das Gebäude war das höchste, was ich je gesehen habe – vom Boden aus konnte ich die Spitze nicht sehn.

♣

Der Wachmann saß vor einem Haufen kleiner Fernsehgeräte. Auf jedem war ein anderes Bild, schwarzweiß. Eins sah aus wie eine unterirdische Garage.

Der Indianer hielt die rote Rose hoch. Der Wachmann kippte einen Schalter. Einer der kleinen Fernsehschirme ging aus.

Wir gingen zu den Aufzügen. Als die Tür zuging, drückte der Indianer die 88.

Der Flur war leer, als wir aus dem Aufzug kamen.

Ich folgte dem Indianer einen langen Korridor entlang, links von uns nur Fenster. Die Türen rechts waren alle offen, niemand in den Zimmern. Klickende, piepsende Töne, wie wenn Maschinen miteinander reden. Der Indianer bewegte sich leise, aber er bewegte sich rasch. Der Korridor machte am Ende einen Knick nach rechts, und wir gingen den nächsten Flur entlang. Der hier war ohne Fenster, mitten im Gebäude.

Der Indianer hob die Hand. Ich blieb hinter ihm stehn. Er deutete auf den Teppichboden vor uns. Ich schaute genau hin. Eine dünne Linie lief quer über den Flur, von einer Seite zur anderen. Ein paar Schritt weiter noch eine. Ich starrte drauf, bis es deutlich wurde . . . ein Haufen kleiner Xe, die sich über knapp anderthalb Meter erstreckten, weiter als jeder Männerschritt. Der Indianer hielt den Finger an die Lippen, deutete auf die Stelle auf dem Teppich, wo die Xe anfingen. Dann trat er zurück, nahm einen kurzen Anlauf und sprang über den Bereich. Er ging ein paar Schritte weg, damit ich Platz hatte – dann machte ich dasselbe wie er.

Wir gingen noch eine Ecke weiter, und der Indianer trat in ein Büro. Ein Mann war an einem Schreibtisch, tippte irgendwas. Er saß neben einem großen Fenster, schaute von uns weg. Der Indianer klopfte an den Türrahmen. Der Mann fuhr rum, als wäre er überrascht, uns zu sehn.

Der Indianer marschierte rein, setzte sich vor den Schreibtisch. Ich setzte mich neben ihn. Auf dem Computerschirm des Mannes erkannte ich den Grundriß von einem Gebäude.

Der Mann wandte sich zu uns. Er hatte einen langen Hals, einen kleinen Kopf. Wie ein Wiesel. Über dem einen Auge war ein dicker Hubbel. Der Hubbel war blaß, noch weißer als sein Gesicht. Seine Augen waren leuchtend blau wie die Neonschilder, mit denen sie einen in die Stripschuppen reinkriegen wollen.

»Sie machen nicht viel Lärm, Chief«, sagte der Mann.

Der Indianer sagte gar nichts.

»Ist er das?« fragte der Mann.

Der Indianer nickte.

Der Mann schaute mich an, als hätte er jemand andern erwartet. Er drehte sich weg, tippte irgendwelche Tasten an seinem Computer. Auf dem Bildschirm erschien Zeug, schwarz auf weißem Hintergrund. Zu weit weg, als daß ich's lesen konnte.

»Sind Sie schon mal in Houston gewesen?« fragte er mich.

Ich antwortete nicht.

»Schon mal im Hotel Four Seasons an der Lamar gewesen? In Houston?«

Ich beobachtete ihn. Der Indianer bewegte sich nicht.

»Ramon del Vegas wurde dort in einem Zimmer gefunden. Mit gebrochenem Genick. Sah nach Raub aus. Abgesehen davon, daß er am Handgelenk noch eine goldene Rolex mit Diamanten hatte. Fast neuntausend bar in der Tasche.«

Ich sagte nichts. Ich erinnerte mich an den Typ. Die Leute, die es arrangiert hatten, die hatten mich in dem Hotel eingetragen. Ich kriegte einen Anruf. Die Stimme sagte bloß »Jetzt« und legte auf. Ich ging über die Treppe in den obersten Stock. Sah den Zimmerkellner mit einem Tablett vor der Tür warten. Ich stellte mich an die Wand. Als der Kellner rausgedienert kam, die Hände voller Asche, ging ich durch die offene Tür rein. Der Typ drin wollte was sagen. Ich brach ihm das Genick. Dann ging ich wieder auf mein Zimmer. Zwei Männer kamen in mein Zimmer, gaben mir das versprochene Geld. Ich checkte aus, bevor man die Leiche fand.

Bis jetzt hatte ich von dem Typ nicht mal den Namen gewußt.

Der Mann mit dem Hubbel am Kopf tippte weiter auf den Tasten rum, stellte mir mehr Fragen. Ich saß da, hörte zu. Der Mann rieb sich den Hubbel am Kopf.

»Sind Sie sicher, daß er das ist?« fragte er den Indianer wieder.

Der Indianer stand auf, ging zur einen Seite des Zimmers. Dort war eine Briefwaage, eins von diesen elektronischen Meßgeräten. Der Indianer machte eine Geste, daß ich hinkommen sollte, mich neben ihn stellen. Der Mann stand vom Schreibtisch auf, kam zu uns. Er ging wie verrenkt. Im Stehen war er viel kleiner als ich. Ein Bein steckte in einem klobigen krummen Stiefel, der vorne rauf geschnürt war, wie wenn der Fuß zu groß für einen Schuh wäre. Der Indianer holte was aus seiner Tasche. Schlenkerte mit dem Handgelenk, eine lange Klinge schoß raus. Er legte das Messer auf die Briefwaage. Die Anzeige leuchtete auf. Dort stand:

0 4.3 1.21.

Dann legte er die Hand auf die Waage, berührte sie grade mit den Fingerspitzen. Die Zahlen flakkerten, änderten sich ständig. Nur die erste 0 blieb. Die mittleren Zahlen hüpften: 1.1, 0.9, 1.3, 0.7. Die hintere Zahl hüpfte auch, aber nicht so viel: 0.29, 0.52.

»Sie mißt in Zehntelunzen«, sagte der Indianer zu dem Mann. »Man kann die Hand gar nicht so ruhig halten, daß die Zahlen nicht hüpfen. Sie ist zu empfindlich.«

»Und?« sagte der Mann.

»Versuch es«, sagte der Indianer.

Der Mann legte die Hand auf die Waage. Ich konnte sehen, wie er das Gesicht anspannte, sich konzentrierte. Er konnte nicht verhindern, daß die Zahlen hüpften. Er drückte fest drauf – es machte keinen Unterschied.

»Nenn eine Zahl«, sagte der Indianer dem Mann. Der Mann schaute zu dem Indianer. Rieb sich wieder den Hubbel an seinem Kopf. »Null Komma sechs«, sagte er.

Der Indianer nickte mir zu. Ich legte die Finger auf die Waage, kriegte das Gefühl, ließ die Fingerspitzen direkt zum Gehirn gehn, ohne Handgelenk oder Arm dazwischen. Ich dachte an die Zahlen, die der Mann wollte, bis sie auf der Anzeige kamen. Sie flackerte ein bißchen, dann stand sie ruhig. Ich hielt sie so.

»Nenn noch eine«, sagte der Indianer.

»Eins Komma acht«, sagte der Mann.

Ich ließ meine Fingerspitzen schwerer werden, bis die Zahl kam, die er wollte. Dann stellte ich sie wieder ruhig.

Der Indianer zündete sich eine Zigarette an. Ich hielt die Zahl, während er aufrauchte. Der Mann beobachtete die Waage. Dann hinkte er zu seinem Schreibtisch hin und setzte sich.

♣

Wir saßen wieder dem Mann gegenüber. Zeit verging. Ich kriegte nicht mit, wieviel. Der Mann schaute den Indianer an.

»Was beweist das?«

»Sie wissen, was es beweist«, sagte ihm der Indianer. »Soll er mit bloßen Händen 'nen Kreuzschlüssel verbiegen, Bretter zertrümmern, so 'n Schrott?«

»Ich muß sicher sein.«

»Sie wissen, wie so was geht. Was Sie mir erzählt haben. Von Raiford.«

»Zieht er da mit?« Der Verrückte redete. Redete, als ob ich nicht da wäre.

»Haben Sie Fahndungen und Festnahmen?« fragte der Indianer.

»Nein.«

»Sie haben mir gesagt, er hat die Bewährung geschmissen.«

Der Mann rieb sich wieder den Hubbel. »Trauen Sie mir? Ich könnte ihn hochgehen lassen, wenn er der Typ ist.«

»Machen Sie nicht.«

Der Mann saß ein paar Minuten da. Dann stand er auf, hinkte zu irgendwas, was wie ein Fotokopiergerät aussah. Er hob die Abdeckung hoch, stellte es an. Es gab einen Jaulton von sich. Dann ging er wieder an den Computer, tippte ein paar Tasten.

»Okay«, sagte er zu dem Indianer, »lassen wir ihn durchlaufen.«

Der Indianer stand auf, winkte mir, ich sollte ihm folgen. Er spreizte die Finger, Handteller nach unten, deutete auf die Glasplatte an dem Fotokopierer. Ich legte den ganzen Handteller drauf. Ließ ihn eine Minute da.

»Okay«, sagte der Mann am Schreibtisch.

♣

Der Indianer nahm eine Spraydose neben dem Kopierer, wischte das Glas ab.

Wir setzten uns wieder hin. Warteten.

Nach ein paar Minuten kam ein Piepsen vom Computerschirm. Der Mann drückte wieder Tasten, las den Bildschirm.

»Sie sind's«, sagte er.

Der Indianer und ich rauchten jeder zwei Zigaretten, während der Mann an seinem Computer rumspielte. Er drehte sich mit seinem Stuhl um und sah uns an.

»Die E.V.B. ist weg«, sagte er.

»Fahndung wegen Verstoßes gegen die Bewährungsauflagen«, sagte der Indianer. Schaute den Mann an, erklärte es mir.

»Ja. Du bist tot«, sagte er zu mir. »Umgekommen bei einem Eisenbahnunglück in South Carolina. Amtrak aus D. C., Richtung Florida. Nicht identifizierter Weißer, böse zerquetscht. Wir haben grade seine Fingerabdrücke abgerufen, sie durch deine ersetzt. Du bist raus aus den Computern. Tot.«

Ich sagte nichts.

»Wissen Sie, was ich will?« fragte der Mann, schaute mir direkt in die Augen.

Ich nickte.

»Ich finde Ihr Mädchen, Sie erledigen das für mich ... ist das abgemacht?«

Ich nickte wieder.

»Zeigen Sie's«, sagte der Indianer.

»Was?«

»Sie wissen, daß *er* es kann ... zeigen Sie uns, daß *Sie's* können.«

Der Mann lächelte. Seine Zähne waren gelb, krumm, kreuz und quer in seinem Mund. Er wandte sich wieder dem Computer zu.

♣

»Huntsville, Alabama«, sagte der Mann.

Ich beobachtete ihn.

»Zimmer 907. Marilyn Hammond. Stellvertretende Direktorin einer Optionshandelsgesellschaft an der Küste. Gab letztes Jahr ein Einkommen von einhundertundachtundachtzigtausend Dollar an. Sie ist weiß, weiblich, eins dreiundsechzig, achtundsechzig Kilo. Braune Haare, braune Augen. Geschieden, keine Kinder. Das macht sie jetzt.«

»Das ist nicht Shella«, sagte ich ihm.

»Nein, das ist sie nicht, aber das *macht* sie. Diese Marilyn, die steht schwer auf S & M. Auf die Art geht ihr einer ab. Ihre Shella, die is dick im Hardcore drin, verstehen Sie? Nachdem Sie in Florida eingefahren sind, ist sie abgehauen. Aber sie ging nicht wieder tanzen ... sie verschwand im Fem-Dom-Untergrund.«

»Verschwand?«

»Verstecken kann sie sich nicht«, sagte der Mann. »Fetischzocker sind leicht zu finden. Alles, an was die denken, sind ihre Spiele. Für Ihr Mädchen kommt das gelegen ... sie muß nicht auf Outlaw machen. Sie verkauft jetzt nicht mal Sex. Die werben in Zeitschriften. Rollenspiele. Züchtigungen. Lauter so Zeug. Ich kann sie finden.«

Ich dachte an die Hütte, die wir vor langer Zeit gemietet hatten. An das Mädchen, Bonnie. Wie Shella sie geschlagen hat.

♣

»Ist das so okay?« fragte mich der Mann.

»Wir ändern die Abmachung«, sagte der Indianer.

Der Mann rieb sich den Hubbel am Kopf, sagte nichts.

»Wir wollen erst die Arbeit für Sie machen«, sagte der Indianer. »Wenn Sie dann seine Frau finden, muß er nicht mehr wiederkommen.«

Der Mann lächelte wieder wie vorhin. »Und das, was ich Ihnen versprochen habe, wenn Sie ihn herschaffen, ihn dazu bringen, daß er die Arbeit erledigt ... darauf wollen Sie auch nicht warten?«

»Nein«, sagte der Indianer.

»Machen Sie sich Sorgen, daß er sein Mädchen findet und abhaut – nicht zurückkommt und den Auftrag erledigt?«

»Nein.«

»Was ist, wenn er seine Arbeit erledigt, und ich treibe das Mädchen nicht für ihn auf?«

»Werden Sie.«

»Sie drohen mir?«

»Ja.«

Der Mann wandte sich an mich. »Geht das mit

Ihnen okay? Erst erledigen Sie die Arbeit für mich, dann treibe ich das Mädchen auf?«

»Sie suchen, während ich arbeite«, sagte ich.

»Der Chief hier wird Ihnen sagen, was ich erledigt haben will, okay?«

»Ja.

»Wenn es erledigt ist, kriegen Sie Ihr Mädchen.«

Ich nickte.

»Ich kann sie finden«, sagte der Mann. »Ich kann jeden finden.«

Ich schaute ihn bloß an – dieser Teil war vorbei.

»Ich habe Sie gefunden«, sagte der Mann.

♣

Als wir rauskamen, fuhr ein Taxi vor. Ein anderes. Wir stiegen hinten ein. Der Indianer sagte kein Wort zum Fahrer.

Als wir in die Straße einbogen, wo ich wohnte, drehte sich der Indianer zu mir.

»Hol dein Zeug, zieh aus, okay?«

Ich tat, was er gesagt hatte. Das Taxi wartete immer noch vor der Tür. Ich schmiß meinen Seesack in den Kofferraum.

»Hast du hier irgendwo ein Auto?« fragte er.

»Ja.«

»Gib mir die Schlüssel.« Ich tat es. »Zeig mir, wo es ist.«

♣

Das Taxi hielt neben meinem Auto an.

»Ich folge dir mit deinem Auto, okay?« sagte der Indianer.

Das Taxi fuhr den Broadway entlang, bog in

eine auf beiden Seiten von Mietshäusern gesäumte Straße ein. Carmen Avenue stand auf dem Schild. Das Taxi hielt. Der Fahrer sagte kein Wort.

Ich rauchte eine Zigarette. Nach einer Weile öffnete der Indianer die Seitentür. Ich stieg aus. Wir holten meinen Seesack aus dem Kofferraum. Ich folgte dem Indianer in das Gebäude. Es war eine große Wohnung, lang. Ging bis ganz durch: Fenster zur Straße, Fenster nach hinten raus, auf eine Gasse. Dort stand mein Auto.

Der Indianer öffnete den Kühlschrank, zeigte mir, daß Essen drin war. Die Wohnung war möbliert, wie wenn jemand da wohnte. Er gab mir zwei Schlüssel. »Einer ist für die Haustür, der andere ist für hier. Die Miete ist bezahlt, keiner wird dich stören. Im Wohnzimmer ist ein Telefon. Wenn du's klingeln hörst, hebst du ab, sagst kein Wort. Wenn ich's bin, rede ich. Wenn du meine Stimme nicht hörst, häng einfach auf.« Meine Autoschlüssel gab er mir auch zurück.

»Ich komme morgen früh wieder«, sagte der Indianer. »Ich ruf' erst an. Wenn unten jemand klingelt, achte nicht drauf.«

»Hab's kapiert.«

Er wandte sich ab, als wollte er gehn. Dann drehte er sich um und schaute mich an. Streckte die Hand aus, offen. Ich wußte nicht ... ich streckte meine Hand ebenfalls aus. Er griff zu, quetschte sie, fest. Ich quetschte zurück, vorsichtig, um ihm nicht weh zu tun.

Dann ging er raus.

Ich öffnete meinen Seesack, räumte mein Zeug ein. Nahm eine Dusche. Stellte den Fernseher an. Ich ließ den Ton aus, saß im vorderen Zimmer und betrachtete die Bilder. Die Vorhänge waren zu – es war wie nachts.

Eine Tiersendung fing an. Eine Schlange schnappte sich ein großes, fettes pelziges Tier. Sie verschlang das pelzige Tier, eine dicke Beule den ganzen Körper lang.

Die Schlange war ein Monster. Eine Gefahr für jeden. Aber wenn sie gestopft voll mit Futter war, konnte sie sich kaum rühren. Und sie konnte nicht beißen.

♣

Ich machte mir ein Sandwich, holte kaltes Wasser aus dem Kühlschrank. Als ich fertig war, rauchte ich eine Zigarette. Das Telefon war so ein altes schwarzes Ding mit einer Wählscheibe statt Knöpfen. Ich schaute es eine Weile an.

Ich weiß keine einzige Telefonnummer. Nicht eine.

Ich versuchte, darüber nachzudenken, was passiert war. Das fällt mir schwer. Ich hab' mal Shella gefragt, ob ich blöd wäre. Vor langer Zeit. Ihr Gesicht wurde traurig.

»Du bist nicht blöd. Nicht im Sinn von doofblöd. Du kapierst Sachen nicht, weil du sie nicht fühlen kannst, das ist alles. Wie wenn dein Hirn total vernarbt ist.«

»Ich bin nie am Kopf erwischt worden. Nicht richtig schwer jedenfalls.«

»Du machst es einfach anders als die meisten Leute. Es gibt Sachen, an die wir uns nicht erinnern wollen. Ich hab' mal mit 'nem Mädchen gearbeitet. Die war ein echtes Rassepferd, ein klasse Mädchen mit Beinen bis in alle Ewigkeit. Jeder hat sie Rose genannt . . . weil sie so lange Stengel hat, kapiert?«

»Ich glaub' schon . . .«

»Ach, halt 's Maul. Hör mal 'ne Minute zu. Rose ging groß anschaffen. Machte Hausbesuche, nie unter fünf Hunnis die Nacht. Die hat keine Grenzen gezogen, ein Dreiwegmädel, die hat's überall gemacht, wo du ihn reinstecken willst. *Das* kapierst du, stimmt's?«

»Ja.«

»Sie hat 'nen Freier umgebracht. Ihn mit 'nem Brieföffner erstochen. In der Zeitung stand, in dem war kein Tropfen Blut mehr drin, als sie mit ihm fertig war. Sie hat nicht mal probiert abzuhauen – die Cops haben sie genau dort gefunden. Ich hab' sie im Gefängnis besucht. Zuerst war's, als ob sie mich nicht erkennt. Ich halte ihre Hand. Dann klinken sich ihre Augen ein, und sie weiß, wer ich bin. Ich frag' sie, was passiert ist. Sie sagt bloß . . . ›Flashback‹. Das ist alles, was sie sagt. Flashback.

Bei ihrem Prozeß hat der Doktor gesagt, irgendwas ist mit ihr passiert, als sie ein Kind war. Er hat nicht gewußt, was es war. Rose wollte's ihm nicht sagen. Rose sah bei dem Prozeß absolut spitzenmäßig aus, hat ihre langen Beine gezeigt, gelächelt. Der Doktor sagte, es wäre wichtig, daß sie nicht dahin zurückkommt, wo sie war – das würde sie zuviel kosten.

Die haben sie für schuldig befunden. Hat lebenslänglich gekriegt. Ich hab' sie zum Abschied geküßt. Sie hat immer noch gelächelt.

Es war nicht mal ein Jahr später, als ich's in der Zeitung gelesen habe. Sie ist ausgerückt. Mit 'nem Wärter, der in ihrer Abteilung vom Gefängnis gearbeitet hat. Er war verheiratet, hatte zwei Kids. Die haben die beiden nie gefunden.«

»Was, glaubst du, ist passiert?« fragte ich.

»Ich weiß nicht. Irgendwas Ekelhaftes.«

»Nein, ich meine . . .«

»Ach so. Ich denk', Rose hat den Wärter auf den Geschmack gebracht. Manche Männer lassen für 'ne Kostprobe alles sausen.«

»Glaubst du, ich bin auch so?«

»Du? Nein, Schätzchen. Ich glaub' nicht, daß du wie irgendwas bist. Egal, was du verbirgst, du hast es tief begraben.«

Ich versuchte darüber nachzudenken. Der Schokoriegel, als ich ein Kind war. Wie es sich anfühlte, als ich Dukes Gesicht mit dieser Socke voller Batterien auftrümmerte. Als ich die Socke schwang, wußte ich, wenn ich ihn nicht alle machte, war ich erledigt. Nichts würde von mir übrigbleiben, ich würde einfach verschwinden. Als wäre jeder einzelne Teil von meinem Körper in dem Arm . . . er fühlte sich an wie eine Feder, als ich ihn bewegte, aber er wog eine Tonne, als er runterkam. Kleine Explosionen in meinem Kopf, wie platzende Glühbirnen. Plop. Plop. Plop. Tausende davon.

Wenn ich arbeite, platzen sie immer noch in meinem Kopf. Aber heute nur noch ein paar.

Ich versuchte darüber nachzudenken, was Shella damals gesagt hat. Aber ich konnte nur dran denken, daß sie zu Roses Prozeß ist. Ihr auf Wiedersehn gesagt hat, bevor sie eingefahren ist.

♣

Morgens klingelte das Telefon. Ich hob ab, sagte nichts.

»Ich komme hoch.« Die Stimme des Indianers. Die Wohnungstür ging auf. Der Indianer trat ein, einen Schlüssel in der Hand. Wir setzten uns im vorderen Zimmer hin.

»Was willst du wissen?« fragte er.

»Bloß, wo es ist.«

»Die Arbeit?«

»Ja.

»Das ist nicht so einfach. *Du* bist nicht so einfach. Glaubst du, der Verrückte in dem Büro da oben kann jemand nicht tot machen, wenn er ihn weghaben will? Er ist ein Gauner. Eine Art Genie, nehm' ich an. Ich kenn' den Namen von dem Dienst nicht, für den er rummacht. Jedesmal, wenn ich mich mit ihm treffen muß, ist er an 'nem anderen Ort. Immer mit seinen Maschinen, wie ein Typ mit schlechten Nieren – er muß jeden Tag rangehängt werden, sonst stirbt er. Einer von unsern Brüdern ist in Marion im Keller. Weißt du, was das ist?«

Ich nickte. Marion ist der Superhochsicherheitsbundesknast, der härteste, den's gibt. Und der Keller ist für die Männer, die sogar da drin noch die Monster sind.

»Er kann's richten. Unsern Bruder da rauskriegen. Er kann ihn da loseisen, nicht ihn laufenlassen. Aber er kann ihn an einen andern Ort verlegen lassen. Wo wir später was austüfteln können.«

»Was hat er gemacht, dein Bruder?«

»Den Kopf hingehalten, das hat er gemacht. Die haben ihn als großen Serienkiller eingebuchtet. Zehn, zwölf Leichen, überall im Land. Drangekriegt haben sie ihn wegen einer. Eiskalt und eindeutig, nichts dran zu rütteln. Es war 'ne Falle. Er kam mit 'ner leeren Schrotflinte in der Hand aus dem Zimmer. Die haben ihn die Arbeit machen lassen, ihn dann kassiert. Der Verrückte hat ihn zu sich bestellt – er hatte seine Maschinen im Knast aufgebaut, dort, wo sie ihn festgehalten haben. Er sagte unserm Bruder, er wüßte Bescheid über den Stamm, hat ihm ein Angebot gemacht. Unser Bruder, der hat für alle Aufträge, die wir in den letzten paar Jahren erledigt haben, die Schuld auf sich genommen. Die Cops haben ihre Akten bereinigt, von uns war der Druck weg. Und unser Bruder ist für immer drin.«

»Und für was eist er ihn los?«

»Daß wir dich finden. Was wir gemacht haben. Daß wir dich zu ihm bringen. Was wir gemacht haben. Und dafür, daß du diese Arbeit erledigst.«

»Und er macht das?«

»Sicher. Er weiß Bescheid über den Stamm. Er kennt mich. Aber er kennt nicht alle von uns. Macht er 'nen Rückzieher, bei irgendwas, machen wir ihn alle. Egal, was es kostet. Soviel weiß er von uns, von unserer Ehre.«

Er sah, wie ich ihn anschaute. Schüttelte den Kopf, zündete sich eine Zigarette an.

»So ist unsere Legende, so sind wir. Wenn wir sagen, wir machen irgendwas, dann machen wir's. Oder wir sterben. Gibt irgendwer von uns sein Wort, dann muß er es erledigen oder sterben. Und wenn er stirbt, geht das Wort an den nächsten über. Wenn wir alle sterben, lebt immer noch die Legende. Wir sind keine Bescheißer, oder Lügner. Wir sind keine Diebe. Wir sind Mörder.«

»Ich . . .«

»Mörder, mein Freund. Jäger, ernähren unsere

Familien. Nur daß wir Menschen jagen, keine Tiere. Wir wurden von unserem Land vertrieben. Manche von uns imitierten die Eroberer. Manche von uns wandten sich dem Schnaps zu. Aber die Krieger unter uns, die haben immer in den Bergen gestanden, die Feuer des weißen Mannes beobachtet. Wir sind ihre Kinder. Du kannst uns heuern, aber du kannst uns nicht besitzen.«

»Wie viele Männer . . .?«

Er wedelte mit der Hand, als ob er eine Mücke im Gesicht hätte. »Männer? Wir sind alle so. Unsere Frauen sind gefährlicher als wir. Die erledigen auch unsere Arbeit. Und wir erziehen unsere Kinder so.«

»Kids?«

»Der weiße Mann erzieht seine Kinder zum Herrschen. Wir erziehen unsere zum Jagen.«

»Warum macht ihr es nicht selber? Was der Mann will?«

»Wir können nicht nah genug an das Objekt ran. Und wir könnten's nie.«

Ich zündete mir ebenfalls eine Kippe an. Er sagte jetzt nichts mehr, wartete auf mich.

»Dein Bruder, der in Haft ist?«

»Ja?«

»Schickst du ihm Briefe und Zeug? Gehst am Besuchstag hin zu ihm?«

Er nickte. Langsam, so, wie man mit einem Doofen redet. Ruhig, damit er's versteht. »Sicher«, sagte er.

♣

Er holte ein Bild aus seiner Tasche. Ein Schwarzweißfoto. Ein Mann, vielleicht fünfzig Jahre alt. Er hatte ein rundes, fettes Gesicht, kurze blonde Haare. Mehr Bilder. Ein Polizeifoto, von vorne und von der Seite. Der Mann lächelte auf dem Polizeifoto – ich hab' so was noch nie gesehn. Nahaufnahmen von seinen Armen. Adlertätowierung. Der Adler hatte einen Schwarzen in den Klauen. Am anderen Arm war eine Henkersschlinge. Drunter waren die Worte *Aryan Justice*. Noch ein Bild: Der Mann stand vor einer Menschenmenge, wedelte mit den Armen. Einige in der Menge hatten die Köpfe rasiert, einige hatten ganz lange Haare, Schnurrbärte. Alle hatten sie Waffen: Gewehre, Pistolen. Der Indianer drehte das Bild um. Auf der Rückseite: 05/07/39, 1,85, 107, blond/blau.

»Das ist er«, sagte der Indianer.

♣

»Kommt mir nicht so schwer vor«, sagte ich dem Indianer. »Dieser Typ, der spricht auf Versammlungen und so.«

»Er geht nicht auf die Straße. Geht überhaupt nicht raus. Er lebt in einem Lager . . . wie eine Festung, verstehst du? Du kommst nur rein, wenn du einer von ihnen bist.«

»Und warum kannst du nicht . . .?«

»Um einer von ihnen zu sein, muß man weiß sein.«

»Haben die nicht . . .? Ich meine, der Verrückte, der hat Jungs, die für ihn arbeiten.«

»Undercover? Vergiß es. Die kommen nie und nimmer rein. Dieser Typ, der is der Boß von 'nem Trupp. Und sie haben einen Säuretest. Weißt du, was das ist?«

»Nein.«

»Wie eine Initiation. Etwas, was du machen mußt, bevor du dem Mann auch nur begegnest.«

»Was ist das für ein Test?«

»Du mußt einen Schwarzen töten. Klar? Deshalb können die nicht reinkommen. Er hat zu viele Puffer, zu viele Schichten. Bis es so weit ist, daß du reinkommst, bist du schon draußen, klar? Draußen aus der Welt.«

»Woher weißt du das alles?«

»Der Verrückte hat es mir erklärt. Manchmal fällt einer von seinen Anhängern um. Packt aus. Er ist wegen irgendwas dran, macht einen Deal. Deshalb wissen wir, wie die arbeiten. Jedenfalls, der Verrückte hat's probiert. Wollte jemand reinsetzen. Hat einen getürkten Mord inszeniert, den Schwarzen verschwinden lassen, wie wenn ihn der Undercovermann umgebracht hätte. Stellt sich raus, das war nicht der Test . . . du mußt ihn vor denen ihren Augen umbringen. Damit sie's sehen können. Dieser Typ, der hat gedacht, er wär drin, aber er war fertig.«

»Die haben ihn umgebracht?«

»Das sagt der Verrückte. Sagt, er kann's aber nicht beweisen. Die Leiche haben sie nie gefunden. Und der Anführer, der is jetzt vorsichtiger denn je. Die kriegen nie eine Anklage gegen den zusammen.«

»Und der Verrückte, der will . . .«

»Rache. Er hat einen Mann verloren, er muß das in Ordnung bringen. Das ist nicht wie bei uns, nicht aus Loyalität. Das ist wie . . . ich kann's nicht erklären, wie wenn jemand an seinen Maschinen rumgepfuscht hat oder so. Er hat mir davon erzählt, hat ständig gesagt, er bräuchte bloß einen besseren Plan, das wär alles. Bloß einen besseren Plan.«

»Und das bin ich?«

»Das sind wir alle. Du bist bloß das Endstück.«

»Kann er meine Shella finden?«

»Tot oder lebendig, mein Freund. Garantiert.«

»Wenn sie . . . tot wäre. Woher soll ich wissen, daß sie wirklich die Tote ist? Er hat grade *mich* totgemacht, auf dem Papier, stimmt's? Könnte er das nicht mit ihr machen?«

»Yeah. Daran haben wir gedacht. Deshalb haben wir ihm gesagt, wenn sie tot ist, muß er's beweisen. Ist sie hopsgenommen worden, haben die wahrscheinlich ihre Abdrücke. Oder ein Bild. Irgendwas. Er sagt, wenn du willst, könnte er Verwandte von ihr auftreiben, es auf die Art beweisen. Okay?«

»Ja.«

»Kennst du irgendeinen Verwandten von ihr? Würdest du ihn erkennen, wenn du ihn siehst?«

»Yeah, ich glaub' schon. Aber wenn Shella tot ist, will ich ihren Vater sehn. Sag ihm das. Den erkenne ich.«

»Abgemacht«, sagte der Indianer.

♣

Ich bin nicht wie Shella. Manchmal, wenn wir ein paar Tage in einem Zimmer bleiben mußten, ist sie total zapplig geworden. Hat Ausreden erfunden, warum sie raus müßte. Verschiedene Klamotten anprobiert, verschiedene Frisuren gemacht, zigmal unter die Dusche gegangen. Einmal gab's im Fernsehn nichts, was sie sehen wollte – sie hat so fest auf das Gerät gedroschen, daß sie's kaputtgemacht hat.

Wenn ich nicht arbeiten müßte, würde ich vielleicht nie rausgehen.

Der Indianer sagte mir, er bräuchte Zeit, um Sachen auszuchecken, rausfinden, wie er mich am besten reinkriegt, nah an den Mann, den ich erledigen sollte.

Ich wartete darauf, daß der Indianer zurückkam.

♣

Er kam eines Morgens, sagte, wir würden eine Spritztour machen. Es war ein großes Auto. Ich setzte mich mit dem Indianer hinten rein. Vorne waren noch zwei.

Wir fuhren eine Weile. Auf den Schildern stand ständig Norden. Verschiedene Strecken. Die Indianer sagten nicht viel. Selbst wenn sie's taten, konnte ich das meiste davon nicht verstehen. Sie sprachen Englisch und alles, aber die Wörter kamen komisch.

Die Straßen wurden immer schmaler. Erst Beton, dann Asphalt, dann Lehm. Wir bogen in einen schmalen Weg ein. Das Auto mußte langsam fahren. Ein großes Haus und eine Scheune standen da. Zwei Hunde kamen dem Auto entgegengerannt. Sie bellten nicht und gar nichts, paßten bloß auf.

Wir fuhren in die Scheune. Alles stieg aus. Die zwei Männer vom Vordersitz gingen weg.

»Da drüben ist eine Toilette«, sagte der Indianer und deutete hin. Ich mußte nicht, aber ich dachte mir, er wollte mir damit irgendwas sagen, also ging ich da rein. Als ich rauskam, standen ein paar von ihnen rum.

Alle hatten Knarren.

Ich fragte mich, ob Monroe irgendwelche Indianer kannte.

Wir gingen wieder in den Wald. Ein Teich war da. Ruhig.

♣

»Unser Land«, sagte der Indianer. »Es gehört uns. Wir haben's gekauft. Dafür bezahlt. Niemand kommt auf unser Land. Nicht mehr.«

Wir marschierten weiter. Irgendwas bewegte sich neben uns im Wald. Einer der Hunde.

Wir kamen auf eine Lichtung. Der Indianer ging von den anderen weg. Sie hockten sich auf den Boden, beobachteten alles, bloß nicht uns.

»Hast du je mit einer Knarre geschossen?« fragte mich der Indianer.

»Nein.«

»Hab' ich auch nicht angenommen. Wir müssen das austüfteln, ganz vorsichtig sein. Wir kriegen nur die eine Chance. Verstanden?«

»Ja.« Das stimmte nicht, aber ich wußte, er würde mehr sagen.

»Erinnerst du dich an den Säuretest, von dem ich dir erzählt habe? Du mußt jemand erledigen. Einfach so zum Spaß. Das sollte reichen. Aber du kannst es nicht auf deine Art machen. Wenn sie wissen, daß du mit den Händen arbeitest, lassen sie dich nicht nah an den Topmann ran. Dich durchsuchen würde nichts nützen, klar? Der erste Job, den mußt du deshalb mit einer Waffe erledigen. Genau das wollen wir dir zeigen.«

»Ich hab' noch nie –«

»Ich weiß. Du mußt gar kein Meister sein, bloß wissen, wie es funktioniert.«

Er holte eine Knarre aus der Jacke. Eine silbrige Knarre. Er hockte sich hin. Ich ging neben ihm runter. Er drehte die Knarre seitwärts, damit ich sehen konnte, was er machte. Er drückte mit dem Daumen auf ein Metallstück, und das runde Teil fiel seitlich aus der Knarre. Er kippte die Knarre auf der Hand, und die Kugeln kullerten raus.

»Es gibt zwei Arten, damit zu feuern, okay? Hahnspannung und Hahn- und Abzugsspannung heißt das. Du kannst erst spannen, etwa so . . .« Er zog den Hammer zurück. Ich hörte ein Klicken. »Dann drückst du den Abzug.« Wieder klickte die Knarre. Er schob irgendwas mit dem Daumen nach vorne, machte sie auf, hielt sie seitlich. »Siehst du? An dem Hammer ist ein kleiner Sporn. Geht der Sporn nach vorne, trifft er die Patrone in der Mitte . . .« Er zeigte mir eine Kugel. Hinten drauf war ein kleiner runder Punkt, genau in der Mitte. »Das ist der Zündsatz. Er läßt das Pulver losgehen, und die Kugel schießt vorne raus. Verstehst du?«

»Ja.«

»Oder du kannst einfach den Abzug durchdrücken, ohne zu spannen.« Er machte es. Klick, klick, klick. Das runde Teil drehte sich jedesmal, wenn er den Abzug durchdrückte.

»Siehst du, wie's funktioniert?«

»Ja.

Er klappte die Knarre wieder auf, reichte sie mir. »Schau durch den Lauf«, sagte er.

Ich machte es. Er grunzte, nahm mir die Knarre aus der Hand. »Nein. So doch nicht. Hier, schau her.« Er ließ das Licht über seine Schulter fallen, hatte den Daumennagel da, wo die Kugel rauskam, schaute vom hinteren Ende durch den Lauf. Er reichte sie mir. Ich machte es ihm nach.

»Was siehst du?«

»Da drin ist alles voller Kerben. Gekrümmte Kerben.«

»Das sind die Felder und die Züge. Wenn die Kugel durchgeht, bringen die sie zum Rotieren.« Er zwirbelte mit dem Finger in der Luft rum wie ein Korkenzieher. »Dadurch fliegt die Kugel grade.«

»Okay.«

»Halt sie in der Hand. Fühl sie.«

Ich nahm die Knarre. Sie lag schwer und wuchtig in der Hand. Als wäre alles aus einem Stück, nicht ein Haufen Teile. Der Griff war aus schwarzem Gummi. Ich schloß die Augen, fühlte sie. Wie bei einem Poolqueue. Schwang sie in kleinen Kreisen. Fuhr überall mit den Fingern drüber.

Ich spürte, wie mir der Indianer auf die Schulter tippte.

»Bist du weggetreten?«

»Was?«

»Du hältst das Ding schon seit 'ner halben Stunde, Mann.«

»Oh. Yeah, ich nehm' an –«

»Bist du jetzt bereit zu lernen? Lernen, wie man mit dem Ding jemand tötet?«

»Ich weiß schon, wie«, sagte ich.

Er warf mir einen komischen Blick zu. Nahm mir die Knarre ab, klappte sie auf, steckte die Kugeln rein. Stand da und hielt sie in der Hand.

»Mit einer Pistole, da zielst du nicht richtig. Du deutest damit wie mit deinem Finger. Als ob sie dir aus der Hand gewachsen ist. Sorg für festen Stand ...« Er spreizte die Beine, ging ein bißchen in die Hocke, hielt die Knarre mit beiden Händen, eine Hand um die andere geschlungen. »Halte deinen Schwerpunkt tief, heb die Pistole, visier über den Lauf, okay? Halt beim Visieren knapp unter das, auf was du zielst. Hol tief Luft, laß sie ab. Dann *ziehst* du den Hahn durch, verreiß ihn nicht. Zieh ihn so langsam durch, daß du nicht mal merkst, wenn er so weit durchgedrückt ist, daß sie losgeht. Sie macht eine Menge Krach – bist du nicht dran gewöhnt, kann's dich erschrecken. Deshalb . . . setz die auf.« Er reichte mir Ohrwärmer, wie's aussah. Nur daß die runden Teile rot waren. Rotes Plastik, glaub' ich. Innen drin war alles aus Schaum. Ich stülpte sie mir über den Kopf. Er setzte auch welche auf, nur daß seine Ohrteile blau waren.

Ich achtete auf die Knarre in seinen Händen. Er ging, zog ein Messer, ritzte ein großes X in einen umgekippten Baum. »Er ist tot«, sagte er. Wie wenn er nicht auf einen lebenden Baum schießen würde. Dann liefen wir etwa fünfundzwanzig Schritte zurück.

»Paß auf«, sagte er. Er ging in Stellung. Ich sah, wie er den Finger zurückbewegte. Dann kam ein Krachen. Es war laut, selbst mit den Ohrwärmern. Er ging zurück zu dem Baum. Gleich rechts von dem X war das Einschußloch zu sehen.

»Wenn du sie benutzt, rotzt du sie alle raus. Sechs Schuß. Schieß schnell. Mach die Waffe leer. Das ist eine Ruger, Speed Six. Hübsches, schlichtes Teil. Die kann dir nicht klemmen, wie's eine Automatik manchmal macht. 38er Special. Die tötet einen Mann, aber je mehr Kugeln du in ihn reinpumpst, desto sicherer.«

Wieder drückte er den Abzug. Fünfmal. Es klang, als ob das Krachen ineinander überginge, ein lautes Donnern. Ich sah Holzsplitter von dem totenBaumwegfliegen. Wir gingen wieder hin. Der Mittelpunkt von dem X war total rausgestanzt.

Der Indianer öffnete die Knarre, kippte sie nach hinten, steckte die leeren Kugeln in die Tasche. »Noch was«, sagte er. »Bei einem Revolver hinterläßt du keine Hülsen am Tatort. Benutzt du sie, machst du einfach das, was ich gemacht habe, okay? Heb die Hülsen auf, wirf sie irgend woanders weg.«

»Okay.«

»Bereit, es zu probieren?«

»Ja.«

Er gab mir die Knarre, sechs Kugeln. Ich machte es ihm nach, steckte sie rein. Dann ging ich genauso in Stellung wie er, leichte Hocke, konzentrierte mich auf den Baum. Ich holte tief Luft, atmete aus. Ich konnte spüren, wie mein Herz langsamer schlug. Langsamer. Ich drückte auf den Abzug.

»Was machst du denn?«

Ich hörte auf, drehte mich zu ihm. »Was du mir gesagt hast. Langsam durchdrücken.«

»Nicht *so* langsam, gottverdammt! Willst du mir weismachen, daß sich der Hahn tatsächlich bewegt hat?«

»Klar.«

»Woher weißt du das?«

»Ich hab's gefühlt.«

»Verdammt! Okay, tut mir leid. Du mußt es *ein bißchen* schneller machen, okay? Du mußt auf einen Menschen schießen, nicht auf eine verdammte Zielscheibe. Menschen bewegen sich.«

»Du hast gesagt –«

»*Vergiß*, was ich gesagt hab'. Probier's noch mal, okay?«

Ich machte es noch mal. Beim ersten Schuß bockte die Knarre in meiner Hand. Ich feuerte, als sie wieder runterkam, machte es noch mal, stieg auf den Rhythmus ein. Dann war sie leer.

Wir gingen wieder hin. In dem Baum waren noch mehr Kerben, alle rund um das X.

»Er is ein Naturtalent«, sagte eine Stimme. Noch ein Indianer. Sie mußten auf die Lichtung gekommen sein, während ich am Schießen war.

»Ich hab's dir doch gesagt«, sagte der Indianer. Ich übte weiter mit der Knarre. Sie hatten alle möglichen Waffen. Gewehre, Schrotflinten, eine große schwarze Pistole, die die Kugeln so schnell ausspuckte, daß sie wie mit dem Schlauch gespritzt kamen. Sie arbeiteten mit den verschiedenen Knarren, tauschten sie hin und her. Ich probierte die silbrige Knarre mit der einen Hand. Dann mit der anderen. Nach einer Weile gab es keinen Unterschied mehr. Es klang wie im Krieg.

Später brachte einer von ihnen Sandwiches und kalte Limonade. Es schmeckte gut. Frisch und sauber.

♣

Am Nachmittag kam eine Frau auf die Lichtung. Eine Indianerfrau, mit Zöpfen. Sie hatte einen Bogen in der Hand. Wir saßen alle rum, während sie mit Pfeil und Bogen übte. Sie war gut.

Sie kam zu dem Platz, wo ich saß. Beugte sich vor und schaute mich an. Ihre Augen waren schwarz. Nicht bloß das kleine runde Ding in der Mitte. Ganz schwarz.

»Du bist der«, sagte sie.

Der Indianer war neben mir. »Das ist er«, sagte er.

Sie schaute mich weiter an. »Mein Bruder ist in ihrem Gefängnis«, sagte sie. »Mein eigener Bruder. Hiram. Nach der Bibel des weißen Mannes haben sie ihn genannt. Sie trennten uns, aber Hiram kam mich holen. Er brachte mich zu meinem Volk. Nun wirst du helfen, ihn zu mir zu bringen.«

Niemand sagte was. Sie hielt mir die Hand hin. Ich nahm sie. Stand auf, ohne mein Gewicht an sie ranzuhängen, aber sie fühlte sich stark genug an dafür.

Sie reichte mir den Bogen. »Soll ich's dir zeigen?«

»Ja«, sagte ich. Ich weiß nicht, warum ich das gesagt habe.

Wir gingen fort von den anderen. Sie reichte mir einen Pfeil. Ich hielt ihn in der Hand. Er fühlte sich nicht richtig an. Ich schüttelte den Kopf. Sie lächelte, reichte mir einen anderen.

Ich legte ihn ein. Ich wußte, wie das ging, weil ich ihr zugeschaut hatte. Sie ging weg. Zupfte ein Blatt von einem Baum. Sie leckte das Blatt auf der Rückseite an, pappte es genau über das X, das der Indianer in den toten Baum gekerbt hatte. Dann kam sie wieder zu mir.

Ich spannte die Sehne. Ich machte aus meiner linken Faust einen Stein. Ich zog alles Gewicht aus meinem Körper, legte es in meine rechte Hand. Ich konnte entlang dem Pfeil sehen. Er war grade. Ich sah die Pfeilspitze, sah das Blatt, brachte sie zusammen. Zwischen zwei Herzschlägen ließ ich die Sehne los.

Er ging mitten durch das Blatt.

Die Frau neigte den Kopf wie in der Kirche.

»Mein Name ist Ruth«, sagte sie.

Dann nahm sie mir den Bogen ab und ging von der Lichtung.

♣

Auf der Fahrt zurück nach Chicago sagte mir der Indianer, wie es geplant war.

»Du behältst die Pistole«, sagte er. »Sie is eiskalt. Kommt direkt vom Fließband in der Fabrik, ist nie registriert worden. So, wie die's durchziehen, nehmen sie sie dir gleich nach dem Mord ab. Sagen, sie schaffen sie für dich beiseite. Aber die behalten sie. Für alle Fälle. Da sind überall deine Abdrücke drauf, damit haben sie immer was gegen dich in der Hand. Du kannst keine OP-Handschuhe tragen, kannst bei denen nicht den Profi markieren. Für die bist du der runtergekommene weiße Niggerhasser, okay? Die Sorte, die denken nie was durch. Du schließt dich der Gruppe an, weil du gern Nigger umbringst, klar? Haß ist denen ihr Spiel. Wenigstens das Spiel für die Mannschaften. Die Generäle, die haben immer was nebenbei laufen.«

»Was mach ich?«

»Machen? Du machst gar nichts. Nicht für die. Du erledigst einen von *unsern* Aufträgen, klar? Das heißt, wenn's funktioniert. Wenn sie dich rumkutschieren lassen, sagen, du sollst dir ein Objekt aussuchen, kriegen wir das hin. Aber wenn sie dir eins *ranschaffen,* mußt du's erledigen. Mach es einfach. Die haben deine Abdrücke, na und? Fingerabdrücke haben keine Uhr dran. Du bist tot, stimmt's? Wenn sie dir mit den Fingerabdrücken auf der Waffe drohen, tu einfach schissig.« Er schaute mich an, ganz genau. »Kannst du das bringen?«

Ich dachte an die Erziehungsanstalt. Die Förderschule nannten sie sie. »Ich glaub' schon«, sagte ich.

»Von jetzt an trägst du die Waffe. Kümmer dich nicht um ein Holster – such dir einfach 'ne Stelle, wo du sie bequem tragen kannst. Lauf damit rum, damit das Gewicht ein Teil von dir selbst wird, verstanden? Damit es nicht auffällt . . .«

»Okay.«

»Die haben einen Schuppen in Uptown. Nicht weit weg von uns. Bloß ein einfacher Laden. Die verteilen ihre Flugblätter, halten durchs Megaphon ihre Reden und so 'n Mist. Das wird der schwere Teil für dich.«

»Was?«

»Reden. Siehst du fern?«

»Manchmal.«

»Liest Bücher?«

»Nein.«

»Okay, macht nichts. Wir haben drüben in der Wohnung einen Videorecorder. Ich bring' dir ein paar Kassetten. Schau dir die Filme an, sieh zu, wie die reden, was sie sagen. Für die Jungs mußt du kein Undercoverexperte sein . . . wie gesagt, die haben den Säuretest.«

»Woher weiß ich –?«

»Du machst die *Arbeit*. Wahrscheinlich auf der Straße, wenn alles gut läuft. Früher oder später, wahrscheinlich früher, bringen sie dich rein. In das Lager. Kann ein bißchen dauern, bis du mit dem Topmann allein bist. Dann erledigst du ihn. Wir wissen, wo das Lager ist, aber der Topmann geht nie raus aufs Gelände. Wir haben da mal eine Woche aufgepaßt. Kommst du rein, passen wir auf. Die haben da lauter so Jungs in Tarnanzügen im Umkreis. Wir können an denen vorbei, wann wir wollen – die sehen uns nie. Sobald du die Arbeit erledigt hast, kommst du einfach raus. Bind dir ein Tuch um den Kopf, etwa so ...« Er zog einen roten Schal aus der Tasche, zwirbelte ihn zu einem langen, dünnen Ding, band ihn sich um den Kopf. Er sah noch mehr nach Indianer aus, so, wie man sie im Kino sieht. »Kommst du mit irgendwas um den Kopf raus, fangen wir an zu schießen. Renn einfach auf die Umzäunung zu ... renn raus aus dem Lager. Wir sind da, bringen dich weg.«

Ich nickte. Sie könnten mich gleichzeitig einfach erschießen, aber ich hatte nicht das Gefühl.

»Hast du jetzt irgendwelche Fragen?« Er zündete sich eine Zigarette an, gab mir eine. Ich rauchte sie, dachte nach.

»Diese Frau, Ruth. Der Typ, der in Marion ist, sie sagt, das ist ihr Bruder. Ist er ihr Bruder, wie er *dein* Bruder ist, oder ...«

»Du meinst, ob sie dieselbe Mutter und denselben Vater haben?«

»Ja.«

»Haben sie. Aber wir sind alle ... zusammen. So wie Blut. Okay?«

»Okay.«

Wir fuhren lange Zeit. Draußen wurde es dunkel. Sie stoppten an keiner Tankstelle – auf ihrer Farm war eine Zapfsäule. Der Fahrer hielt sich genau an das Tempolimit, blieb im Verkehrsstrom.

»Du brauchst einen Ausweis«, sagte der Indianer zu mir.

»In Ordnung.«

»Der Verrückte, der kann dich mit 'nem ganzen Satz ausstatten. Und eine Legende brauchst du auch.«

»Legende?«

»Eine Geschichte. Zum Beispiel, wo du herkommst. Du warst im Gefängnis, richtig?«

»Yeah. In Florida.«

»Wegen was?«

»Totschlag.«

»Gut. Okay, sag ihnen, du hast da unten einen Nigger umgebracht. So was mögen die. Halt dich so weit an die Wahrheit, wie du kannst. Egal, unter welchem Namen du's gemacht hast, sag ihnen, er wär falsch. Dein neuer Ausweis, das bist wirklich du. Du hast nie deinen Namen gesagt.«

»Meinen Namen?«

»Wie nennen dich die Leute, mein Freund?«

Monroe nannte mich Ghost. Shella nannte mich immer John. Eine Art Witz, ihr Witz. Sagte, ich wär der einzige John, den sie je gehabt hat. Wie wenn ich ein Freier wäre.

»John«, sagte ich. Dachte an irgendwas im Fernsehn, was ich mal gesehen habe. Wie sich ein Mann in einem Motel einträgt. »John Smith«, sagte ich.

Einer der Indianer auf dem Vordersitz lachte. Da wurde mir zum erstenmal klar, daß er zugehört hatte.

Ich wußte nicht, über was er lachte, aber ich hatte nicht das Gefühl, daß ich es war.

♣

Der Indianer brachte mir am nächsten Tag einen ganzen Stapel Kassetten für den Videorecorder. Ich schaute sie mir wieder und immer wieder an. Mit Ton. Es waren meistens Nachrichtenbeiträge, manchmal längere. ›Das Antlitz des Hasses‹, so

Zeug. Leute, die vor der Kamera eine Schau abzogen, Kostüme trugen. Ich hatte das ganze Zeug schon gehört. Im Knast gab es zwei Jungs, die waren drin, weil sie einen alten Schwarzen umgebracht haben. Zu Tode getrampelt. Einfach so aus Spaß. Die hatten massenhaft Tätowierungen. Die einzige, an die ich mich erinnern kann, war ein Spinnennetz auf dem Ellbogen von dem einen Typ. Wenn er mit den Muskeln geprotzt hat, konnte man es sehen.

Sie hatten sogar ein Band von dem Topmann – demjenigen, an dem ich meine Arbeit erledigen sollte. Er hielt eine Ansprache. Redete dauernd von Rasse, als ob das alles wäre. Er benutzte Hundewörter. Promenadenmischung, Bastardtöle. Weiße wären rein, und andere Menschen machten sie schmutzig. Sie bloß in seiner Nähe zu haben würde einen schon schmutzig machen.

Ich hatte das alles schon mal gehört. Nigger kämpfen nur, wenn sie in der Meute sind. Mann gegen Mann sind sie Feiglinge. Genau das haben die mir erzählt, als ich das erste Mal eingesperrt war. Ich hab' nicht gewußt, ob es stimmt. Ich wollte mit keinem kämpfen – ich hatte vor allen Angst. Hau 'nem Nigger nie an den Kopf – da kannst du ihm nicht weh tun. Ich fand raus, daß es eine Lüge war. Vielleicht war alles Lüge.

»Versuch irgendwas auf den Bändern zu finden, was dir entspricht«, sagte der Indianer.

♣

Der Indianer brachte irgendwann mehr Zeug, schaute sich die Bänder eine Weile mit mir an. Ein Haufen Collegejungs vergewaltigte ein schwarzes

Mädchen. Sie wechselten sich ab, und sie machten es auch gemeinsam. Sie warfen ihr Wörter an den Kopf, während sie es machten. Einer von ihnen machte einen Videofilm davon, und die Cops entdeckten ihn, als sie das Verbindungshaus durchsuchten. Einiges davon wurde in den Nachrichten gezeigt, teilweise mit schwarzen Streifen abgedeckt, aber man wußte genau, was vor sich ging. Das Mädchen war total matschig. Besoffen oder high. Hat einfach so dagelegen.

Die Collegejungs sagten, es war 'ne Party.

»Wenn sie sagen, sie hassen Nigger so sehr, warum sollten sie da mit ihnen bumsen?« sagte der Indianer. So, wie Leute Sachen sagen, wenn sie nicht erwarten, daß man drauf antwortet.

Jeder, der schon mal im Knast gewesen ist, hätte es ihm sagen können.

♣

Ich schaute mir immer wieder die Bänder an. Schaute und hörte zu. In einer der Sendungen gab's Interviews mit Kids. Skinheads. Das Band schaute ich mir oft an. Die älteren Jungs, die in den Organisationen, die redeten über die Skinheads, als wären die eine Armee. Aber die Skinheads wirkten wild. Die waren auf alle sauer, nicht bloß auf Schwarze.

Wie wenn niemand sie wollte, und sie das wußten.

♣

»Was siehst du? Kurz bevor du dir irgendwen vornimmst, siehst du da irgendwas?«

Das hatte mich noch niemand gefragt, nicht mal Shella. Ich schaute auf das Bild von dem Topmann. Das Polizeifoto, das sie mir gaben. Ich sah gar nichts.

»Nicht bei einem Bild«, sagte der Indianer. »Wenn du richtig da bist.«

Ich schloß die Augen, machte alles langsamer, damit ich's sehen konnte. Wenn es passiert, geht alles so schnell. Ich ließ es langsamer werden. Zurück zum erstenmal. Duke. Er lag auf dem Rükken. Es war dunkel da drin, aber ich konnte ihn sehen. Ich konnte . . . sein Skelett sehen. Knochen unter seiner Haut. Den Schädel in seinem Kopf. »Kleine Punkte«, sagte ich zum Indianer.

»Rote Punkte? Vor deinen Augen? Wie wenn du stinksauer bist?«

»Schwarze Punkte. Nicht in meinen Augen. Auf dem Körper. Nicht wie . . . Masern. Einfach an verschiedenen Stellen. Überall.«

Ich machte wieder die Augen zu. Sah Duke. Berührte mein Gesicht. Zwischen den Augen, am Nasenrücken, eine Stelle am Hals.

»Laserpunkte«, sagte der Indianer.

»Marschbereit?« fragte er mich ein paar Tage später.

»Ja.«

»Heut abend?«

»Klar.«

»Okay. Ich hab' mit dem Verrückten geredet. Wenn irgendwer nachcheckt, der Typ, der in Florida gesessen hat, war John Smith. Paßt alles. Wir haben ein Zimmer für dich. Sobald du einziehst, bist du auf dich gestellt – du siehst uns erst wieder, wenn du die Arbeit zu Ende gebracht hast.«

An diesem Abend kam er wieder. Ich hatte alles in meinem Seesack.

»Laß mich das Ding sehen«, sagte er.

Ich reichte ihm die Knarre. Er klappte die Trommel raus, schaute durch den Lauf. »Staubig«, sagte er. Er klang angewidert. Er holte ein Taschentuch raus, zwirbelte eine Ecke zusammen, schob sie mit einem Bleistift durch den Lauf, zog es hin und her. »Mach das jeden Tag, okay?«

Ich sagte ja.

Sie fuhren mich zum Busbahnhof. Ich gab ihm meine Autoschlüssel. Er gab mir einen Fahrscheinabschnitt.

»Du bist aus Atlanta gekommen«, sagte er mir. »Du bist morgens gegen acht los. Die Fahrt hat etwa achtzehn Stunden gedauert, ein Halt in Cincinnati. Der Fahrschein hat achtundneunzig und ein paar Zerquetschte gekostet. Du bist gegen zwei Uhr früh angekommen – etwa jetzt. Heut nacht bleibst du in dieser Bude an der Madison. Häng nicht am Bahnhof rum – wirst du mit dem Ding aufgegriffen, kostet das viel Zeit. Morgen machst du dich auf nach Uptown. Nimm die Linie A zur Sheridan und lauf von da aus. Besorg dir ein Zimmer an der Wilson, gleich beim Broadway. Es ist ein Holzhaus, blaue Fassade. Danach bist du auf dich gestellt.«

Ich stieg aus dem Auto, den Seesack in einer Hand. Der Indianer stieg mit mir aus, achtete auf mein Gesicht.

»Hast du Geld?« fragte er.

Ich sagte ja. Er streckte die Hand aus. Ich hab' gesehen, wie die Leute das machen. Ich hielt seine Hand, drückte, als er drückte.

Der Indianer schüttelte den Kopf. Traurig, als wüßte er, daß ich ihm nicht glauben würde. »Wir sind da, wenn du rauskommst«, sagte er.

Ich lief einmal durch den Busbahnhof, kam dann an der Randolph raus und ging rüber zu der Absteige an der Madison. Der Typ an der Rezeption sah mich zu lange an – gut, daß ich nach heute nacht nicht mehr da war.

Bevor ich schlafen ging, zog ich mein Taschentuch ein paarmal durch den Revolverlauf.

♣

Am nächsten Morgen stieß ich genau da, wo der Indianer gesagt hatte, auf den Bahnhof. Ich nahm die Linie A – sie fuhr draußen, über der Straße. Ich stieg an der Sheridan aus. Es war ein kurzer Fußmarsch bis zu dem blauen Haus an der Wilson. Sie gaben mir ein Zimmer im obersten Stock. Fünfundsiebzig Dollar die Woche.

Das Zimmer war sauber. Sogar das Fensterglas. Ich schaute raus. Dahinter war eine Gasse. Ein Indianer arbeitete unter der aufgeklappten Haube an seinem Auto.

♣

»Es ist besser, wenn du nicht einfach reinspazierst«, hatte mir der Indianer gesagt. »Wir heben uns das auf, wenn alles andere nicht funktioniert.«

Als ich mich auf alles zu konzentrieren versuchte, was ich sagen sollte, tat mir der Kopf weh. Ich schlief fast den ganzen Tag.

Als ich aufwachte, war ein Zettel unter meiner Tür. Der Name einer Autowäscherei war draufgedruckt. Drunter stand: MORGEN FRÜH EINEN JOB BESORGEN.

♣

Am Morgen marschierte ich zuerst rüber zu der Autowäscherei. Ein Indianer war der Chef. Ich fragte ihn nach einem Job. Er fragte mich gar nichts, nicht mal nach meinem Namen. Er deutete auf einen Schwarzen, sagte, der wäre der Vormann. Ich ging hin zu ihm. Er gab mir ein paar Tücher, sagte, ich sollte die Autos abwienern, wenn sie aus der Waschstraße kämen.

Ich arbeitete den ganzen Morgen. Der Vormann sagte mir, es wäre Mittagspause. Die schwarzen Jungs hatten hinten ein Plätzchen für sich. Sie setzten sich hin und fingen an, Karten zu spielen. Sie knallten die Karten fest hin, brüllten sich an. Sie spielten um Geld – ich sah es auf dem Tisch. Einer von ihnen hatte eine lange Rasiermessernarbe seitlich am Gesicht runter. Er sah, daß ich ihn anschaute. Er schaute zurück – ein Gefängnishofstarren.

Ich ging weg.

Die weißen Jungs waren ebenfalls unter sich. Redeten bloß miteinander und aßen ihr Brot. Sie hatten eine Flasche Wein, die sie rumgehen ließen.

Ich ging über die Straße zu einem Imbiß, holte mir ein Sandwich und eine Flasche kaltes Wasser. Ich setzte mich neben der Autowäscherei hin.

Der Indianerboß kam vorbei, hockte sich neben mich. Er redete, ohne die Lippen zu bewegen.

»Schon schlimm genug, mit Niggern zu arbeiten, hä? Aber einen als Scheißvormann zu haben, so was ist echt schwer zu schlucken für 'nen Weißen.«

Er stand auf und ging weg.

♣

An diesem Nachmittag wienerte ich einen roten Thunderbird ab. Als ich fertig war, stieg die Frau in ihr Auto, reichte mir irgendwas. Es waren zwei Vierteldollar. Ich steckte sie in die Tasche. Einer von den weißen Jungs schüttelte den Kopf, deutete zu einem großen Faß gleich dort, wo die Autos rauskamen, an dem ein Schild mit der Aufschrift TRINKGELD FÜR DIE MÄNNER hing.

»Wir werfen alles rein, teilen am Ende vom Tag auf«, sagte er.

Ich warf meine zwei Quarter rein.

Ich brachte meine Schicht zu Ende. Wir gingen alle nach hinten. Der Indianer kam raus, gab jedem seinen Lohn, bar auf die Hand. Ich kriegte fünfundzwanzig Dollar. Dann kippte der Schwarze, der Vormann, das Faß um. Drin waren ein paar Scheine, hauptsächlich Münzen. Der Schwarze zählte. Er teilte es in zwei Haufen, steckte einen Haufen in die Tasche. Dann teilte er es aus, jeweils eine Münze. Er verteilte an jeden, alle saßen im Kreis rum. Ein Vierteldollar für den einen Typ, ein Vierteldollar für den nächsten. Er fing beim ersten links neben sich an. Als er rum war, gab er sich auch einen Vierteldollar. Der Schwarze mit der Narbe paßte auf. Als er sah, wie sich der Vormann einen Vierteldollar zuteilte, steckte er die rechte Hand in die Tasche.

Ich wußte, was passieren würde. Ich wußte bloß nicht, wann.

Diesen Abend ging ich zu der Bar, von der sie geredet hatten. Die war wie alle andern, bloß daß am Spiegel hinter dem Barkeeper zwei verschiedene Flaggen waren. Eine war rot mit einem liegenden blauen X und weißen Sternen in den blauen Streifen. Ich hatte diese Flagge schon gesehen, ganz oft, im Süden. Die Konföderiertenflagge, sagte Shella, wäre das. Die andere Flagge war an den Enden grün, weiß in der Mitte. Im Weißen war ein Schild mit Pferden oder irgendwas auf jeder Seite und noch anderes Zeug. Die hatte ich noch nie gesehen.

Ich trank so wie immer. Schaute auf die Mädchen. Rauchte ein paar Zigaretten. »Wenn nach zwei Abenden keiner auf dich zukommt, mußt du anfangen zu reden«, hatte der Indianer gesagt.

Niemand kam auf mich zu.

♣

Am nächsten Abend war ich zwei Stunden da, als sich ein Typ neben mich setzte. Die Bardame kam gleich her, wie wenn sie ihn kannte, brachte ihm ein Bier.

Er deutete mit dem Bierglas in meine Richtung, nickte. »Hab' dich hier noch nie gesehn«, sagte er.

»Bin grade angekommen«, sagte ich.

»Wo kommst 'n her?« Sein Tonfall war wie der von den meisten Weißen in Uptown. Nicht ganz wie im Süden. Härter.

»Florida.«

»Suchste Arbeit?«

»Ich hab 'nen Job.«

»In der Nähe?«

»Yeah. In 'ner Autowäscherei.« Ich konnte sehen, daß der Typ nicht wußte, wo er mich hinstekken sollte. Der hielt nicht Ausschau nach jemand für einen Auftrag. »Schon schlimm genug, mit Niggern zu arbeiten. Aber einen als Scheißvormann zu haben, so was ist echt schwer zu schlukken für 'nen Weißen.«

»Yeah, genau so läuft das jetzt. Die Scheißaffen respektieren nichts mehr. Die sind außer Rand und Band. Als Weißer hat man's heutzutage schwer. Die mit ihrem ganzen Gleichberechtigungsscheiß.«

»Yeah.« Ich wußte nicht, was er meinte. Aber ich hatte ein gutes Gefühl – ich muß es richtig hingekriegt haben. Ich wünschte, der Indianer hätte mich sehen können.

»Hier kommen die nicht rein«, sagte er. »Das wissen die genau.«

»Gut.«

»Siehste die Flagge?« sagte er und deutete auf die grün-weiße über der Bar. »Das ist die rhodesische Flagge – die echte rhodesische Flagge, nachdem sie die Briten rausgeschmissen haben. Als es noch ein Land für Weiße gewesen ist. Bevor's die niggerverliebte UN den Affen übergeben hat. Ein Scheißdschungel war's, als die angefangen ham. Weiße Männer sind aus England gekommen, ham's übernommen. Ham das Land urbar gemacht. Ein wunderschönes Fleckchen war's. Keine Rassenvermischung, keine Scheißintegration. Es war ein Fleckchen, wo man als Weißer hingekonnt hat, wenn man Mumm hat. Egal, was de hier für Ärger gehabt hast, das war ein Fleckchen, wo de hingekonnt hast. Ein Paradies.«

»Ich wollte, ich hätte was davon gewußt«, sagte ich.

»Wärste hingemacht?«

»Wär besser als Knast.« Blieb so nah wie möglich an der Wahrheit, wie der Indianer gesagt hat.

»Du warst im Knast?«

Ich warf ihm einen komischen Blick zu, wie man's drin macht, wenn einem jemand zu dicht auf die Pelle rückt.

»He, nicht bös gemeint, Kumpel. Bin selber drin gewesen. Bewaffneter Raub«, sagte er. Als ob das was Besonderes wäre. »Für was bist du eingefahren?«

»Ich habe einen Nigger umgebracht«, sagte ich.

»Stimmt das? He, Katie, bring mir noch 'n Bier. Und gib meinem Freund hier was, egal, was er trinkt. Bring's rüber zu meiner Nische.«

♣

Die Nische war hinten. Sie sind immer hinten. Ein fetter Typ in einem roten T-Shirt beobachtete uns. An der Art, wie der Typ, der mit mir redete, zu dem Dicken rüberguckte, konnte ich sehen, daß sie zusammengehörten.

Der Raubüberfalltyp übernahm das Reden. Nigger dies, Kanaken das. »Das sind echte Affen, verstehste? Laß sie in Ruhe, und die bringen sich gegenseitig um. Tiere. Die wollen nichts weiter als prügeln und bumsen.«

Ich schaute ihn an. Er dachte, ich wollte was sagen – wurde ein bißchen rot im Gesicht. »Hey! Versteh' mich nicht falsch, Kumpel. Mir is 'n gutes Stück Fleisch lieber wie irgendwem sonst. Scheißschwuchteln, die sind für mich genauso schlimm wie die Nigger. Ich finde, weißte, ich finde ... Tiere ... die brauchen *Kontrolle*. Wie Hunde.

Hunde sind gut, wenn sie gehorchen lernen, stimmt's? Und die Nigger, die sind nicht das eigentliche Problem. Manche Leute meinen, die wärn das große Problem, aber sie wissen nicht, was läuft. Weißt du, was das große Problem ist?«

»Was?«

»Die Juden, Mann. Die Juden, die sind die, die die Rasse runterziehn wolln. Die sind selber nicht richtig weiß. Ich mein, wo is denn Israel? In Afrika, hab' ich recht? Die Juden sind selber nichts andres als Araber. Aber eins mußte den Juden lassen, die sind schlau. Liegt bei denen im Blut, an der Art, wie sie hecken. Wenn 'ne Judenbraut 'n mißgebildetes Balg hat, weißt du, was die machen?« Er fuhr sich mit der Hand quer über die Kehle.

Ich schaute ihn an. Jedesmal, wenn ich das machte, redete er weiter.

»Ich sag' dir die Wahrheit. Der Unterschied zwischen den Juden und den andern Viechern ist, die Juden ham 'nen *Plan*. Hitler, der hat mal gewußt, was da läuft. Das is 'n Mann, der hat die Wahrheit gewußt. Der hat die richtige Scheißidee gehabt, weißt du? Die Krematoriums.«

»Die . . .?«

»Yeah! Sie vernichten. Genau so muß man's machen. Aber der Weiße in dem Land hier, der hat den Mumm verlorn. Das is kein Land mehr für'n weißen Mann – es gehört den Niggern und den Juden.«

So ähnlich redete er eine ganze Weile, bis ich ihm sagte, ich müßte morgen früh raus und arbeiten. »Sehn wir uns morgen abend?« sagte er. Klar, sagte ich.

Als ich zur Tür rausging, konnte ich jemand

hinter mir spüren. Bis zu dem Haus, wo ich ein Zimmer hatte.

♣

Am nächsten Morgen ging ich zur Autowäscherei. Kurz vor der Mittagspause lief ein Auto durch. Ein alter Ford-Pritschenwagen. Der Typ, der ihn fuhr, war der von letzter Nacht, der Dicke. Nur daß er kein rotes T-Shirt anhatte.

Ich ließ mir nicht anmerken, daß ich wußte, wer er war. Er gab kein Trinkgeld, als wir sein Auto fertiggewienert hatten.

♣

Am Abend ging ich wieder zu der Bar. Diesmal gönnte ich mir was zu essen. Einen Hamburger mit Pommes. In einer Nische.

Der Raubüberfalltyp kam gegen neun Uhr. Er sah mich und kam her. Streckte die Hand aus.

»He, Partner! Gut, dich zu sehn.«

Ich wußte nicht, was ich sagen sollte, deshalb probierte ich's mit einem Lächeln, konnte aber sehen, daß es ihn nervös machte, also sagte ich: »Setz dich. Ich spendier 'n Bier.«

Ich muß es richtig gemacht haben, weil er sich hinsetzte und mich anlächelte.

Während wir auf die Bedienung warteten, sagte er: »Mein Name ist Mack. Mack Wayne.« Er streckte die Hand aus. Ich nahm sie, quetschte sie ein bißchen sachter als er. Das gefiel ihm.

»Ich heiße John Smith«, sagte ich ihm.

»He, das is komisch. Ich mein, wenn wir deinen Namen nehmen und meinen, ham wir John Wayne.«

Ich schaute ihn an.

»John Wayne, kapierste? Wie ... der Duke, klar?«

Irgendwas rührte sich in mir, aber im Gesicht konnte ich es nicht spüren. »Yeah«, sagte ich. »Gut.«

Er trank sein Bier, redete wieder über Nigger, Schwuchteln und Juden. Er sagte, den Juden gehörten alle Zeitungen und alle Fernsehsender, deshalb würde der weiße Mann nie die Wahrheit zu hören kriegen. Dann sagte er, er müßte mal telefonieren.

Als er zurückkam, redete er weiter über dasselbe. Eine Frau kam an unserem Tisch vorbei. Eine pummelige Frau mit dunklen Haaren. Sie war etwa fünfunddreißig, mit einem engen schwarzen Rock und Stöckelschuhen, trug einen weißen Pullover mit tiefem Ausschnitt, so daß man den Ansatz ihrer Brüste sah, wo sie vom BH zusammengedrückt wurden.

»Hey, Ginger!« sagte er. »Komm her und lern 'nen Freund von mir kennen.«

Er stellte uns vor. Sagte bloß, mein Name wäre John und wir wären Kumpel. Sie setzte sich neben mich in die Nische. Mack bestellte noch ein paar Drinks. Ginger preßte ihren Schenkel an mich. Sie hatte lange Nägel, rote. Sie redete auch über Nigger – daß sie alle weiße Frauen vergewaltigen wollten und daß sie kastriert gehörten. Sie trug schweres Parfüm und streckte mächtig die Brust raus.

Nach einer Weile stand sie auf. »Ich muß mal für kleine Mädchen«, sagte sie. Beim Weggehen schaukelte sie schwer mit dem Hintern – sie wußte nicht, wie eine Tänzerin so was macht.

Mack beugte sich rüber zu mir. »Hey, Kumpel, ich kenn die ganzen Zeichen. Ginger steht auf dich. Spiel dein Blatt richtig aus, und du kannst dir heut nacht noch 'ne nette Zeit machen.«

»Yeah?«

»Garantiert. Ich kenn' die Mädels. Ich zisch jetzt ab, laß euch zwei allein.«

Ich sagte okay, als wäre das eine gute Idee.

Als sie zurückkam, fragte sie nicht, wo Mack hin war. Sie setzte sich mir gegenüber hin. Ich gab ihr noch ein paar Bier aus. Sie stellte eine Menge Fragen, aber sie hörte nicht groß zu. Sie war wie er – wenn ich sie anschaute, wurde sie nervös, aber wenn ich still war, legte sie los und redete.

Es war fast elf, als sie sagte, sie müßte los. »Ich muß morgen früh raus – ich arbeit' in 'nem Schönheitssalon drüben an der Lawrence.«

»Ich arbeite auch da in der Nähe«, sagte ich ihr.

»Wohnst du hier in der Gegend?«

»Gleich drüben an der Wilson.«

»Ist es nett?«

»Yeah. Ich mein, ich glaub' schon. Es ist sauber.«

»Ist es 'ne Art Wohnung oder . . .«

»Bloß ein Zimmer.«

»Oh. Tja, weißt du, ich hab' dran gedacht, da, wo ich bin, auszuziehn und mir näher bei meiner Arbeit was zu suchen. Weißt du, ob die noch Zimmer frei haben?«

»Ich glaub' schon.«

»Vielleicht könnte ich irgendwann 'n Blick auf deins werfen, sehn, wie's ausschaut.«

»Klar. Jederzeit.«

♣

Sie ging mit mir zurück. Wir stiegen die Treppe rauf. Sie schaute sich im ganzen Zimmer um, schaute aus dem Fenster auf die Gasse. Ich trat hinter sie, griff ihr von unten an die Brüste. Sie rieb ihren Hintern an mir. Sie wollte sich umdrehen, aber ich hielt sie so. Sie wehrte sich nicht und gar nichts.

Ich zog sie aus, hielt sie weiter so. Ohne den BH wirkten ihre Brüste schwabblig. Ihre Schenkel sahen aus wie Orangenhaut, als die Strumpfhose runter war.

Ich fickte sie auf dem Rücken, ihr Gesicht an meiner Schulter. Als wir fertig waren, zündete sie sich eine Zigarette an. Ich legte mich neben sie, und sie redete ein bißchen, stellte ein paar Fragen.

»Du redest nicht viel, was, Schätzchen?«

Ich dachte, ich würde sie nervös machen, darum wälzte ich sie auf den Bauch und fickte sie noch mal. Das zweitemal brauchte ich länger. Kurz bevor ich fertig war, gab sie leise Grunzlaute von sich. Dann schliefen wir ein.

Zwei Stunden später stand sie auf, bewegte sich leise. Ich lag da, den Kopf zur Wand gedreht, das Gesicht auf dem Arm. Ich kann gut im Dunkeln sehen. Sie suchte in den Kommodenschubladen rum, in meinen Klamotten. Dann ging sie in die Kleiderkammer, wo ich meinen Seesack habe. Sie entdeckte die Knarre. Ich konnte sehen, wie sie sie hielt, sich zu mir umdrehte, während ich schlief.

Sie legte die Knarre zurück.

Dann zog sie sich an und ging.

Am Morgen wirkte das Zimmer stickig. Ich machte das Fenster auf. Das Auto in der Gasse war immer noch nicht fertig.

In meiner Mittagspause kam der Indianerboß vorbei. Er bat mich um Feuer für seine kleine Zigarre. Als er sich dicht ranbeugte, sagte er: »Die gehört zu denen.«

Ich wollte ihm sagen, das wüßte ich. Ich bin nicht blöd, bloß weil ich nicht rede. Nicht so blöd, wie die denken. Aber ich sagte nichts.

♣

Zwei Abende später fragte mich Mack: »Du hast wirklich 'nen Nigger umgebracht?«

»Warum?«

»Nicht bös gemeint, Kumpel. Bloß, würd's dir was ausmachen, wenn wir's nachprüfen? Ich mein, es gibt 'n Grund, okay? Da sind Leute, denen ich dich vorstellen will. Wichtige Leute. Große Leute. Wir ham da was laufen, etwas, was dir bestimmt gefällt. Aber die Leute oben dran, die müssen vorsichtig sein, verstehst du?«

»Ich glaub' schon.«

»Also, passiert ist passiert, stimmt's? Ich mein, du bist nicht abgehaun oder so ...?«

»Ich bin auf Bewährung. Aber ...«

»Hey, kein Problem. Ich weiß, was du sagen willst. Ich bin kein Cop. Cops, die sind nicht besser als jeder andere. Niggerfreunde, die meisten. Sogar bei denen, die okay sind, muß man immer dran denken, für wen die arbeiten ...«

»Die Juden?«

»Yeah! Du kommst auf den Trichter, John. In Ordnung. Hör zu, alles, was ich brauch', sind ein paar ... Einzelheiten. Zum Beispiel, wo du gesessen hast. Und wann ... okay?«

Also sagte ich's ihm.

Ich ging weiter in die Bar. Jeden Abend. Ginger, die Frau, kam nicht wieder in den Laden.

Ich ging auch weiter zu der Autowäscherei.

Eines Tages kam der Indianerboß vorbei. Als er sich herbeugte und Feuer geben ließ, sagte er: »In dem Haus, wo du wohnst, gibt's 'nen Keller. Geh' heut nacht runter, wenn du von der Bar zurück bist.«

Diesen Abend war ein Typ bei Mack. Ein jüngerer Typ, ein Skinhead. Er hatte einen Ohrring im einen Ohr, eine Metallöse, an der eine kleine Handgranate baumelte. Die Unterarme voller Tätowierungen. Er trug eine Lederjacke, Jeans, schwere Springerstiefel an den Füßen.

»Das ist Rusty«, sagte Mack zu mir.

Der Skinhead sah mich genau an und lächelte übers ganze Gesicht, damit ich seine Zähne sehen konnte. »Aber ich bin nicht rostig, Freundchen. Ich bleib in Übung, kapierste, was ich mein?«

»Nein«, sagte ich ihm.

»Johnny ist kein großer Redner, Rusty. Was ich dir gesagt hab'. Er is ein Mann der *Tat.*«

»Yeah?«

»Yeah!« Mack war's, der dem Skinhead antwortete, nicht ich. Wir nahmen Hamburger, wie immer. Mack fing an, über Nigger und Juden zu reden. Rusty, der Skinhead, hörte nicht richtig zu. Er hielt's kaum auf seinem Stuhl aus, total bremsig, zapplig. Er starrte mich ständig an. Manchmal schaute ich hin, damit er nicht dachte, ich hätte Angst. Ich kenne die Sorte – denken die, du hast Angst, probieren sie's und tun dir was.

»Gehst du gern Jagen, Mann?« fragte er mich schließlich.

»Hab's nie gemacht«, sagte ich.

»*Nigger* jagen, Mann. Biste dafür zu haben?«

»Klar.«

Der Skinhead schaute hin zu Mack. Er lächelte wieder.

»Einfach so?« fragte er mich.

»Einfach was?«

»Draußen rumkutschiern, 'nen Nigger entdekken, ihn abknallen?«

»Okay.«

»*Okay*? Okay, hä? Hast du 'ne besondere ... Vorliebe ... was für'n Nigger du abknallen willst?«

Ich dachte eine Minute drüber nach, wollte es richtig hinkriegen. »Einen fetten«, sagte ich.

Mack lachte so heftig, daß er mit seinem Bier rumspuckte.

Ich konnte ihn im Keller spüren, als ich nachts runterging.

»Die sind fast soweit«, sagte der Indianer.

»Sie haben mich heute abend gefragt«, sagte ich.

»Weißt du, wann sie's machen wollen?«

»Nein.«

Die Glut seiner Zigarette ließ sein Gesicht eine Minute lang aufleuchten. Ich wartete, daß er's mir sagte.

»Ich glaub' nicht, daß die den Schneid haben, in der South Side rumzukutschieren, im Vorbeifahren irgend 'nen Zwölfender erledigen. Aber sie könnten ... Wenn die das machen, mußt du's machen. Streck das Ding einfach aus dem Fenster und drück ein paarmal ab. Versuch irgend 'nen Bock zu erwischen, der Flagge zeigt, okay?«

»Ich weiß nicht ...«

»Einen von denen mit Gangjacke, okay? Die hast du gesehen, stimmt's?«

»Ja.«

»Baller mit dem Ding nicht in der Gegend rum. Sie sollen dich dicht ranfahren, verstehst du? Wenn du wild rumknallst, kann's sein, daß du irgendein Kid umlegst ... die sind auch spätnachts noch überall auf der Straße.«

»In Ordnung.«

»Ich hab 'ne bessere Idee. Weiß nicht, ob wir die durchziehen können, aber den Versuch wär's wert. Komm mit, wir machen 'ne Spritztour.«

♣

Es war ein viertüriger schwarzer Ford. Wir setzten uns auf den Rücksitz. Zwei Indianer waren vorne drin. Ich schaute genauer hin – es waren dieselben.

Sie sagten nichts zu mir.

»Wir haben einen Auftrag«, sagte der Indianer. »Ein Loddel. Er arbeitet in der Nähe, gleich hinter der Belmont. Hat 'ne Reihe Straßenmädchen laufen. Er macht die Gorillakiste, knöpft sich auch *kleine* Mädchen vor, verstehst du?«

»Ja.« Komisches Gefühl, zu verstehen, was er meinte. Diesmal verstand ich ihn.

»Sein Name ist Lamont James, aber er läuft unter Steel. So nennt er sich, Steel. Er tritt sowieso ab. Kriegst du die Gelegenheit, erledige ihn, das wär bestens.«

Ich sagte gar nichts. Der Ford bog um eine Ecke, machte kehrt, fuhr wieder rum.

Ein paar Minuten später sagte einer der Indianer auf dem Vordersitz irgendwas, was ich nicht mitkriegte.

»Dort ist er«, sagte der Indianer neben mir. »Schau ihn dir an. Wie mitten aus den Fünfzigern. Glaubt, er ist ein beschissener Iceberg Slim.«

Ich sah ihn. Ein großer schlanker Mann, der am Kotflügel eines dicken rosa Wagens mit weißem Kunststoffdach lehnte. Er trug einen langen schwarzen Mantel. Er hatte auch einen weißen Hut, ein Riesending mit einem breiten rosa Band.

»Hast du ihn?« fragte der Indianer.

»Ja.«

♣

Erst zwei Abende später passierte es. Ein Freitagabend war's. Ich redete mit Mack in der Nische, als der Skinhead reinkam. Er hatte einen kleinen Baseballschläger in der einen Hand.

»Komm mit hinten raus«, sagte er zu mir.

Als ich in die Gasse trat, hatte ich nicht das Gefühl, wie so viele Male vorher. Ich bin schon in allerhand Gassen bestellt worden, und ich war dabei immer allein. Ein Haufen Jungs war da, alle mit rasierten Köpfen.

»Ich geb' dir Bescheid«, sagte der Skinhead zu Mack. Dann befahl er mir: »Komm mit«, und wir gingen alle zu einem Auto. Einem alten weißen Chrysler.

Sie zeigten mir, wo ich sitzen sollte. Hinten am Fenster, auf der Beifahrerseite.

Das Auto setzte sich in Bewegung, Richtung Süden.

Der Skinhead langte in seine Jacke, holte eine Pistole raus. Eine große. Er hielt sie mir hin.

»Ich hab' eine«, sagte ich, zeigte sie ihm.

Er klatschte mit dem Typ auf dem Vordersitz ab. »Los geht's!« sagte er.

♣

Ich sah das rosa Auto am Ende des Blocks. Massenhaft Leute auf der Straße. Ihn konnte ich nicht sehen. Das Auto war gut unterwegs – als ob sie einen weiten Weg vor sich hätten.

»Da ist einer«, sagte ich.

Der Typ am Steuer fuhr langsamer. »Was?«

»Ein passender Nigger«, sagte ich.

»Wo?« sagte Rusty.

Er stieg grade aus dem rosa Auto. »Dort«, sagte ich.

»Ein Loddel«, sagte Rusty. »Willste den erledigen? Is ziemlich nah an zu Hause . . .«

»Fahr noch mal um den Block«, sagte ich.

Rusty rieb sich über den Kopf. »Mach's«, sagte er zu dem Fahrer.

Wir kamen wieder vorbei, fuhren langsam. »Ich weiß nich«, sagte der Typ auf dem Beifahrersitz.

Ich hatte Angst, sie würden irgendwo anders hinfahren. Ich wünschte, mir fiele irgendwas ein. Dann sagte ich: »Halt an.«

Sie fuhren an den Straßenrand.

»Laß mich raus. Fahr weiter. Ich stoß am Ende vom Block zu euch.«

Rusty schaute mich an. Als ob er mich noch nie gesehen hätte. Dann nickte er. Ich zog die Knarre, hielt sie dicht an mein Bein – so, wie's der Typ mit dem Lidstrich auf dem Gang gemacht hat, als sie mir sagten, ich sollte aus der Pension verschwinden. Ich machte die Tür auf, stieg aus. Das Auto fuhr weiter.

Ich ging die Straße runter. Der Loddel lehnte am Auto und redete mit einem dicken weißen Mädchen. Er hatte die Hand an ihrem Nacken. Sie trug rote Shorts und ein Trägeroberteil, sah aus wie um die Fünfzehn.

Ich ging ganz nah ran, lauter Leute drum rum. Ich hob die Knarre, richtete sie auf seine Brust. Er sah sie. »Hey, Mann . . . nee . . .«

Das Mädchen legte die Hände auf den Mund, als wollte sie einen Schrei unterdrücken. Ich zog den Abzug durch. Es gab einen lauten Knall. Der Loddel griff sich an die Brust. Ich schob die Knarre ganz dicht an ihn ran und drückte immer wieder ab. Ich hörte es klicken, die Knarre war leer. Der Loddel lag am Boden. Leute rannten rum, brüllten. Ich ging weg. Ich kann mich schneller bewegen, als es aussieht.

Der weiße Chrysler war am Ende der Straße. Ich fing an zu rennen, als ich ihn sah. Die hintere Tür stand offen. Ich sprang rein.

»Los!« brüllte Rusty.

♣

Die Sirenen hörten wir erst, als wir ein paar Straßen weiter waren. Der Chrysler fuhr an den Straßenrand. Wir stiegen alle aus, stiegen in ein anderes Auto, ein kleines rotes. Paßten kaum alle rein.

Der Fahrer machte runter zum See, dann fuhr er langsam zurück. Sie hielten direkt vor meinem Haus.

»Meinst du, du hast ihn erwischt?« fragte Rusty. »Wir ham nix gesehn, bloß die Schüsse gehört.«

»Ich hab' ihn erwischt.«

»Gib mir lieber die Knarre. Wir schaffen sie für dich beiseite.«

»Okay.«

»Wir ham einen erwischt!« sagte der Typ vorne drin. Als ob er überrascht wäre. Und Schiß hätte.

♣

Als ich Samstag abend in die Bar kam, hatte Mack eine Zeitung in der Nische. Als ich mich hinsetzte, deutete er auf irgendwas drin.

»Lamont. Is das nicht 'n typischer Niggername?«

»Was?«

»Der Nigger, den's letzte Nacht erwischt hat. So war sein Name, Lamont.« Er lächelte, ein breites Lächeln, schaute mich an.

»Hab' ich nicht gewußt«, sagte ich.

»Oh, Mann, woher solltste's denn wissen? Hör zu, John, du hast mir letzte Nacht was gezeigt. 'ne Masse Typen, die reden bloß. Wie die Jungs, die dich mitgenommen ham . . . Die sind ziemlich gut mit Baseballschlägern, machen 'n bißchen ›Äktschn‹, wie sie's nennen, verstehste?«

»Nein.«

»Na ja, Nigger klatschen, kapierste? Für die Rasse eine Lanze brechen. Ich mein, lauter Leute reden davon, daß sie dies umbringen oder das umbringen, weißte, wie ich meine? Aber es machen, das unterscheidet die Männer von die Jungs. Zum Beispiel im Gefängnis. Da drin siehste massenhaft Typen, die sich nicht am Riemen reißen können, stimmt's?«

Ich nickte.

»Tja, das is dasselbe. Man weiß echt nix über

'nen Mann, bis er irgendwas *machen* muß. Die Leute, mit denen ich zusammen bin, die machen Sachen.«

»Ich dachte, du hast gesagt . . .«

»Nicht die *Kids*, Johnny. Männer. Männer wie wir. Die Kids, klar, die gehörn zu uns, aber die sind nicht richtig drauf auf Rassenkrieg. Die sind wie 'ne . . . Bande oder so. Nich wie 'ne Armee. Nich professionell. Die sind zu wild. Auf die kannste nich zählen. Wie der Führer sagt, die Nigger sind uns zahlenmäßig überlegen, so lange jedenfalls, bis die weiße Rasse aufwacht. Zucht und Ordnung, das isses, was wir brauchen.«

Er hörte auf mit dem, was er sagen wollte, als eine Bedienung in die Nähe kam. Bestellte ein paar Bier. Das hatte er noch nie gemacht, aufgehört zu reden.

Als die Bedienung wegging, beugte er sich vor zu mir. »Bringst du gern Nigger um, John? Laß dir was von mir sagen: Es gibt massenhaft Leute, die genauso empfinden. Aber sie immer einzeln umbringen, da erwischst du sie nie mit. Der Führer sagt, wenn wir sie immer einzeln umbringen, dann *hecken* die Scheißaffen schneller, als wie wir sie kaltmachen können. Was wir brauchen, was dieses Land braucht, ist Rassenkrieg. Rassen*krieg*. Und den Anfang davon ham wir. Nicht mehr so weit hin. Wir wolln dich bei uns ham, Johnny. Und weißt du, was das Beste ist? Du bist unter *Brüdern*. Männern, die ihr Leben für dich geben, durch dick und dünn mit dir gehn. Was meinst du?«

»Ich kapier's nicht.«

»Schau, wie tät's dir gefallen, wenn du aufhörst, in dieser Autowäscherei für Nigger zu arbeiten? Lieber richtig Geld machen?«

»Klar.«

»Okay. Ich hab' Bescheid gekriegt. Heut früh. Hast du 'n Auto?«

»Nein. Alles, was ich habe –«

»Schon okay. Hättst du 'n Auto, könntest du's sowieso nicht mitnehmen. Is nich erlaubt, wegen der Sicherheit. Morgen abend hol ich dich persönlich ab. Bring dich zu unserm Lager. Dann hörst du, was wir vorhaben, okay? Guck dir's selber an. Wenn du nich bei uns sein willst, in Ordnung. Und ich garantier dir 'nen Monatslohn, hält dich über Wasser, bis du 'nen andern Job hast, wenn du das willst. Okay?«

»Okay.«

Er reichte mir einen Haufen Scheine. Ich steckte sie in die Tasche.

»Morgen abend. Zehn Uhr. Steh draußen vor dem Haus.«

»Okay, es ist drüben an der . . .« Ich brach ab, als ob mir grade eingefallen wäre, daß er wissen müßte, wo ich wohnte. Wo sie mich letzte Nacht abgesetzt hatten.

»Schau, John. Wir wissen, was wir tun.«

Er zwinkerte mir zu. »Bis morgen abend, Bruder.«

♣

Auf meinem Bett lag ein Zettel. KELLER, weiter stand nichts drauf. Ich ließ das Licht in meinem Zimmer eine Weile an. Dann machte ich es aus, als hätte ich vor zu schlafen.

Er war da. »Hat ihnen das gereicht?« fragte er.

»Morgen abend kommen sie und bringen mich irgendwohin. Geld hat er mir auch gegeben.«

»Ich nehm an, das war's. Haben sie dir die Knarre abgenommen?«

»Ja.«

»Hör mir jetzt zu. Ich muß dir zwei Sachen sagen. Erstens, geh morgen nicht zur Autowäscherei. Ein Typ wie du, so, wie du angeblich bist, der würde nicht zu so 'ner Arbeit kommen, wenn er Geld hat. Wann holt er dich ab?«

»Zehn.«

»Okay. Bleib morgen daheim, wie wenn du lange schläfst. Dann geh raus, gib ein bißchen Geld aus. Drüben an der Sheridan haben sie tagsüber Huren laufen. Besorg dir eine, laß ein bißchen was springen. Das wäre das Richtige.«

»In Ordnung.«

»Mußt du . . . üben? Das, was du machst . . . mit deinen Händen?«

»Nein.«

»Gut. Hör zu. Wir wissen, wo ihr Lager ist. Wir sind vor dir dort. Und wir werden von da an dort sein. Bis du rauskommst, okay?«

»Ja.

»Ich weiß nicht, wie sie das durchziehen. Könnte Wochen dauern, bis du den Topmann überhaupt siehst. Vielleicht bringen sie dich aber auch gleich zu ihm, ich weiß es nicht. Wir wissen nicht, was die da drin machen. Warten macht dir doch nichts aus, oder?«

»Nein.«

»Redest du so, wenn du mit denen bist?«

»Wie was?«

»Ja. Nein. Okay.«

»Ich glaub schon.«

»Schaun die dich nicht komisch an?«

»Die übernehmen die Rederei. Die reden gern.«

In dem Keller waren seine Zähne ganz weiß. »Tod den Niggern, was?«

»Und den anderen.«

»Welchen anderen?«

»Juden. Kanaken. Schwuchteln.«

»Keine Indianer?«

»Haben sie nie gesagt.«

»Verstehst du, was die sagen?«

»Die Nigger sind Affen. Die wollen nichts weiter als prügeln und bumsen. Besonders weiße Frauen bumsen. Sie vergewaltigen. Damit die Rassen vermischt werden. Der weiße Mann in Amerika hat hier keinen Platz. Das hier ist ein weißes Land. Genau wie Rhodesien.«

Er warf mir einen Blick zu.

»Rhodesien ist in Afrika«, sagte ich. »Weiße, die haben es mitten aus dem Dschungel gestampft. Vor langer Zeit. Aber die Nigger haben sich's unter den Nagel gerissen. Und die UN, die hat gar nichts gemacht. Was wir brauchen, ist Rassenkrieg. Aber die Weißen bei uns, die sind zu verweichlicht. Der weiße Mann muß das Fanal sehn. Also müssen wir den Kampf beginnen. Dann wird der weiße Mann seine wahre Farbe bekennen.«

»Verdammt! Du hörst gut zu, was?«

Ich fühlte mich gut bei dem, was er sagte. »Ich höre immer zu«, sagte ich.

»Die haben also vor, alle Nigger auszurotten?«

»Das würde nichts nützen«, sagte ich. »Die sind nicht das eigentliche Problem. Die sind wie Hunde – kommt ganz drauf an, wer die Herren sind. Die Juden – das sind die, die am Hebel sitzen. Lauter so Zeug, es ist ein Teil von ihrem Plan.«

»Die Juden, was?«

»Ja.«

»Hast du über das Zeug nachgedacht?«

»Nein.«

»Jemals 'nen Juden umgebracht?«

»Keine Ahnung ... wie soll ich das wissen?«

Er machte ein Geräusch, das wie Lachen klang, aber irgendwie erstickt. Er zündete sich eine Zigarette an, schirmte die Glut mit der Hand ab. Ging einen kleinen Kreis.

»Frag bei Gelegenheit mal einen von denen, wo der Name herkommt. Rhodesien, okay?«

Ich nickte, wartete, daß er mehr sagte.

»Du weißt meinen Namen?« fragte er.

»Wolf.«

»Ja. Jetzt hör zu. Hast du die Gelegenheit, erledige ihn. Warte nicht auf den besten Augenblick – der könnte nicht kommen, okay? Mußt du allein mit ihm sein, wenn du's machst?«

»Das wäre besser ... kommt drauf an, wie viele andere.«

»Yeah. Hab' ich mir gedacht. Weißt du noch, wie du rauskommst?«

»Binde mir was um den Kopf und renne los.«

»Yeah. Du hast's kapiert.«

Er sagte lange Zeit nichts. Ich wartete. Er kam her, stellte sich ganz nah zu mir.

»Wenn du denkst, die sind dir draufgekommen ... wenn es schlecht aussieht ... dann ... hau ab. Warte nicht, bis du ihn erledigst. Hau einfach ab. Wir kriegen ihn auf irgend 'ne andere Art.«

♣

Am nächsten Morgen blieb ich auf meinem Zimmer. Lag mit geschlossenen Augen auf dem Bett. Wie man's im Knast macht. Ich schaute Fernsehn.

In meinem Kopf. In meinem Kopf ist auch kein Ton an. Ich schau mir gern Tiersendungen an. Ich schau mir die an, die ich schon mal gesehen habe.

Da war eine. Eine Raupe. Sie krabbelt über eine Pflanze, wie ein leuchtender Wurm. Frißt und frißt. Dann, eines Tages, hört sie auf. Zeug kommt aus ihr raus, bis alles damit überzogen ist. Dann wird das Zeug hart. Es sieht aus wie ein Edelstein, hängt einfach da. Eine ganze Weile vergeht, und die Schale bricht auf. Die Schale bricht auf, und ein Schmetterling kommt raus.

Dann fliegt er weg. Ich weiß nicht, was dann passiert. Als Kind hab' ich mal so was gesehen, aber ich weiß es nicht mehr so genau.

♣

Als ich aufstand, war es fast zwölf Uhr. Ich ging rüber zur Sheridan. Die Huren waren draußen. Ich sah eine, eine kleine Blondine in roten Shorts. Eine Minute lang dachte ich, es wär dieselbe, die bei dem Loddel war, den ich kaltgemacht habe, aber sie war's nicht. Die hier war älter.

Es machte zwanzig Dollar für sie, zehn für das Zimmer. Das Zimmer war viel kleiner als meins. Ein langes, schmales Zimmer mit einem Bett. Ein Papierrollo war am Fenster. Das Sonnenlicht fiel rein. Die Laken waren grau.

Sie fragte mich, ob ich was Besonderes wollte. Jeder will was Besonderes. Es kostet mehr.

Es dauerte nicht lang. Sie hockte sich über ein Becken am Boden, putzte sich ab.

Sie fragte mich nach meinem Namen, sagte, ich sollte wiederkommen und sie besuchen. John, sagte ich, und mach ich.

Ich ging in ein Restaurant, was essen. Eine Minute dachte ich an die Autowäscherei – sie hat sonntags auf. Man konnte sieben Tage die Woche arbeiten, wenn man wollte, aber man muß wenigstens fünf arbeiten, hieß es. Auf dem Rückweg zu meinem Zimmer sah ich ein blau-weißes Polizeiauto vorbeifahren. Der Cop auf dem Beifahrersitz warf mir einen Copblick zu. Ich schaute runter – ich schaute nicht einmal zurück.

Ich fragte mich, ob Shella wußte, daß ich kam.

♣

Meine Miete war bis Montag bezahlt, also war Sonntag abend sowieso der richtige Moment zum Abhaun. Vielleicht wußten sie das, die Leute, bei denen Mack war.

Ich packte meinen Seesack. Ich hatte jede Menge Zeit, deshalb schaute ich im Kopf noch ein bißchen Fernsehn.

Eine Sendung über weiße Tiger.

Ein kleines schwarzes Auto hielt am Straßenrand. Ein niedriges, schnittig aussehendes Auto. Ein Firebird, glaube ich. Mack stieg auf der Fahrerseite aus. Er schüttelte mir die Hand, öffnete den Kofferraum, legte meinen Seesack rein.

»Alles in Ordnung?«

»Klar«, sagte ich.

Im Auto war sonst niemand. Er fuhr beim See auf den Highway, wieder Richtung Downtown.

»Wir ham 'ne Ecke vor uns«, sagte er. »Mach dir's bequem . . . der Sitz geht bis ganz nach hinten, wie im Flugzeug.«

Ich drückte auf die Knöpfe neben dem Sitz, bis

ich ihn richtig hinkriegte. Ich wollte die Augen schließen, dachte aber, das würde ihn nervös machen.

»Wieso heißt es Rhodesien?« fragte ich. »Ich meine . . . wo kommt der Name her?«

»Von Cecil Rhodes, John. Cecil Rhodes, der Baumeister des Empire. Er hat in dem Land mit seinen bloßen Händen angefangen. Biste zuerst da, haste das Recht, 'nem Land deinen Namen aufzudrücken, stimmt's?«

»Stimmt.«

Zwei Schwarze auf Motorrädern fuhren ziemlich schnell an uns vorbei, schlängelten sich von Spur zu Spur durch den Verkehr. Ich rechnete damit, daß er was sagte, aber er tat's nicht.

Wir fuhren zurück nach Downtown und dann weiter. Wir stoppten zum Zahlen an einer Mautstelle. Den Schildern nach zu urteilen, fuhren wir in Richtung Indiana.

Er rauchte jede Menge. Ich hatte das Gefühl, ich müßte irgendwas sagen, wußte aber nicht, was.

Wir fuhren vom Highway ab. Ein Schild stand da, aber alles, was ich drauf erkennen konnte, war Süden und irgendeine Zahl.

Er fuhr vorsichtig, nicht zu schnell.

»Magste 'n Bier, Johnny?«

Klar, sagte ich.

♣

Die Uhr am Armaturenbrett stand auf 12:45, als wir wieder auf der Straße waren.

»Hast du irgendwelche Fragen?«

»Wann fängt er an?«

»Wer?«

»Der Rassenkrieg.«

Er schaute mich von der Seite an. Seine Miene wirkte ein bißchen bekümmert. So hatte ich ihn noch nie dreinschaun sehn.

»Das ist ein militärisches Unternehmen, John. Wir sind 'ne Guerillatruppe . . . weißt du, was das ist?«

»Nein.«

»So ähnlich wie . . . wir verstecken uns im Dschungel, dann schleichen wir raus, murksen sie ab und schleichen zurück. Klar, was ich mein? Wir ham nicht genug Männer, um einfach aufzumarschieren und die Macht zu übernehmen. Unsre Aufgabe isses, den Brand zu legen. Wenn er dann richtig in Schwung gekommen ist, kommen wir und stellen die Führung. Wenn sich der weiße Mann zornig erhebt, weiß er doch gar nicht, was er machen soll. Die Juden, die ham so lange die Regierung gestellt, daß der weiße Mann vergessen hat, wie so was geht. Genau da treten wir auf.«

»Wann?«

»Wir ham alle unsern Beruf. Die Jungs, mit denen du unterwegs gewesen bist, wir ham Leute, die mit denen arbeiten. Das sind die Stoßtruppen. Die halten die Chose in Schwung. Die Spannungen steigern, so hat's uns der Führer gelernt. Ich arbeit nicht persönlich mit ihnen. Ich, ich mach Rekrutierung.«

»Rekrutierung?«

»Klar. Das ist einer der kitzligsten Posten überhaupt. Ich muß so . . . die Kandidaten durchleuchten. Mein Urteil ist sehr wichtig. Am Anfang hab' ich einfach Jungs dazugeholt. In der Fabrik, wo ich war. Hab' viel Zeit drangehängt. Wenn ich 'n richtigen Typ gefunden hab, hab' ich ihn 'nem Koordinator übergeben – die Jungs, wo die einzelnen Gruppen leiten. Und ich hab' mich hochgedient. Und jetzt, jetzt rekrutiere ich für die Zellen.«

»Die Zellen? Wie im –?«

»Nein. 'ne Zelle is eine kleine Gruppe. Die operiert ganz für sich. Mit 'nem bestimmten Ziel. Wir ham Beschaffungszellen . . . die besorgen Geld für unsere Kasse. Für die hab' ich rekrutiert. Du bist mein erster Rekrut für die Blitzstaffel.«

»Was'n das?«

»Die machen das, was du Freitag nacht gemacht hast.«

»Nigger umbringen?«

»Alles mögliche umbringen. Ich hab dir doch gesagt, um die Nigger machen wir uns nicht groß Gedanken.«

»Juden umbringen?«

»Alles mögliche. Jeden Feind der Rasse. Es gibt auch 'ne Menge Weiße, die wo Feinde der Rasse sind. Verräter.«

»Und das soll ich machen?«

»Yeah. Ich hab andre Jungs von der Blitzstaffel gesehn, aber selber hab' ich noch nie einen gebracht. Ich soll mich nach Jungs umschaun. Für verschiedene Sachen, die wir brauchen. Aber als ich dir begegnet bin, hab' ich mir gesagt, das is 'n Mann für die Staffel. Is 'ne echte Ehre, Johnny. Auch für mich, mußt du wissen. Ich hab' deinen Namen ans HQ weitergegeben, und die ham dich ausgecheckt.«

»HQ?«

»Hauptquartier. Die ham sogar 'nen eigenen Geheimdienst. Du glaubst nicht, wo wir überall Leute ham. Guck mal, die Juden sind clever, Johnny. Die versuchen ständig, unser Unternehmen zu infiltrieren. Da müssen wir sicher sein, mit wem wir's zu tun haben. Die ham deine Akte überprüft. Wir ham noch andre Möglichkeiten. Erinnerst du dich an Ginger?«

»Klar.«

»Die is eine von uns.«

»Ginger?«

Er lächelte die Windschutzscheibe an. »Yeah, klar. Bei uns sind nicht bloß Männer. Frauen. Auch Kids.«

»Die Skinheads, stimmt's?«

»Nein, ich mein *kleine* Kids. Wir ziehn sie richtig auf, wie es sich für Weiße gehört. Der Führer sagt, sie sind die Hoffnung der Zukunft, die Kids. Wir ham acht Jahre alte Kids, die wissen mehr über ihr wahres Erbe, als sich der Durchschnittserwachsene überhaupt vorstellt. Jedenfalls, kommt ein Mann für die Staffel in Frage, müssen wir ihn austesten. Den Säuretest nennen wir das. Meistens . . . es sei denn, der Mann hat schon 'nen Namen, weil er zum Beispiel mit uns drin war . . . meistens bringen wir ihn raus, lassen ihn den Test machen. Diesmal hat mir der Führer gesagt, teste den Typ draußen aus. Wir müssen vorsichtig sein, dürfen nicht zu viele Jungs reinbringen. Für den Fall, daß sie den Test nicht schaffen, verstehste?«

»Ich glaub schon.«

»Johnny, hör mir mal 'ne Minute zu. Das sind wichtige Leute, wo ich dich hinbring. Die kannst du nicht anscheißen. Diese Männer werden deine Brüder sein. Und zwar für immer. Das ist nichts, was du satt haben kannst, und dann machst du was andres. Deine Brüder, weißt du, was das heißt?«

»Sind die alle weiß?«

»Yeah, *natürlich* sind die alle weiß, um Himmels willen. Aber das mein ich nicht. Brüder. Wie *Blutsbrüder*. Hier geht's um eine Sache, Johnny. Eine heilige Sache. Du wirst schon sehn, drin. Wenn sie dir's wortwörtlich in der Bibel zeigen. Das hier ist größer als jeder von uns. Egal, wo du hingehst, deine Brüder werden in der Nähe sein. Sogar im Gefängnis. Du wirst nie allein sein.«

Ich nehme an, das war als Drohung gedacht, aber so, wie er es sagte, klang es wie 'ne gute Sache.

»Bring ich 'nen Mann rein, fällt's auf mich zurück. Machst du dich gut, fällt's auf mich zurück. Versaust du es, fällt's auch auf mich zurück.«

»Ich werd's nicht versaun«, sagte ich.

Er legte mir die Hand auf die Schulter, drückte fest zu.

♣

Wir fuhren lange. Die Straßen wurden immer enger. Er checkte nicht einmal die Richtung oder irgendwas. Wir waren fernab der Städte. Bloß ab und zu ein Bauernhof. Auf der Uhr war es 2:12.

Es war noch dunkel, als er auf eine unbefestigte Straße abbog.

»Von hier ab müssen wir langsam fahrn«, sagte er. »Die ersten Kontrollpunkte halten uns nicht an – die sind bloß Aufpasser.«

Ich sagte nichts.

Zwischen den beiden Vordersitzen war ein Telefon. Er hob ab, drückte eine Nummer.

»Ich bin's«, sagte er. »Bin grad an Kontrollpunkt drei vorbei. Ich hab ihn dabei.«

Er hörte eine Minute zu, dann legte er wieder auf.

Wir kamen um eine Kurve, und dann lag ein Baum quer über der Straße. Wir konnten nicht vorbeifahren. Mack hielt an. Suchscheinwerfer drangen aus der Nacht – kleine, die sich überschnitten.

Männer kamen aus dem Wald. Sie waren angezogen wie Soldaten, mit so Anzügen, die aussehen wie Wald, grün und braun. Alle hatten sie Knarren.

Mack sagte, ich sollte aussteigen. Er machte es auch. Einer der Soldaten klopfte meine Klamotten ab. Dann befahl er mir, meine Jacke auszuziehn und das Hemd auch. Mack sagte, es wäre okay. Ihn forderten sie nicht dazu auf.

»Kein Kabel«, sagte einer der Soldaten.

»Überall«, sagte ein anderer zu ihm.

Der erste Soldat sagte mir, ich sollte alle Klamotten ausziehen, sogar meine Schuhe und Socken. Ich machte es. Es war kalt draußen.

Ein anderer Soldat trat neben mich. Er zog sich einen Gummihandschuh über. »Bück dich und spreiz sie«, sagte er. »Genau wie im Kahn.«

Ich machte es. Er war grob mit seinem Finger. Als er ihn wieder rauszog, streifte er den Handschuh ab, warf ihn in den Wald.

»Okay, zieh dich an«, sagte der erste Soldat zu mir.

Ein anderer hatte meinen Seesack am Boden liegen. Sie holten alles raus, Stück für Stück, gingen es durch.

»Sauber«, sagte einer von ihnen.

Mack kam her zu mir, streckte die Hand aus. »Die übernehmen dich den restlichen Weg, Johnny. Du wirst Sachen sehn, wo du nie von geträumt hast. Ich weiß, du wirst dafür sorgen, daß ich stolz auf dich bin. Stolz, daß ich dich reingebracht hab.«

»Kommst du nicht mit?« fragte ich.

»Nein. Wir sehn uns nicht wieder, 'ne ganze Weile nicht. Vielleicht nie mehr. Kommt drauf an.«

»Wiedersehn, Mack«, sagte ich.

»Wiedersehn, Bruder«, sagte er und wandte sich ab.

♣

Auf der anderen Seite des Baums hatten sie einen Kleinlaster und ein paar Jeeps. Sie hatten so Bügel, die übers Dach gehen, mit lauter Lichtern dran. Ich stieg ein, wo sie mir sagten, und sie jagten sich auf der Rückfahrt. Das machte viel Krach.

Nach dem, wie die angezogen waren, dachte ich, sie würden in Zelten wohnen. Aber es waren lauter Häuser, wie eine kleine Stadt. Ich konnte nicht viel sehen – es war immer noch dunkel. Sie brachten mich in einen großen Raum mit reihenweise Pritschen. Wie in der Erziehungsanstalt, in die sie mich mal gebracht haben. Nur daß keine Gitter an den Fenstern waren.

♣

Als es morgens hell wurde, stand ich auf. In dem Schlafsaal, wo ich war, schliefen nur zwei andere Jungs. Keiner von beiden rührte sich, als ich aufstand.

Mein Seesack war am Fuß von meinem Feldbett. Ich nahm ihn mit in den Duschraum, wusch mich, zog mich um. Noch immer kam keiner vorbei.

Ich ging nach draußen und setzte mich auf die

Treppe. Ich genehmigte mir eine Zigarette. Es war ruhig, so, als wäre man mit einem Haufen Besoffener, die ihren Rausch ausschlafen.

Ich fragte mich, ob alle schliefen. Ob der lächelnde Mann von dem Polizeifoto irgendwo ganz in meiner Nähe schlief.

Ich versuchte nicht, mir auszudenken, was ich machen wollte. Shella hat mir mal gesagt, sie tanzt, weil sie das gut kann. Ich sagte ihr, sie würde viele Sachen gut können, die könnte sie auch machen. Sie sagte, es wär süß, daß ich so was sage. Und sie hat mir einen Kuß gegeben. Wie's ein Kind macht, vielleicht. Auf die Backe. Sie hat mir gesagt, ich könnte auch ein paar Sachen gut. Ich wußte die eine Sache, die ich gut kann, also hab ich sie gefragt: »Was noch?« Sie hat mich lange angeschaut. Ich hab' mich nicht gerührt, hab sie bloß angesehn, wie sie mich ansieht. Schließlich ist sie hergekommen, hat sich neben mich gesetzt. »Warten«, sagte sie. »Das kannst du gut, Schätzchen. Warten.«

Ein Typ mit Bart und Kürbiswampe kam vorbei, da, wo ich saß. »Gibt's schon Frühstück?« fragte er. Ich sagte ihm, ich wüßte es nicht. »Komm mit, wir schaun nach«, sagte er. Ich stand auf und ging mit ihm.

Es war das nächste Haus. Wie eine Cafeteria, bloß daß die Tische überall verstreut waren und das Essen noch nicht fertig war.

Die Frau an der kleinen Theke war dürr. Sie sah total müde aus. Die Bude war fast leer – ich sah nur zwei Jungs, die in einer Ecke saßen.

»Hast du heut morgen French Toast, Flo?« fragte sie der Fette.

»Ich hab den Teig noch nicht gemacht«, sagte sie. »Wie wär's mit Eier und Speck?«

»Mir recht«, sagte er. »Was ist mit dir, Kamerad?«

Ich sagte, das wäre prima. Ich sah keine Kasse und konnte nicht feststellen, was die Sachen kosteten. Wir setzten uns an einen Tisch. Als das Essen fertig war, sagte die Frau hinter der Theke, es wäre soweit, und wir gingen hin und holten es.

Mitten beim Essen sagte mir der Fette, er hieße Bobby. Ich sagte ihm meinen Namen, und wir schüttelten uns die Hände. Die anderen Jungs, die da waren, am anderen Tisch, als die mit dem Essen fertig waren, nahmen sie ihre Teller und trugen sie zur Theke. Die Bedienung nahm sie und steckte sie in eine große Gummischüssel.

Bobby holte eine Schachtel Zigaretten raus, fragte mich, ob ich eine wollte. Ich sagte danke.

»Wann bist du gekommen?« sagte er.

»Letzte Nacht.«

»Yeah, ich hab' gehört, ein neuer Mann kommt. Wer hat dich hergebracht?«

»Die haben mir ihre Namen nicht genannt«, sagte ich. »Ein Haufen Jungs.«

»Ach, du meinst den Transporttrupp. Nein, ich mein, wer war dein Rekrutierer?«

Ich schaute ihn an.

»Dein Rekrutierer, Mann . . . der Typ, der dich angesprochen hat auf . . .«

»Er weiß, was du meinst.« Eine Stimme hinter mir. Ich erkannte sie nicht. Als er rumging, sah ich, daß es einer der Soldaten von letzter Nacht war. Ein kleiner Mann mit einem schwarzen T-Shirt. Seine Arme waren dick, als ob er jede Menge Gewichte stemmte. »Siehste, Bobby, dieser Mann, der ist grad angekommen. Und er weiß schon mehr als manche Veteranen. Zum Beispiel, daß man sein Maul hält, klar?«

»Hey, jetzt reg dich hier nicht künstlich auf, okay, Murray? Ich hab bloß freundlich sein wollen, ein neuer Mann und so.«

Murray stellte sich vor, streckte die Hand aus. Er legte mächtig Kraft in den Druck. »Hat Flo sich ordentlich um dich gekümmert?« fragte er.

»Klar.«

»Okay. Bist du fertig? Ich stell dich ein paar Leuten vor.«

Ich trug meinen Teller rüber zur Theke. Als die Frau herkam, sagte ich: »Es war gut. Danke.« Sie warf mir einen komischen Blick zu.

♣

Jetzt war hellichter Tag, und ich konnte alles sehen, während ich mit Murray durch das Lager lief. Es war gar nicht so besonders, nicht so groß, wie es letzte Nacht gewirkt hatte. Die meisten Gebäude waren eine Art Einfamilienhäuser, nur eins hatte mehr als ein Stockwerk.

Man konnte überall hinlaufen. Der Eingang vorn war offen. Hinten rum war ein hoher Zaun, aber er war mit nichts verbunden. Wie wenn sie ihn angefangen und nie fertiggekriegt hätten. Murray sah, wie ich hinschaute.

»Wenn er fertig ist, ist ums ganze Lager ein Wall. Das, was du da siehst, sind bloß die Vorbereitungen. Das ist alles unser Land. Es gehört uns. Ganz und gar, und voll legal. Fünftausend Morgen ... viel mehr, als du hier siehst. Die ganzen Wälder außen rum, sogar die Straße, auf der du gekommen bist, das ist alles unsers. Das ist die eine Sache, die uns der Führer gelernt hat, etwas sein eigen nennen. Unser eigen nennen. Hier drin gibt's keine Wohlfahrt, keine Regierung, kein Finanzamt, kein gar nichts. Auf unserm Land machen wir die Regeln. Willst du sauber leben, willst du, daß deine Kids sauber aufgezogen werden, mußt du dazu etwas dein eigen nennen können.«

Ich nickte, so, wie ich's immer mache, wenn ich irgendwas nicht verstehe. Er zeigte mir noch mehr Sachen, sagte, daß sie alle ihr eigen wären.

Wir kamen zu dem Haus hinten am Zaun, den sie bauten. Murray klopfte an die Tür. Der Typ, der aufmachte, trug ein Schulterholster, als wäre er's gewöhnt. Er drehte sich um, und wir folgten ihm. Es sah aus wie ein normales Haus, mit Wohnzimmer und Küche und allem. Wir gingen nach hinten durch, wo in etwa die Schlafzimmer wären. Der Raum war viel größer, als ich dachte, größer als das Wohnzimmer. Ein Mann saß an dem Schreibtisch, den sie aus einer flach über ein Paar Sägeböcke gelegten Tür gemacht hatten. Die Wände waren mit Landkarten vollgepflastert, in denen farbige Nadeln steckten.

Der Typ am Schreibtisch trug ein weißes Hemd und einen dunklen Schlips. Er hatte eine Brille auf, und er wirkte älter als die anderen, aber vielleicht war das bloß, weil er oben die Haare verlor und sie von der Seite drüberkämmte. Dadurch wirkt man immer älter.

Der Typ mit dem Schulterholster sagte: »Danke, Murray«, und Murray machte ein Gesicht, als gefiele ihm die Art nicht, wie er's sagte, aber selbst sagte er nichts, bevor er rausging.

Der Typ mit dem Schulterholster sagte, ich

sollte Platz nehmen, und deutete mit dem Finger auf die andere Seite von dem Typ mit dem weißen Hemd am Schreibtisch.

Ich setzte mich hin und wartete.

♣

Der Typ mit dem weißen Hemd musterte mich. Ich wußte nicht genau, ob ich nervös werden sollte, deshalb zündete ich mir eine Zigarette an, als müßte ich irgendwas machen. Ich nehme an, das war eine gute Idee, weil der Typ mit dem Schulterholster sich auch eine anzündete.

Der Typ mit dem weißen Hemd schaute seine Fingernägel an. »Womit hast du den Nigger umgebracht?« fragte er.

»Ich hab' ihn erschossen«, sagte ich.

»Nicht *den* Nigger, den in Florida.«

Mir fiel ein, daß der Indianer gesagt hatte, ich sollte so nah bei der Wahrheit bleiben, wie ich konnte. Ich weiß noch, wie mich der Anwalt, den die mir in Florida besorgt hatten, um mich auszumustern, wie der mich gefragt hat, wo die Waffe wäre . . . mit was ich den Typ umgebracht hätte. Im Polizeibericht hätte es bloß »stumpfer Gegenstand« geheißen, sagte der Anwalt, und es wäre besser, wenn ich ihnen sagte, wo die Waffe wäre. Deshalb wußte ich die Antwort. »Ein Montiereisen«, sagte ich zum Mann mit dem weißen Hemd.

»Warum?«

»Weil's da war.«

»Nicht, warum du ein Montiereisen benutzt hast«, sagte er. Er redete in diesem Ton, den die Leute manchmal an sich haben, wenn sie mit mir reden – wie wenn ich blöde wäre und sie trotzdem nett sein wollten, sich aber schwertun. »Warum hast du ihn überhaupt umgebracht?«

»Ich war in dem Motel«, sagte ich. »Er hatte 'ne weiße Frau bei sich im Zimmer. Ich hab sie gehn sehn. Ich hab' irgendwas zu ihm gesagt, und dann hat er was gesagt. Das nächste, was ich weiß, ist, daß es passiert ist.«

»Hast du die Beherrschung verloren?«

»Ich nehm's an . . .«

»Haßt du Nigger?«

»Ja.

»Wieso?«

»Wieso?«

»Yeah. Wieso. Wieso haßt du sie?«

»Weil . . .« Ich versuchte an das ganze Zeug zu denken, was Mack mir gesagt hatte – in meinem Kopf ging alles durcheinander. Ich wußte, die würden mich für blöde halten. »Weil . . . wenn's die nicht geben würde, wär das hier ein schönes Fleckchen.«

»Was für ein Fleckchen?«

»Amerika. Unser Land. Ohne die Nigger wär es ein schönes Fleckchen. Das sind schmutzige Tiere. Und die Regierung will nichts weiter, als die glücklich machen.«

»Die Judenregierung«, sagte der Typ mit dem Schulterholster.

Ich nickte. Der Typ mit dem weißen Hemd warf dem anderen einen Blick zu, als ob er mir bei den Antworten nicht helfen sollte.

»Willst du eine reine Rasse?« fragte er. »Eine reine weiße Rasse?«

»Ja.«

»Bist du bereit, für deine Rasse zu kämpfen?«

»Ja.

Er lehnte sich zurück, rieb sich das Kinn, wie wenn er sich was überlegte.

»Bist du ein guter Schütze?« fragte er.

»Wenn ich nah genug rankomme.«

Beide lachten, aber es klang, als fänden sie, ich hätte die richtige Antwort gegeben.

Sie gaben mir jede Menge Zeug zu lesen. Haufenweise. Bücher und Hefte und dünne kleine Dinger mit Umschlag. Ich nahm alles mit zurück in den Schlafsaal.

Ich versuchte das Zeug zu lesen. Ich lese nicht so gut, aber ich kann es.

Sie hatten einen Fernseher im Schlafsaal. Den einen Tag war ich am Schaun, als der Typ mit dem weißen Hemd reinkam. Er fragte mich, warum ich ihn ohne Ton an hatte. Ich sagte ihm, daß ich die Bücher lesen wollte, die er mir gegeben hat. Er schaute mich eine Minute lang an, dann sagte er »Gut« und ging raus.

♣

Immer waren Leute in der Nähe, aber ich war für mich. Wie im Knast. Und wie draußen auch, wenn ich drüber nachdachte. Ich dachte drüber nach. Ich dachte drüber nach, was die Leute in Haft sagen, wie man Zeit totschlagen muß. Die haben lauter so Sachen gemacht ... Basketball, Domino, Hefte lesen. Damit die Zeit vergeht. Die dachten, ich wär blöd, weil ich nichts gemacht habe. Damit die Zeit vergeht. Ich bin nicht blöd. Jedenfalls nicht so, wie die denken. Die Zeit vergeht von selbst – man muß gar nichts machen.

Trotzdem, im Knast ist es anders. Wenn du drin

bist, arbeitest du nicht. Wenn ich draußen war, vor Tampa, war ich mit Shella zusammen. Ich hab' nicht an sie gedacht – sie war da. Als ich drin war, hab' ich über sie nachgedacht. So ähnlich wie lernen. Aber mir ist bloß immer eingefallen, daß Shella die Antworten wußte, ich nicht.

Im Lager hab' ich viel an sie gedacht. Ohne zu träumen – ich hab' nicht geschlafen, wenn ich es machte. Shella hatte manchmal schlechte Träume. Sie ist mal aufgewacht, hat Töne von sich gegeben, wie wenn sie keine Luft kriegt. Ich hab' sie gepackt – sie war stark. Als es vorbei war, hat meine Schulter geblutet. Wo sie mich reingebissen hat. Leid hat's ihr getan, traurig war sie deswegen. Sie hat irgendein Zeug draufgeschüttet, wo sie mich gebissen hat.

Sie wollte mir sagen, was in ihren schlechten Träumen vorgekommen ist, aber als sie angefangen hat, mir von dem Besenstiel zu erzählen, ist mir schlecht geworden, und sie hat aufgehört.

»Hast du nie Träume, Schätzchen?« fragte sie mich.

Ich habe vorher nie drüber nachgedacht. Wahrscheinlich nicht.

♣

Shella hat sich gern feingemacht. Sie hatte alle möglichen Klamotten. Sie hatte sogar 'ne Brille, die sie manchmal getragen hat. Ich hab' sie mal aufgesetzt – es war bloß einfaches Glas. Sie hat sie getragen, wenn sie die Haare hochgesteckt hat, wenn sie manchmal ausgegangen ist, total feingemacht wie 'ne ältere Dame.

Zum Lesen hat sie die Brille nicht getragen.

Shella hat die ganze Zeit gelesen. Ich hab' sie mal gebeten, mir was vorzulesen, aber ich hab' die Wörter nicht verstanden. Es war nicht wie bei den Stories. Nach 'ner Weile bin ich eingeschlafen.

♣

Einmal hatte Shella furchtbare Krämpfe, als sie ihre Periode gekriegt hat. Es tat so weh, daß sie geweint hat. Ich hab' nicht gewußt, was ich machen soll. Ich hab' einen alten Waschlappen geholt, wollte ihn ihr auf den Kopf legen. Sie hat den Waschlappen nach mir geworfen. »Mir tut der Bauch weh, nicht der Kopf, du blöder Mistkerl!« hat sie gebrüllt. Aber als ich eine Musik aufgelegt habe, die sie mochte, hat sie gesagt, von der kriegt sie Kopfschmerzen.

Ich hab' sie gefragt, ob sie eine Zigarette will. Was zu trinken vielleicht? Sie war zu 'ner kleinen Kugel eingerollt, hielt sich den Bauch. Als ich ihren Rücken angefaßt habe, war er wie Eisen.

Es tut mir weh, wenn ich sie so weinen höre. Ich habe die Badewanne voll heißes Wasser gemacht. Das Badezimmer ist ganz dampfig geworden. Ich hab' ein bißchen von dem grünen Blubberzeug reingetan, das sie mochte. Ich hab' ihr den Morgenmantel ausgezogen. Dann hab' ich sie reingetragen, so wie sie war, eingerollt wie ein Ball. Ich hab' sie in die Wanne gesetzt. Sie wollte mich beißen, aber ich hab' ihr Gesicht fest an meine Brust gedrückt, bis ich sie drinhatte.

»Es ist zu heiß«, sagte sie, aber ich hab' sie drin festgehalten.

Sie hat sich auseinandergerollt und zurückgelegt. Ich hab' ihr den Nacken gehalten, damit sie nicht untergeht.

»Das Wasser wird total rot«, hat sie gesagt, ganz ruhig.

Nach einer Weile hat sie wieder angefangen zu weinen. Aber es war anders, das Weinen. Ich hab' das Wasser aus der Wanne gelassen. Dann hab' ich sie an mich gelehnt und sie abgeduscht. Der ganze Schaum und das Blut sind den Abfluß runter.

Als ich sie abgetrocknet habe, hat sie immer noch geweint. Ich hab' sie ins Schlafzimmer gebracht und aufs Bett gelegt.

»Bringst du mir Puder?« hat sie gesagt.

Ich kannte den Puder. Babypuder. Shella streut ihn immer unter ihr Höschen rein. Ich hab ein bißchen auf sie geschüttet. »Das ist zuviel«, hat sie gelacht. Ein kleines Lachen, wie ein Kichern. Aber inzwischen hat sie nicht mehr geweint. Ich hab's überall auf ihr verrieben. Dann hat sie sich umgedreht, und ich hab's auch auf ihren Rücken getan. Auf den Hintern und die Beine auch. Dann hab' ich sie zugedeckt, und sie ist eingeschlafen.

Als sie aufgewacht ist, war es dunkel. Ich war neben dem Bett im Sessel. Ich hab' sie getätschelt. Sie hat meine Hand genommen und sie geküßt. »Ich mach's wieder gut bei dir, Baby«, sagte sie. Dann hat sie wieder geschlafen.

♣

Ich träume nicht, aber wenn ich die Augen zumache, kann ich Sachen sehen, wie auf einem Bildschirm. Das habe ich in dem Lager gemacht. Oft, manchmal den ganzen Tag. Ich brauchte bloß dran zu denken, warum ich da war, dann fing es an. Shella.

Ein paar Nächte nachdem sie die Krämpfe hatte, ist Shella reingekommen und unter die Dusche gegangen. Sie war lange Zeit da drin. Als sie rausgekommen ist, war sie nackt. Ich war auf dem Bett, hab Fernsehn geschaut. Shella hat es ausgeschaltet. Es war dunkel in dem Zimmer, aber ich konnte gut sehn. Das Neonschild draußen vor dem Motel hat auf Shellas Körper auf und ab geblinkt. Sie war rot, dann war sie blau.

»Möchtest du eine Zigarette?« sagte sie.

Ich sagte okay, und sie hat mir eine angezündet. Dann ist sie auf Händen und Knien aufs Bett gekrochen, hat mich beobachtet. Sie hat mich ein paarmal geleckt, und ich wurde hart.

»Möchtest du was Besonderes?« hat sie mich gefragt.

»Was?«

»Was *Besonderes*«, hat sie geflüstert. »Was du noch nie gehabt hast.«

Ich wußte, sie meint Sex. Ich hab' die Augen geschlossen, nachgedacht. Ich hab' an meiner Zigarette gezogen, bis sie runter war.

»Dir fällt nichts ein, stimmt's?« Shella hat immer noch geflüstert. »Nichts, was du möchtest und nicht schon gehabt hast, was, Baby?«

»Alles ist . . . ich meine, alles, was du –«

»Ssssch, Baby, ich weiß. Ich hab' auch nachgedacht. An was Besonderes. Irgendwas, was ich noch nie mit jemand anderem gemacht habe, weißt du?«

»Ja.«

»Aber mir ist nichts eingefallen, was ich noch nicht gemacht habe«, sagte sie. Sie hat sich auf meine Brust gelegt. Ihr Körper hat gezittert. Sie hat die Hände in mich gegraben. Meine Brust hat sich naß angefühlt, aber ich konnte sie nicht weinen hören.

Da, wo ich war, passierte nicht viel. Die ganze Zeit kamen und gingen Leute, und man hat gemerkt, daß irgendwo anders im Lager Sachen abgingen. Es gab jede Menge Übungen mit Knarren. Das hab' ich auch gemacht. Ich wußte nicht Bescheid über Knarren, aber die haben es mir gezeigt. Der Typ, der's mir zeigte, der hat das gern gemacht. Er war froh, daß ich nichts wußte, daß er's mir beibringen konnte. Er war ein guter Lehrer – er wollte, daß die Leute es kapierten, nicht ihnen sagen, sie wären blöde.

Die Ziele waren Bilder von Leuten. Ein paar waren berühmte Leute. Ein paar waren bloß irgendwelche Leute. Schwarze hatten sie am liebsten.

Geschossen wurde immerzu.

♣

Sie hatten Kurse über andere Sachen. Kurse über Politik. Und auch über Kämpfen. Ein Lehrer, der war total schwarz angezogen, sogar mit Kapuze über dem Gesicht. Er sagte, er wäre ein Ninja. Er redete hauptsächlich.

Jedesmal, wenn er einen Freiwilligen wollte, saß ich ganz still da. Ich hatte Angst davor. Aber eines Tages nahm er mich dran. Er sagte mir, ich sollte von hinten kommen und ihn in den Würgegriff nehmen, versuchen, ihn runterzuziehen.

Ich hatte solche Angst, ich könnte ihm das Genick brechen, daß ich ihn um den Kiefer packte, statt an der Kehle. Er haute mir den Ellbogen schwer in die Rippen, und dann hieb er mir an den Hals. Es tat weh, wo er mich erwischte.

Er sagte, ich sollte bei den Knarren bleiben. Ein paar Mann lachten.

♣

Ich war etwa zwei Wochen da, als Murray mir sagte, am nächsten Morgen würde der Führer reden.

Das ganze Lager war da. Hinten, in einem großen Saal, bei offenen Türen.

Es war der Mann auf den Polizeifotos. Derselbe Mann. Er war ein guter Redner. In dem Raum müssen ein paar hundert Leute gewesen sein, aber er benutzte kein Mikrofon, und er schrie nicht.

Es war eine gute Rede. Er sagte, wir wären Krieger, Krieger der Rechten. Nicht der rechten Gesinnung, sagte er, der rechten Art. Hauptsächlich redete er von Rasse. Reinen Rassen. Wie sie alle miteinander vermischt werden. Wie bei Hunden. Bastardhunden. Er sagte, unsere Rasse wäre wie Schnee auf der Erde, der den Dreck drunter zudeckt. Wenn der Schnee schmilzt, könnte er den ganzen Dreck wegspülen. Aber wenn man den Schnee mit was vermischt, wird er total versifft. Er ist nicht mehr schön. Nicht rein.

Er sagte, die Nigger wären nicht der eigentliche Feind. Das wären die Juden. Die Juden, die hätten uns die Nigger beschert. Die Juden brauchten Tiere, die in Israel das Land bestellten – genau da ist Israel, in Afrika. Da fingen sie an, mit verschiedenen Tieren zu experimentieren. Die sind echt prima Wissenschaftler. Und genau so wären sie auf die Nigger gekommen, eine Art Mischung zwischen Affe und Mensch. Die Nigger sind bloß Tiere – sie sind von den Juden benutzt worden. Er sagte, sogar den blödesten Niggern würde das langsam klar. Nigger in den großen Städten hassen die Juden auch. Er sagte, sie werden schlauer, weil sie das immer mehr so empfinden. Das kommt davon, wenn man Nigger auf die Schule schickt. Er sagte, die Juden hassen sich selbst, weil sie eigentlich weiß sein wollen. Er sagte, die großen Juden, die sind schlau geboren, aber die normalen Juden, die versuchen immer, gut Freund mit den Niggern zu sein.

Der Führer sagte, daß unsere Rasse am Aussterben wäre. Die Nigger und die Juden hecken schneller als wir. Bald würde es von denen mehr geben als von uns. Und das wäre dann das Ende. Er sagte, die Weißen hätten das immer gewußt, aber wir hätten uns immer durch Kämpfe untereinander ruiniert. Genau das hat er gesagt. Es gäbe eine Menge White-Power-Bewegungen, aber die kämpfen ständig gegeneinander.

Er sagte, er würde Beispiele nennen. Er sagte, daß es in Europa nur Weiße gibt. Nichts als Weiße. Wenn Weiße gegen Weiße kämpfen, müssen die Weißen verlieren. Er sagte das immer und immer wieder.

Er hatte eine Bibel dabei und redete über das, was da drinstand. Er redete über Ressourcen – das sagte er oft, Ressourcen. Daß wir, wenn wir genug Ressourcen hätten, unser Vaterland haben könnten.

»Abspaltung!« brüllte er. Und alles johlte.

Er sagte, Abspaltung hieße, unser eigen Land. Ein paar Staaten nur für Weiße. Unsere eigenen

Schulen, unsere eigenen Kirchen, alles nur für uns.

Das Gelobte Land, sagte er, wie wenn's was Heiliges wäre. Er sagte, das wäre uns versprochen, wortwörtlich in der Bibel. Die göttliche Wahrheit.

Gott wäre ein Weißer, das weiß jeder. Sogar die Nigger wissen das. Und deswegen hassen sie uns.

Er redete eine ganze Weile. Als er fertig war, brüllte alles. Ein paar Mann schwenkten Knarren in der Luft.

♣

Jeder redete wie der Führer, aber er konnte es am besten. Ich übte mit den Knarren, die sie hatten. Ich las das Zeug, das sie mir gaben. Sie schauten jede Menge Fernsehn – sie schauten nie Tiersendungen. Sie spielten jede Menge Karten. Meistens arbeiteten sie bloß, wie anderswo auch. Kochen, Putzen, Reparieren. Ein paar von ihnen, die kamen und gingen bloß.

Da drin nannte jeder jeden Bruder. Jeder machte das. Bevor ich das erste Mal in den Knast kam, hatte ich Weiße so was noch nie sagen hören.

Sie gingen, scheint's, nie raus in die Wälder, aber sie waren immer dafür angezogen.

Einen Morgen kam Murray in den Schlafsaal. Er marschierte her zu meiner Pritsche, setzte sich auf die daneben. Ich war froh, daß ich was zu lesen vor mir hatte.

»Wieso hängst du keine Bilder auf?« fragte er.

Ich wußte nicht, was ich sagen sollte. Früher hab ich das immer gehaßt, bevor ich drauf kam, daß ich gar nichts sagen mußte. Aber das galt für woanders. Ich schaute mich in dem großen Raum um.

Die Jungs hatten neben ihren Schlafstellen Bilder an der Wand. Meistens Frauen. Aus Heften. Am liebsten hatten sie Frauen mit Soldatenzeug, zum Beispiel ein nacktes Mädchen mit Gewehr. Ich versteh Bilder nicht, warum Leute sie haben. Ich meine, vielleicht ein Bild von einem echten Menschen, damit man sich an ihn erinnert. Aber wenn sich Männer Hefte kaufen, kennen sie die Frauen nicht. Shella wollte es mir mal erklären, aber als sie ausgeflippt ist, hab' ich nicht mehr zugehört. Wenn Shella drüber redet, warum Männer Sachen mit Frauen machen, wird sie innen drin verkrampft und zum Fürchten. Mir fiel nichts ein, was ich zu Murray sagen konnte, also zuckte ich bloß die Achseln. Er warf mir einen Blick zu, wie wenn er irgendwas über mich wüßte. Ich sah, wie sich die Muskeln an seinem Arm fest anspannten, als er mir den Blick zuwarf.

So Blicke hab ich mein Leben lang gesehen.

♣

Murray kam zu der Stelle, wo ich oft war. Ich gewöhnte mich an seine Besuche. Eines Nachts schaute er nur zur Tür rein. »Komm mit«, sagte er. »Kadertreffen.«

Ich stand auf und ging mit ihm raus. Ich folgte ihm quer durch das Lager. Beinah wäre er gehüpft, so aufgedreht war er, summte vor sich hin, ballte die Fäuste.

In dem Raum, wo er mich mit hinnahm, waren vielleicht acht, zehn Jungs. Sagen tat keiner viel, bloß rauchen und rumstehen.

Der Typ mit dem weißen Hemd kam durch die Hintertür rein, drehte einen Lehnstuhl so, daß er uns zugekehrt war, dann ging er weg und stellte sich in die eine Ecke.

Der Führer kam rein und setzte sich hin. Er hatte einen Anzug und ein weißes Hemd an, aber keinen Schlips. Er sah aus wie auf den Polizeifotos, genau so. Alles stand auf, als er reinkam. Dann machte er eine Handbewegung, eine Art Winken, und alles setzte sich. Ich setzte mich als letzter, weil ich nicht wußte, was ich machen sollte. Und der Typ mit dem weißen Hemd, der setzte sich gar nicht.

»Ich wollte einfach mal kommen und euch noch einmal sagen, wie sehr die Nation euer Opfer schätzt. Ich weiß, es ist kein Spaß, das aufzugeben, was ihr gemacht habt, solche Opfer zu bringen. Wie es im Buch der Bücher heißt: Gibt's einen Grund, gibt's eine Stund. Ein jegliches hat seine Zeit. Soldaten bringen Opfer ... das ist die Bestimmung des Kriegers. Aber heute abend bekommt ihr eine kleine Abwechslung. Nicht das ganze Camp, bloß dieser Kader. Was wir vorhaben, ist eine kleine Übung, ein Manöver in voller Montur. Ein paar von euch haben bereits Blut geleckt, ein paar von euch sind noch nicht soweit. Darum geht's heute abend nicht. Heute abend geht's bloß darum, unsere Botschaft zu verbreiten. Irgendwelche Fragen?«

Niemand sagte irgendwas. Ich war weit hinten im Raum, aber ich konnte Leute hinter mir spüren.

Der Führer schaute im ganzen Raum rum. Er hatte eine Art, einem ins Gesicht zu schaun, die einen nicht rausforderte. Versuchte einen nicht niederzustarren, wollte bloß sehen, daß man ihm zuhörte. Man konnte den Blick erwidern, ohne daß es ein Zeichen zum Kampf war.

»Christ sein heißt nicht, daß man nichts mit Sex zu tun haben will«, sagte er zu uns. »Ein Mann wird immer Sex wollen, so hat die Natur das vorgesehen. Aber in der heutigen Zeit muß ein Mann vorsichtig sein. Da draußen gibt's eine Menge Fallen.«

Er zog eine Pfeife aus der Hemdtasche. Eine weiße Pfeife mit gelbem Stiel. Er stopfte mit dem Daumen den Tabak rein, zündete ein Streichholz an und ließ sich Zeit, bis er sie in Gang hatte. Niemand sonst zündete sich eine an. Als er sie in Gang hatte, nahm er einen Zug. Dann hielt er die Pfeife in der Hand, schaute sie an, stimmte sich ein.

»Männer, heute nacht sollt ihr eine kleine Party haben. Etwa eine Stunde Fahrt von hier, gleich die Straße runter, arbeitet ein kleiner Prostitutionsring. Hinter einer Kneipe, ein bißchen im Wald, wo man sie von der Straße aus nicht sehen kann, haben die draußen auf dem Parkplatz drei Wohnwagen nebeneinander stehen. Billy weiß, wo es ist – er wird den Konvoi führen.

Ich will euch ein bißchen was über das Unternehmen sagen. Es wird von Weißen geleitet, aber sie benehmen sich nicht dementsprechend. In der Raststätte bedienen sie keine Nigger, aber hinterm Haus haben die dieselben Rechte wie Weiße. Versteht ihr, was ich sagen will, Jungs? Ihr fickt mit einer von den Wohnwagenhuren, und es kann sein, daß ihr ihn gleich nach einem Nigger reinsteckt. Es kann sein, daß ihr 'ne schlappe zweite Geige nach 'nem Buschbrikett spielt. Nun haben wir dem Kerl, der den Betrieb leitet, gesagt, daß wir auf so was nicht stehen. Haben es ihm klipp und klar gesagt. Er hat gesagt, er stellt einen Wohnwagen extra für sie ab, und wir waren einverstanden. Aber wir haben unsere Leute hingeschickt, und wißt ihr, was sie uns erzählt haben ...? Die Nigger dürfen nur in den linken Wohnwagen, aber die Mädchen, die gehen in alle rein. Die haben ihren Turnus, versteht ihr, was ich sagen will?«

Ein paar Männer nickten. Ich beobachtete ihn bloß. Er war zu gerissen – da mußte mehr dran sein.

»Irgendwer hier, der weiß, wie man ein gutes Feuer macht?« Der Führer schaute im Raum rum.

Ein Typ hob die Hand. Ich konnte ihm am Gesicht ansehen, daß er was verstand von Feuer. Der Führer schaute rüber zu dem Typ mit dem weißen Hemd. Sie nickten sich irgendwie zu.

»Okay«, sagte der Führer. »Gibt's hier auch einen Scharfschützen?«

Drei von den Jungs hoben die Hand. Der Führer schaute den vordersten an, einen Typ mit langen blonden Haaren und Schnurrbart. »Wo hast du's gelernt?«

»Ich war in Nam«, sagte der Blonde.

»Sollte reichen, Bruder. Was ist mit dir?« Er fragte einen anderen Typ, einen mit rasiertem Kopf.

»Gefängniswärter«, sagte der Mann.

Der Führer wandte die Augen dem dritten Mann zu. Er war größer als die anderen, hatte die Haare nach vorn über die Augen gekämmt, wie Ponyfransen. »Jagen ...«, sagte er. Wie wenn er sich dafür schämte.

Der Führer stellte weiter Fragen. Er hatte eine sanfte, freundliche Stimme. Jeder mochte ihn, das konnte man sehen.

»Kein Grund, warum ihr euch nicht 'ne kleine

Kostprobe gönnen könnt, bevor ihr an die Arbeit geht. Tatsache ist, bei Nutten müßt ihr vorsichtig sein. Eine Nutte ist eine Lügnerin, denkt immer daran, Männer. Eine Nutte ist eine Lügnerin. Lügen ist ihr Beruf. Mit dem Mund und mit der Muschi. Deshalb müßt ihr die ganze Zeit aufpassen, vorsichtig sein, daß ihr nicht irgendwas kriegt, für das ihr nicht bezahlt habt. Weiß jeder, was ich meine?«

Alles nickte. Jemand sagte »Yeah«, aber so leise, daß ich nicht feststellen konnte, wer es war.

»Stimmt das?« sagte der Führer. »Wißt ihr alle, was ich meine, hä? Nun denn, okay, wie wär's, wenn *ihr* mir sagt, was ich meine?« Er deutete auf einen Typ direkt gegenüber von mir. Ein aufgedunsener Typ mit ganz haarigen Armen.

»Steck dir immer Gummis ein ... ich mein, steck ihn nicht ohne rein«, sagte der fette Typ. Er machte ein Gesicht, als wüßte er genau Bescheid.

Ein paar Männer lachten, aber sie hörten auf, als der Führer sie anschaute.

»Ja, das ist natürlich wahr«, sagte er. »Aber ich denke an etwas anderes. Ein paar von den kleinen Mädchen, na ja, die sind überhaupt keine Mädchen. Verstanden?« Er blickte sich im Raum um. »Wer weiß, wie man feststellen kann, ob man's mit einer echten Frau zu tun hat oder mit so einem Transvestiten ... einem wie eine Frau rausgeputzten Homosexuellen?«

Niemand sagte was. Niemand wußte Bescheid.

Ich schon.

Ich wußte genau Bescheid.

Ich hob die Hand. Der Führer nickte mir zu. Ich faßte an meinen Adamsapfel. Der Führer lächelte. »Und wo hast du das gelernt, mein Sohn?«

Ich wußte nicht, was ich sagen sollte. Ich wußte nicht, warum ich die Hand gehoben hatte. Ich war blöde, deswegen hab ich's gemacht. Ich konnte ihm nichts von Shella erzählen, wie ich solche Sachen gelernt habe, wo ich gewesen bin. Ich fühlte mich eingezwängt, wie wenn die Luft zu dick wäre. Ich wußte nicht, was ich sagen sollte.

»Im Knast«, sagte ich.

Der Führer gickelte irgendwie. »Ja, da haben viele von uns den letzten Schliff bekommen, nicht wahr? Nun, du hast recht. Absolut recht.«

Er senkte den Kopf, wie wenn er beten würde. Ich sah, daß die anderen es machten, also machte ich es auch.

Der Mann mit dem weißen Hemd, der beobachtete uns ständig.

♣

Nachdem der Führer gegangen war, holte der Mann mit dem weißen Hemd ein Klemmbrett raus. Er schrieb irgendwas drauf, dann deutete er irgendwie auf den Typ, der bei ihm war, als ich ihn das erste Mal sah. Den Typ mit dem Schulterholster.

Dieser Typ erklärte, wie wir es angehen wollten. Ein paar Jungs stellten Fragen – man konnte sehen, daß so was okay ging, wenn der Führer draußen war. So, wie die drüber redeten, war's so eine Art Militärdingens.

Aber was sie vorhatten, das klang genauso, als wollten sie eine Nachricht in die Stadt schicken.

♣

Wir fuhren mit drei Autos. Ich war hinten auf einem Pritschenwagen, Murray war neben mir. Er quetschte ständig so einen Handdrücker, die mit den Federn, damit man stärker wird. Immer wieder, wechselte ihn von der einen Hand in die andere. Die Griffe waren rot, aus Holz.

Sie hatten mich gefragt, was für eine Knarre ich wollte – sie hatten einen ganzen Haufen davon auf dem Tisch ausgebreitet. Ich nahm eine, die so aussah wie die, die mir der Indianer gegeben hatte.

Das Rasthaus war wie eine Art langgezogenes dunkles Restaurant. Draußen ein Neonschild: Rebel Inn. Auf dem Parkplatz standen hauptsächlich Kleinlaster. Man mußte auf so einem Feldweg nach hinten rumgehen, um zu den Wohnwagen zu kommen.

Es gab drei Stück, wie der Führer gesagt hatte, und der eine stand links, etwas abseits.

»Zweiundzwanzighundert Uhr, genau auf den Punkt«, sagte einer der Männer. Der Typ mit dem weißen Hemd hatte gesagt, wir sollten bis zehn da sein, aber ich sagte nichts.

Die drei Jungs mit den Gewehren gingen zuerst rein. Wir mußten warten, bis sie fertig waren, damit sie Posten stehen konnten. Es dauerte nicht lang. Wir kamen alle dran. Ich klopfte an die Tür von dem Wohnwagen. Eine dürre alte Frau mit einer großen blonden Perücke ließ mich rein. Es kostete dreißig Mäuse. Das Zimmer war wie eine Abstellkammer. Das Mädchen da drin war müde und roch schlecht. Im Zimmer nebenan konnte man die Leute grunzen hören – die Wände waren irgendwie aus Pappe gemacht. Ich brachte es schnell hinter mich.

Als wir uns draußen auf dem Parkplatz sammelten, checkte uns der, den sie Billy nannten, durch. Er deutete auf das Haus links, sagte mir und Murray, wir sollten das übernehmen. Die anderen schwärmten aus.

»Siehst du einen, erschieß ihn«, sagte Murray. »Die haben alle Rasiermesser dabei, und eh du dich versiehst, hast du'n Schmiß weg.«

»Okay«, sagte ich.

Murray klopfte an die Tür. Eine Frau in einem roten Kleid machte auf – sie war breiter als die Tür. Wir stiegen die Treppe hoch und gingen rein. Wir holten unsere Knarren raus.

»Mach die Hände hoch«, sagte Murray der fetten Frau.

Sie machte es. Sie wirkte gelangweilt.

»Wie viele Mädchen hast du da hinten?« fragte er.

»Drei.«

»Alle beschäftigt?«

»Zwei schon. Mary is allein auf dem Zimmer.«

»Wo is das Telefon?«

»Hier gibt's kein Telefon. Wir benutzen das in der Kneipe.« Die fette Frau setzte sich, zündete sich eine Zigarette an. Murray sah sauer aus, aber er sagte nichts.

Die fette Frau sog an ihrer Zigarette. Ich hörte ein Radio spielen. Country-Musik, so wie es klang.

»Ruf sie raus . . . diese Mary. Schaff sie hier raus.«

Die fette Frau wollte aufstehen, dann zuckte sie irgendwie die Achseln, brüllte: »Maaaary!«

Ein anderes fettes Mädchen kam raus, die hier war jünger. Sie trug ein kurzes Nachthemd und Stöckelschuhe. Als sie die Knarren sah, ging sie und setzte sich neben die andere, wie wenn sie halb am Schlafen wäre.

»Versucht auszureißen, und ich knall euch ab«, sagte Murray zu den Frauen. Sie sahen nicht so aus, als ob sie's könnten.

Der Gang war zu schmal für uns zwei. Murray ging voraus. Er stand links vor einer Tür, deutete auf meine Tür rechts. Er machte einen Schritt zurück und trat gegen die Tür. Das machte viel Krach, aber sie hielt. Er trat noch mal dagegen. Ich hörte einen Schrei. Ich drückte den Griff von meiner Tür runter, und sie ging auf. Drinnen stieg grade ein Mann von einer Frau. Sie waren beide nackt, bis auf die Socken, die er anhatte. Ich richtete die Knarre auf sie.

»Raus«, sagte ich.

Der Mann sprang irgendwie in seine Hosen, schnappte sich seine Klamotten und rannte raus. Die Frau blieb einfach liegen.

»Gleich wird's ein Feuer geben«, sagte ich. Ich ging aus dem Zimmer und hörte einen Schuß. Ich schaute durch die offene Tür. Murray zielte auf einen Mann – ich konnte nicht sehen, ob er ihn erwischt hat oder nicht.

»Komm schon«, brüllte ich ihm zu. »Das geht gleich hoch.«

Er folgte mir nach draußen. Die zwei fetten Frauen saßen immer noch im vorderen Zimmer.

Noch ein Schuß, aus einem anderen Wohnwagen. Ein Mann in einer roten Jacke kam durch die Vordertür. Er hatte eine Strumpfmaske über dem Gesicht und einen Benzinkanister aus Metall in der einen Hand. Er fing an, das Benzin überall rumzuspritzen – der Geruch brachte mich zum Würgen.

Die zwei fetten Frauen rannten raus. Als der Mann fürs Feuer im hinteren Teil des Wohnwagens war, kamen auch die zwei anderen Frauen raus.

Wir gingen zurück zum Parkplatz. Zwischen den Wohnwagen gab es einen riesigen *Wuuuschh!* Ein Feuerball ging hoch, dann schossen drei Arme raus. Man konnte sehen, wie sie auf die Wohnwagen zurasten. Alle flogen in die Luft. Es klang wie im Krieg ... drinnen Explosionen, Scheppern, dann ein Riesenknall. Leute kamen aus der Kneipe gelaufen. Es gab jede Menge Rumgeschieße, aber alles nur in die Luft. Zwei Männer rannten in die eine Ecke vom Parkplatz. Sie steckten ein Kreuz in den Boden. Der Typ in der roten Jacke zündete auch das an.

Das war alles. Wir stiegen in die Autos und zischten ab. Niemand versuchte uns aufzuhalten. Ich konnte keine Sirenen hören.

♣

Das Auto, in dem ich war, hatte Polizeifunk am Vordersitz. Ich konnte vor lauter Knistern nichts verstehen, aber der Typ neben dem Fahrer sagte, die Staatspolizei wäre Richtung Kneipe unterwegs. Inzwischen waren wir Kilometer weg.

Als wir zurückkamen, setzten sie uns bei den Schlafsälen ab. Der Typ mit dem Schulterholster erwartete uns. Er sagte, ich und Murray sollten mit ihm kommen.

Wir marschierten zu einem anderen Gebäude, wo uns der Typ mit dem weißen Hemd erwartete.

Murray ging zuerst rein. Der Typ mit dem Schulterholster befahl mir zu warten.

Als ich dran war, fragte mich der Typ mit dem weißen Hemd, was passiert ist. Ich sagte es ihm.

»Gute Arbeit«, sagte er.

♣

Ich lief grade zurück, als ich Murray vor mir sah. Er mußte gewartet haben – ich war eine ganze Weile bei dem Mann mit dem weißen Hemd gewesen.

»Was hast du ihm gesagt?« fragte mich Murray.

»Was passiert ist.«

»Mit den Niggern?«

»Was für Niggern?«

»In der Bude . . . die Nigger. Ich hab' ihm gesagt, daß ich . . . einen erschossen hab', 'nen Nigger. Mit einem weißen Mädchen auf dem Zimmer.«

Ich sagte nichts. Alle Männer in dem Puff waren weiß gewesen.

Murray legte mir die Hand auf den Arm. Ich ließ es ihn machen – er hatte vor irgendwas Schiß.

»John, hat er dich gefragt . . . ob Nigger dagewesen sind?«

»Nein.«

»Du sagst doch niemand . . .«

»Was?«

»Du bist ein wahrer Bruder, John«, sagte Murray und quetschte feste meinen Arm.

♣

Im Fernsehn hieß es am nächsten Tag, der Ku-Klux-Klan hätte die Wohnwagen in Brand gesteckt. Ein paar Jungs johlten beim Zuschaun. Der

Mann fürs Feuer rieb sich die Hände, als er die Flammen auf Film sah.

Es war etwa zehn Tage später, als Murray ankam. Wieder total aufgeregt. Hochgeputscht.

»Wir kommen zu einer Einsatzgruppe, John. Ich hab's grad gehört. Haben sie dir's schon gesagt?«

»Nein.«

»Hey, es stimmt. Ich hab's direkt vom HQ. Wirst sehn, wir sind beide belobigt worden.«

Er stolzierte in kleinen Kreisen rum, war echt happy.

Das einzige, was ich von der Einsatzgruppe wußte, war das, was der Führer in einer seiner Reden gesagt hatte. Er redete wieder über Abspaltung. Er sagte, auch die Nigger wollten ihr eigenes Land haben, aber wie alle Nigger wollten sie, daß die Regierung es ihnen gibt. Eine Art Wohlfahrt. Unser Land, sagte er, unser Land würden wir aus eigener Kraft schaffen. Wir würden dafür bezahlen. Die Einsatzgruppen, die wären dazu da, das Geld zu besorgen.

♣

Der Typ mit dem weißen Hemd, das war der, der uns das mit der Einsatzgruppe sagte, für die sie mich und Murray ausgewählt hatten. Abgreifen, darum ging's. Ein gepanzerter Wagen, der das Lohngeld für eine Fabrik von der Bank abholte. Er wußte alles drüber. Alles. Bei so einem Panzerwagen kann man nicht die Reifen kaputtschießen – die Wachen bleiben einfach drin und rufen über ihr Telefon die Polizei. Straßensperren nützen auch nichts. Was ihr tun müßt, sagte er, ist, sie erwischen, wenn sie die Übergabe machen. Wenn die Tür offen ist.

Er sagte, sie wären Experten. Sie hätten zig solche Dinger gemacht, überall im Land. Das wäre die einzige Möglichkeit, das Geld zu besorgen, das sie brauchten.

♣

Ich und Murray schauten Fernsehn. Sie hatten grade den einen Typ in Milwaukee verhaftet. Sie fanden alle möglichen Leichen in seinem Haus. Der Sprecher sagte, der Typ wäre vielleicht der schlimmste Serienmörder überhaupt. Der Mann fürs Feuer kam rein. Er hörte eine Minute zu, wurde ganz aufgeregt.

»Wie viele Frauen hat er umgebracht?« fragte er Murray

»Er hat nur Jungs umgebracht«, sagte Murray

»Das is 'n krankes Arschloch«, sagte der Mann fürs Feuer, stand auf und ging weg.

♣

Eines Tages fragte mich Murray, ob ich mit ihm stemmen gehen wollte. In einem der Gebäude gab's einen Stemmraum. Nein, sagte ich.

»John, komm schon, Mann. Du bist zu schmächtig. Ich mein, ich will dich nicht anmachen oder so, aber ich kann sehn, daß du gute Muskulatur hast . . . guten Knochenbau, verstehste? Wenn du mit mir trainierst, garantier ich dir, vielleicht 'n halbes Jahr, und du erkennst dich nicht wieder.«

»Trotzdem danke«, sagte ich.

Er setzte sich neben mich. »John, wenn du wegen mir ein schlechtes Gefühl hast, bin ich 'n Arschloch. So hab ich das nicht gemeint. Die ganze Sache hier ...«, er wedelte mit dem Arm, »... die ganze Sache hier, das is nicht nur Rassenstolz, weißt du, was ich meine? Zum Beispiel ... warum bist du beigetreten? Wieso?«

»Ich hasse Nigger«, sagte ich.

»Yeah, ich weiß. Ich auch. Genau wie jeder andere. Aber ... zum Teil, nehm ich an ... ich wollte auch Freunde haben. Echte Freunde. Verstehst du?«

»Klar.«

»Dann vergiß das mit dem Eisenstemmen, okay? Ich wollte bloß sagen, hast du irgendwas, wo ich dir bei helfen kann, mußte mich bloß fragen, okay?«

»Okay, Murray«

Er boxte mir feste auf den Arm, aber ich merkte, daß er mir nicht weh tun wollte.

Eines Nachmittags kam der Typ mit dem Schulterholster vorbei. Er sagte, der Führer wollte mich sehen.

Ich ging mit ihm. Der Führer war in seinem großen Zimmer, in seinem Sessel. Der Typ mit dem Schulterholster ließ uns allein. Ich schätzte die Entfernung. Ich sah die ersten Punkte an ihm auftauchen. Hinter mir ging die Tür auf – der Typ mit dem weißen Hemd kam rein.

»Du bist doch der junge Mann, der weiß, wie man einen Transvestiten von einer echten Frau unterscheidet, nicht wahr?«

»Ja«, sagte ich.

»Weißt du, warum das so wichtig ist?«

»Nein. Ich glaub nicht.«

»Der Homo-sex-uelle denkt nicht mit seinem Verstand, mein Sohn. Er denkt mit seinem Geschlechtsteil . . . was immer das ist. Die Leute sind faule Äpfel. Einer unserer großen Führer hat gesagt, ein Mann, der nicht fickt, kämpft nicht. Deswegen läßt man die auch nicht zum Militär. Bloß einer von denen . . . ein einziger, der kann eine ganze Bewegung zerstören. Weißt du, die White-Power-Bewegung gibt's nicht erst seit letzter Woche. Sie hat eine lange, ruhmreiche Geschichte, seit der Zeit der Rekonstruktion . . . weißt du, was das ist?«

»Nein, Sir.«

»Nach dem Bürgerkrieg haben die Nigger, dieselben, die früher Sklaven waren, die haben im Süden die Macht übernommen. Haben die Macht übernommen. Sie hatten das Sagen. Denen gehörte das Land, denen gehörten die Frauen. Natürlich konnten die Weißen das nicht dulden. Das war der Anfang vom Klan. Und seither sind wir auf dem Vormarsch. Ja, es hat Rückschläge gegeben. Aber unsere wahren Feinde sind nie die Nigger gewesen. Unsere wahren Feinde sind immer die Verräter gewesen. Verräter von innen heraus. Wir haben unsere Liste, und da sind mehr Weiße drauf als Schwarze, kann ich dir sagen. Richter, Senatoren, FBI-Agenten. Alle Verräter an der Rasse.

Deswegen sind die Homosexuellen so gefährlich, mein Sohn. Hast du gewußt, daß einer der wahren Helden unserer Bewegung tatsächlich von einem seiner eigenen Männer ermordet wurde? Nun wäre das schwer zu erklären, bis auf eins . . . es war ein Liebeshändel! Verstehst du? Ein Warmer hat den andren Warmen sitzenlassen, und es gab 'ne Schießerei. Die Öffentlichkeit weiß das nicht, aber es ist eine Tatsache. Das Schlimmste bei einem Warmen ist, wie er denkt. Deshalb kann eine Schwuchtel niemals wirklich weiß sein, weil er sich jederzeit in einen Nigger verlieben könnte, einfach so!«

Als er mit den Fingern schnalzte, klang es wie Knochenknacken. Ich schaute ihn genau an, wie wenn er das von mir erwartete.

»Weißt du, warum ich dir das alles sage?«

»Nein. Aber es ist gut zu wissen.« Er schaute rüber zu dem Typ mit dem weißen Hemd. Dann wandte er sich wieder an mich.

»Du bist ziemlich gut mit Murray befreundet?«

»Ich glaub schon.«

»Hat er sich schon mal . . . irgendwie komisch benommen bei dir?«

»Nein. So was ist mir nie bei ihm aufgefallen.«

»Weißt du, worauf ich hinauswill?«

»Klar. Ich hab schon welche gesehn.«

»Im Gefängnis?«

»Ja.«

»Im Gefängnis, hast du da schon mal einen Mann gesehen, der große, mächtige Muskeln hat, Tätowierungen . . . und trotzdem eine Schwuchtel ist?«

»Klar«, sagte ich. Es war die Wahrheit.

»Halt die Augen offen«, sagte der Führer.

♣

Danach hatten wir jeden Tag Sitzungen. Eine Art Kurs, mit Lehrern. Sie hatten so einen großen Tisch, so groß, daß wir alle dranpaßten. Auf dem Tisch hatten sie kleine Modellautos, Straßen und alles. Sogar einen kleinen Panzerwagen. Sie hatten

Karten. Nicht wie die Karten, die man auf der Tankstelle kriegt – schwarzweiße Karten, und so groß, daß man die Straßen drauf sehen konnte.

An manchen Tagen sagte uns der Mann mit dem weißen Hemd, wie wir's machen sollten. An anderen Tagen sagte uns der Führer, warum.

♣

Sie gingen es wieder und immer wieder durch. Jedesmal stellten sie dieselben Fragen einem anderen Typ. Der Mann mit dem weißen Hemd deutete auf Murray. »Wie is die Vorgehensweise, wenn du festgenommen wirst?«

»Ich sag bloß, ich will einen Anwalt. Ich antworte auf keine Frage. Ich sag bloß, ich will einen Anwalt.«

»Gut! Einer von unsern Anwälten wird letzten Endes an euch rankommen. Denkt immer dran, vielleicht kriegt ihr irgendeinen jüdischen Verteidiger oder so was, bevor wir an euch rankommen. Sprecht auch mit dem nicht, verstanden? Wartet, bis ihr Bescheid kriegt.«

Er blickte weiter im Raum rum. »Billy, du hast die Kohle in dem Fluchtauto, okay? Aber wenn du zum Unterschlupf kommst, siehst du, daß er überwacht wird. Was machst du?«

»Ich such mir irgendwo was zum Unterkriechen. Ich verschwinde, so schnell ich kann, von der Straße. Dann ruf ich die Nummer an und mach das, was man mir sagt.«

»Genau! Und was ist, wenn alles klar läuft und ihr es mit dem Geld bis hierher schafft . . .?«

»Wir kommen niemals hierher zurück. Niemals.«

»Warum?« sagte der Mann und wandte sich fragend an mich.

»Damit die Cops keine Ausrede haben, um hier reinzukommen«, sagte ich. Inzwischen wußte ich alle Antworten, vom Zuhören.

»Ja! Dies ist heiliger Boden. Hier sind wir alle sicher. Dies ist Privatbesitz . . . erinnert ihr euch, wie wir drüber geredet haben? Kein Cop, kein FBI-Agent, kein Steuerfahnder, niemand vom Zoll . . . *niemand* kommt ohne unsere Erlaubnis hier rein. Wie John gesagt hat . . . wir dürfen ihnen keinen Grund liefern.«

Nach der Sitzung klatschte Murray meine Hand ab, als wäre er stolz auf mich, daß ich's hingekriegt hatte.

♣

Ich schaute mir eine Tiersendung im Fernsehn an. Es war ruhig im Schlafsaal. Sie zeigten verschiedene Insekten, die aussahen, als wären sie gefährlich, es aber nicht waren. Es war, damit die anderen Tiere sie in Frieden ließen.

Murray kam rein. Er nahm die kleinen Gewichte ab, die er um die Knöchel trägt. Er trägt auch welche um die Handgelenke. Er kam zu mir. Die Sendung ging grade zu Ende.

»Wie alt bist du, John?«

»Vierunddreißig«, sagte ich. Hielt mich so nah ich konnte an die Wahrheit, wie die mir gesagt hatten. Die Wahrheit ist, daß ich's nicht weiß.

»Ich bin neunundzwanzig.«

Ich sagte nichts.

»Du warst im Gefängnis, stimmt's?«

»Yeah, war ich.«

»Mehr als einmal?«

»Ja.«

»Ich war noch nie im Gefängnis. Auch nicht beim Militär. Und kein Exbulle, wie ein paar von den Jungs.«

Ich zündete mir eine Zigarette an. Eine Sendung über Tanzen kam.

»Glaubst du, das spielt 'ne Rolle?« fragte er.

»Was?«

»Was ich gesagt habe, John? Daß ich noch nie im Kahn war, oder beim Barras ... du weißt schon ...«

»Nein.«

»Weißt du, John, ich will dir nicht zu nahe treten, aber ein paar von den Jungs, die denken, du bist nicht sonderlich helle. Aber ich, ich weiß es besser. Du bist bloß ruhig, das ist alles. Ich weiß, du hast was im Hirn, deswegen frag ich dich auch Zeug.«

Im Fernsehn hüpften Leute in weißen Kostümen durch die Gegend. Manchmal fingen die Männer die Frauen auf.

»Ich vergeß niemals, was du gemacht hast, John. Was du nicht erzählt hast, mein ich. Wegen der Sache im Wohnwagen. Wir sind Partner, du und ich. Scheißt dich irgendwer an, scheißt er auch mich an.«

Er streckte die Hand aus. Ich schlug ein.

Auf dem Gelände lief jede Menge Ausbildung. Ständig wurde jeder für irgendwas ausgebildet. Die Männer jedenfalls. Frauen waren auch da, aber ich sah nie, daß sie ausgebildet wurden.

Sie übten ganz viel mit den Knarren. Manchmal war der Lärm wie eine Woge, er überrollte einen einfach.

Die Einsatzgruppe war anders. Sie war ruhig. »Die schaun uns anders an«, sagte Murray einmal zu mir. »Weil sie wissen, wir sind in der Gruppe.« Er meinte ein paar von den anderen Jungs. Klar schauten sie uns an – ich hab es selbst gesehn. Aber ich glaube, Murray hat's nicht kapiert.

Im Schlafsaal war es ziemlich okay. Ein paar Häuser weiter gab's einen größeren Schuppen. Eine Art Kneipe, nehme ich an. Es gab Schnaps dort, alle Sorten. Umsonst. Und sie haben 'nen Fernseher mit einer großen Röhre, Pooltische, sogar Bedienungen. Die Kleider anhaben. Dort ist die ganze Zeit offen, glaub ich, aber die Leute gehen meistens erst spät am Tag hin.

Murray wollte mich immer dahin schleppen. Meistens sagte ich nein. Einmal ging ich mit ihm. Ein paar Jungs aus einem anderen Teil des Lagers beobachteten uns. Ich weiß immer, wenn mich jemand beobachtet.

Murray trug ein schwarzes T-Shirt, ganz eng, mit weit oben abgeschnittenen Ärmeln. Es war ein Fehler, aber ich wußte nicht, wie ich's ihm sagen sollte.

Ich dachte, die würden mit ihm anfangen, aber ich war dran. Einer von ihnen schubste mich mit der Schulter an, als ich grade zwei Bier an unseren Tisch trug. Das Bier schwappte über, und er kriegte was ab. Der Typ, der mich anstieß, hatte lange Haare. Ein großer Kerl mit fetten, schwabbligen Armen. Er sagte mir, ich sollte verflucht noch mal aufpassen, wo ich hinginge, rammte mir drei zusammengehaltene Finger fest gegen die Brust. Ich wich zurück. Er ging auf mich los, stieß mit den drei Fingern nach mir, warf mir Schimpfwörter an den Kopf. Murray kam blitzschnell rüber, tippte dem Typ auf die Schulter. Der Mann ließ mich in Ruhe, drei von seinen Freunden standen auf.

»Willst du rumspielen?« fragte Murray den Mann.

»Ich spiel nicht mit Tunten«, sagte der Mann mit den fetten Armen. Seine Freunde lachten. Murray verpaßte ihm einen schweren Haken in den Bauch. Er wußte nicht, daß man sein volles Gewicht reinlegen muß – der ganze Schlag kam aus dem Arm, aber es reichte. Der Mann sank auf die Knie, versuchte zu atmen.

Zwei Freunde von dem Mann wollten auf Murray los. Ich spannte die Pistole. Es gab ein lautes Geräusch, weil jeder still war. Sie blieben stehn.

»Bloß die«, sagte ich.

»Na los, du Held«, sagte Murray zu dem Mann auf den Knien.

Der Mann kam nicht hoch.

♣

»Er is ein Homosexueller«, sagte der Führer.

»Eine Scheißschwuchtel«, sagte der Typ mit dem Schulterholster.

»Der is in der Einsatzgruppe. Er kennt den Plan«, sagte der Typ mit dem weißen Hemd.

»Du bist dran, mein Sohn«, sagte der Führer. Dann ging er aus dem Zimmer.

♣

»Er muß weg«, sagte Weißhemd.

»Bist du bereit dazu?« fragte mich Schulterholster.

Ich schaute ihn an, wie wenn ich blöde wäre. Aber das verzögerte die Sache nur, es hielt sie nicht auf.

»Es geht um die Sache, John. Um die Nation. Dieser Murray, der is gefährlich. Wahrscheinlich ein Regierungsspitzel.«

»Ein Regierungsspitzel würde keinen Nigger umbringen«, sagte ich. Der Säuretest, wie der Verrückte gesagt hatte.

Weißhemd schaute zu Schulterholster. Er legte mir die Hand auf die Schulter. »Vielleicht hast du recht, John. Aber das ist egal. Schwuchteln sind unzuverlässig. Wie uns der Führer gelehrt hat. Denen kann man nicht traun. Murray . . . außerdem ist das ein jüdischer Name, glaub ich. Er muß weg, das ist schon beschlossen. Ich weiß, der Führer würde es persönlich zu würdigen wissen, wenn du dich drum kümmerst.«

»In Ordnung«, sagte ich.

»Ist ein Teil von dem Preis, den wir zahlen, John. Als Krieger der weißen Rasse. Ist nicht seine Schuld, daß er 'ne Schwuchtel ist, aber das ist egal . . . er ist 'ne Gefahr für uns alle.«

Sie gaben mir dieselbe Knarre, die ich zu den Wohnwagen mitgenommen hatte. Es drehte sich bloß um Töten. Ich hatte das Gefühl, daß ich's nicht machen wollte. So ein Gefühl hatte ich noch nie. Ich dachte an Shella. Wie lange ich schon dort war. Den Führer.

Wenn ich ihnen sagte, daß ich Murray nicht umbringen wollte, würde ich nie allein an ihn rankommen.

♣

Ich ging in den Schlafsaal. Murray lag auf dem Bett. Er hatte das Hemd ausgezogen. Seine Hände waren hinter dem Kopf verschränkt. Wenn er das macht, wölben sich die Muskeln an seinen Armen und seiner Brust. Ich ging zu ihm. Er lächelte. Ich hob die Knarre und drückte ab. Ich schoß ihm dreimal in die Brust. Dann schoß ich ihm zweimal ins Gesicht.

Ich hörte Leute aus dem Schlafsaal rennen.

Ich setzte mich auf einen Stuhl neben meiner Pritsche.

♣

Der Typ mit dem Schulterholster kam rein, bei ihm waren noch zwei Männer. Er nahm mir die Pistole aus der Hand. Gab mir eine Zigarette.

Er redete mit mir. Ich war nicht sicher, was er sagte. Ich hörte einen der anderen Jungs flüstern: »Marschiert einfach rein, und knallt ihn ab, verdammt noch mal . . .«

Sie rollten Murrays Leiche in die Decken, auf denen er lag, und trugen sie raus. Seine Pritsche brachten sie auch raus. Einer von ihnen kippte Clorox auf den Boden und wischte damit rum. Es brannte mir in den Augen.

Schulterholster kam her zu mir. »Du warst klasse«, sagte er. »Der Führer hat gesagt, du wärst der richtige Mann, und bei Menschen liegt er nie falsch.«

♣

Ich ging spazieren. Niemand sagte was zu mir. Im Wald sah ich einen Schmetterling. Einen großen, schwarzen, mit kleinen gelben und blauen Punkten. Als Kind hab ich mal in einem der Läden, wo die mich festhielten, gesehen, wie ein Schmetterling rauskommt, aus der Schale schlüpft. Das fiel mir ein, als ich spazierenging. Er war nagelneu, naß. Er schlug mit den Flügeln, damit sie trocknen. Ich hab ihm dabei zugeguckt. Einer der größeren Jungs kam dazu. Er war ekelhaft und böse, fragte mich, warum ich weinte. Ich hab's gar nicht gemerkt, bis er es sagte. Er schnappte sich den Schmetterling, bevor der wegfliegen konnte, und zermatschte ihn in der Faust. Er fand das komisch.

Da drin hab ich gelernt, daß man nicht weint.

♣

Am nächsten Tag nahmen sie mich mit zum Führer. Diesmal durchsuchten sie mich. Ganz genau. Nicht so wie beim ersten Mal, aber sie faßten mir trotzdem überall hin.

»Du wirst mit ihm allein sein«, sagte Schulterholster.

Sie machten die Tür auf, und wir gingen rein. Der Führer stand hinter seinem Schreibtisch auf. Er kam her zu mir, hielt mir die Hand hin. Er schaute zu Schulterholster. Sie nickten sich irgendwie zu, und Schulterholster ging raus. Er schloß die Tür hinter sich.

Ich war mit dem Führer allein.

Er setzte sich an seinen Schreibtisch, deutete auf einen Stuhl.

»Du bist ein wahrer Kämpfer der Rechten, John«, sagte er. »Manchmal ist es schwer, das zu tun, was notwendig ist . . . unter Feuer erweist sich die wahre Farbe eines Mannes. Du hast dich als weiß erwiesen. Du hast dich als rechter Kerl erwiesen. Im Namen des Volkes spreche ich dir Hochachtung aus für das, was du getan hast.«

»Danke.«

»Du wirst von nun an jeden Tag einige Zeit mit mir zubringen, ein paar Dinge lernen. Wie findest du das?«

»Gut.« Schwarze Punkte tauchten auf seinem Gesicht auf. Schwache Punkte. Ich achtete auf seine Mundbewegungen, während er redete, wartete, daß die Punkte dunkler wurden. Die Tür ging auf. Der Mann mit dem Schulterholster kam rein.

»Da 's ein Anruf«, sagte er zum Führer.

Der Führer stand auf. Irgendwie salutierte er vor mir. Ich ging raus. Die beiden blieben im Zimmer.

♣

Ich ging jeden Tag dorthin. Sie durchsuchten mich immer. Niemand dürfte in der Nähe des Führers eine Waffe haben, sagten sie.

Eines Tages stand der Führer auf, machte eine Bewegung, wie wenn ich mitkommen sollte. Wir liefen im ganzen Lager rum. Er redete mit mir. Über die Rasse. Loyalität. Den wahren weißen Mann. Schulterholster war immer in der Nähe.

Hinten im Lager stand ein ganzer Haufen Männer rum.

»Hier gibt's was Besonderes«, sagte der Führer. »Komm mit, John.«

Männer standen um einen Ring rum. Bevor wir näher rankamen, dachte ich, es ginge um eine Prügelei. Sie traten beiseite, damit der Führer nach vorne konnte. Ich war direkt neben ihm.

Der Ring hatte knapp fünf Meter Durchmesser. Eine Holzwand zog sich rundrum. Sie reichte mir bis knapp übers Knie. Der Boden war aus Segeltuch. Linien waren draufgemalt.

»Schon mal so was gesehen?« fragte mich der Führer. Da sah ich die Hunde. »Nein«, sagte ich.

Er schaute auf seine Uhr. »Roscoe's der nächste?« fragte er Schulterholster.

Der nickte.

Eine Minute lang war es ruhig. Dann stiegen Männer in den Ring, die Hunde auf dem Arm hatten. Der auf unserer Seite war ein großer schwarzer Hund mit einem weißen Fleck auf der Brust. Der Typ, der ihn trug, sagte irgendwas zum Führer – ich kriegte nicht mit, worum es ging.

»Das isser!« sagte der Führer.

Der andere Hund war weiß, mit einem schwarzen Fleck über dem einen Auge. Ein Ohr war ebenfalls schwarz. Er war kleiner als der schwarze. Die Typen mit den Hunden rubbelten sie. Einer steckte seinen Hund in eine Wanne und verpaßte ihm ein Bad. Überall flog Geld rum, wetteten Leute.

Ein Mann stieg in den Ring, stellte sich in die Mitte. Er deutete auf die zwei Männer mit den Hunden. Die beiden nickten. Griffen sich ihre Hunde und schleppten sie nach vorne. In der Mitte war eine Linie. Der Schiedsrichter stand drauf. An den zwei anderen Linien baute sich je ein Mann auf. Sie setzten ihre Hunde ab, hielten sie zwischen den Beinen fest, so daß sie einander gegenüberstanden. Beide Hunde wollten nichts als angreifen.

»Los!« sagte der Schiedsrichter, und die Hunde fielen übereinander her.

Sie kämpften hart, fetzten sich. Ein paarmal verbissen sie sich ineinander, und der Schiedsrichter mußte sie mit einem Stock auseinandertreiben.

Die Leute schrien. »Er 's nicht zu schlagen!« brüllte mir der Führer mitten ins Ohr.

Ab und zu brachten sie die Hunde in ihre Ecke. Die Männer hielten sie mit den Augen zur Wand fest, weg von der Mitte, damit sie nicht durchdrehten. Dann hoben sie sie hoch und brachten sie zurück in die Mitte. Wenn der Schiedsrichter »Los!« sagte, ließen sie die Hunde frei.

Sie kämpften lange. Die Schnauze des weißen Hundes war total zerfetzt, bei dem schwarzen Hund war das eine Auge raus, irgendwo auf dem Boden. Als sie sie zurückbrachten, konnte der weiße Hund nicht mehr stehen.

»Los!«

Der weiße Hund kroch auf den schwarzen Hund zu, bereit zu sterben. Der schwarze Hund stürzte sich auf ihn. Der weiße Hund rollte sich auf den Rücken und erwischte den schwarzen Hund am Hals. Seine Schnauze war voller Blut, aber er verlor wieder den Halt.

Ich kapierte es. Jedesmal, wenn sie die Hunde auseinanderrissen, mußte abwechselnd ein anderer Hund zuerst losstürzen. Wenn sie nicht vorwärts wollten, hatten sie verloren. Wenn sie's machten, mußte einer sterben.

Der schwarze Hund war ständig obenauf, doch der weiße Hund gab einfach nicht auf.

Wieder waren sie einander gegenüber, und der weiße Hund kroch vorwärts. Er kroch immer weiter. Der schwarze Hund stand da, beobachtete ihn. Der weiße Hund hörte auf. Leute schrien auf ihn ein. Eine ganze Weile verging. Der Schiedsrichter wedelte mit den Armen.

»Er hat's gesteckt!« brüllte ein Typ an der Wand. Er wirkte sauer.

»Er 's tot«, sagte ein anderer.

Der Mann hatte seinen weißen Hund auf dem Arm. Ich sah, daß er weinte.

Der Mann mit dem schwarzen Hund kam zum Führer. Er hielt seinen blutigen Hund hoch wie eine Trophäe.

»Noch nie besiegt!« sagte der Führer.

Wir blieben dort. Nach einer Weile kam der andere Typ, trug seinen weißen Hund zum Führer.

»Du solltest stolz auf ihn sein«, sagte der Führen »Er war todscharf.«

Der Typ küßte seinen toten Hund. »Hörst du, Razor? Hörst du das? Todscharf, Kleiner! Das bist du! Todscharf!«

Er weinte, als er wegging.

♣

Abends war ich meistens alleine im Schlafsaal. Manchmal ging ich spazieren, schaute in den dunklen Wald. Nie konnte ich irgendwas sehen.

Tagsüber war ich viel mit dem Führer allein. Aber ich kam nie auf den Rhythmus, konnte nie sagen, wann irgendwer reinkam.

»Hast du bei dem Kampf irgendwas gelernt?« fragte mich der Führer.

»Ich weiß nicht.«

»Todscharf; wenn man das von Pitbulls sagt, heißt es, daß sie nie aufstecken. Schärfe, das ist die Eigenschaft, die wir brauchen. Weißt du, warum wir Hunde kämpfen lassen?«

»Um ihnen zuzusehn?«

»Nein, mein Sohn. Ich weiß, das muß so aussehen. Leute, die rumschrein, die Wetterei und all das. Aber der Grund ist, um die Zucht zu verbessern. Wenn du willst, daß ein Hund scharf ist, mußt du ihn auf die Probe stellen. Nur die wahren Meister dürfen sich fortpflanzen . . . so wird man die Tölen los, die, die aufstecken. Dürfen nur scharfe Hunde sich fortpflanzen, kriegt man nur scharfe Welpen, klar?«

»Der weiße Hund, der war scharf?«

»Durch und durch. Keine Spur von Aufgeben in dem Vieh.«

»Aber er wird sich nicht fortpflanzen.«

»Na ja, nein. Der nicht. Nur die Besten, John. Nur die Aller-, Allerbesten. Reinheit, das wollen wir.«

♣

Er redete viel von Walhalla. Wo Krieger hinkommen, wenn sie sterben. Wenn sie auf die rechte Art sterben. Es ist ein großartiger Ort für einen Mann, sagte er.

Er erzählte mir vom Sterben. Wie großartig es sein könnte. Ein großartiges Opfer für die Rasse.

Er sagte, der weiße Pitbull wäre aus Liebe gestorben. Liebe zu seinem Herrn. Deswegen kämpfen sie bis zum Tod, sagte er. Aus Liebe.

Er redete grade von Rasse, als es hinter ihm klopfte. Ich wußte nicht, daß dort eine Tür war. Er tat, als hätte er es nicht gehört. Es klopfte noch einmal.

Schließlich stand er auf und machte die Tür auf, die hinter einem Vorhang war. Eine junge Frau kam rein. Schwanger, echt frontlastig.

»John, das ist meine Tochter Melissa.«

Sie gickelte mich irgendwie an. Leise redete er mit ihr. Sie faßte ihn am Arm, tätschelte ihn. Auf seinem Schreibtisch war ein Knopf. Er langte hin und drückte drauf. Hinter mir ging die Tür auf, und Schulterholster kam rein. Er schaute zum Führer, sagte »Komm schon« zu mir, legte mir die Hand auf den Arm und brachte mich raus.

Als ich ging, schaute mich das Mädchen an. Ich sah ihre Augen und sah, was Shella gesehen haben muß.

Je mehr ich mit den Waffen übte, desto mehr beobachteten sie mich dabei. Jedesmal, wenn ich eine Knarre in der Hand hatte, konnte ich es spüren. Was die konnte.

Ich konnte es auch – ich muß bloß dicht dran sein.

Ich hatte die Knarre immer bei mir. Damit sie damit rechneten. Einmal suchte ich eine Stelle, wo ich sie hinlegen konnte, während ich duschte. Die geben uns hier massenhaft Platz für unsere Sachen – nicht wie im Knast. Ein paar von den Jungs hatten Spinde, ein paar hatten Truhen. Die meisten Jungs, die blieben sowieso nicht im Lager, die kamen und gingen bloß. Ich war am längsten von allen Männern im Schlafsaal.

Mir fiel keine Stelle ein, wo ich die Knarre hinlegen konnte. Ich wollte sie nicht auf meiner Pritsche lassen. An der anderen Wand war eine Reihe Metallspinde. Ich schaute nach, aber sie hatten alle Schlösser dran. Dann sah ich was – Murrays Truhe. Ich erkannte sie, weil sie so eine dunkelrote Farbe hatte, mit schwarzen Riemen außen rum. Sie war total staubig, stand da in der Ecke.

Niemand war in der Nähe. Ich brach nicht das Schloß auf, ich schraubte das Blatt ab. Shella hat mir beigebracht, wie so was geht, als wir mal irgendwo reinwollten.

In der Truhe hatte Murray seine Klamotten. Und seine kleinen Gewichte für die Handgelenke und die Knöchel. Ein Haufen Briefe war drin. Er hatte sie mit einer Schleife zusammengebunden. Sie sahen alt aus.

Er hatte eine Jacke da drin. Sie war schwarz, mit weiten weißen Ärmeln. Fühlte sich an wie Seide. Vorn drauf, über dem Herz, stand *Ace*, in kleinen Buchstaben, wie Handschrift. Hinten drauf stand der Name von irgendeinem Fitneßclub.

Ich legte meine Knarre in die Truhe, während ich unter der Dusche war. Ich befestigte das Schloßblatt so, daß ich es mit den Fingern abziehn konnte, wenn ich rauskam.

»Wer hat ihn hergebracht?« fragte der Führer den Typ mit dem weißen Hemd. Als ob ich nicht da wäre. Es stieß mir nicht sauer auf – die Leute tun das ständig.

Weißhemd hatte immer den langen flachen Aluminiumkasten dabei. Wenn er ihn aufmacht, sind Blöcke und Zeug drin. Er schaute eine Minute rein. »Mack«, sagte er zum Führer.

Der Führer schaute mich an. »Hat Mack dir irgendwas von der Blitzstaffel gesagt?«

»Ja.

»Was?«

»Er hat gesagt, er ist ein Scout.«

»Sonst noch was?«

»Nein.«

Der Führer warf Weißhemd so einen Blick zu,

den ich nicht kapierte – konnte alles mögliche heißen.

♣

Danach war's jeden Tag dasselbe. Jeden Tag stand ich auf und lief rum. Manchmal schaute ich mir die Plakate an. 1992 SIND DIE JUDEN FERTIG war eins, was überall hing. Dann nahm ich meine Knarre und ging rüber und übte. Hinterher wanderte ich wieder in den Schlafsaal. Inzwischen waren mehr Leute draußen. Auch Kids waren da, ausstaffiert wie die älteren Leute, mit Soldatenanzügen und mit kleinen Knarren. Einige trugen Armbinden . . . rot mit weißem Kreis und schwarzem Hakenkreuz drin . . . und sie sagten Nigger und Kanake und Itzig und so Sachen, als ob sie das ABC oder irgendwas lernen würden.

Die verprügelten die Kinder ständig. Mit Stökken und Gürteln. Oder knallten ihnen eine. Ich sah, wie ein Mann einen kleinen Jungen auspeitschte. Der Junge schrie. Die Frau von dem Mann sagte, so was wäre gute Erziehung, und sämtliche Umstehenden nickten. Ich ging weg. Als ich mich umdrehte, sahen die anderen zu, wie der kleine Junge ausgepeitscht wurde.

Ich schaute Fernsehn, bis mich einer von ihnen holen kam. Sie gingen mit mir rüber. Dann nahmen sie mir die Knarre ab und durchsuchten mich, bevor ich reinkonnte zum Führer. Manchmal waren andere Leute da, manchmal waren wir allein. Manchmal kam seine Tochter rein. Er redete nie an dem Telefon, das in seinem Büro war. Wenn es klingelte, ging jemand anders ran.

Ich wußte nie, ob ich mit ihm allein sein würde. Ich wußte nie, wie lange es dauern würde.

Jeden Tag dasselbe Gerede von ihm. Herrenrasse, Herren und Sklaven, dem Herrn dienen. Die Blitzstaffel, die würde die Feinde der Rasse wie der Blitz treffen. Ein paar von den Mitgliedern, die würden nicht davonkommen. Aber die kämen mit Sicherheit nach Walhalla. Garantiert.

Niemand hat je soviel mit mir geredet. Niemand hat je Sachen so erklärt wie er, außer vielleicht Shella.

An der einen Wand von seinem Büro hatte er Bilder. Bilder von Männern. Jedes war in einem Metallrahmen. Er sagte, diese Männer gaben ihr Leben für die Nation hin. Sie wären Helden. Helden der Rasse. Die Kinder, die auf ihre Schulen gingen, würden ihre Namen lernen.

Er sagte, die Nigger wären nicht menschlich, deshalb könnte man ihnen die tierische Art, wie sie sich benehmen, nicht vorwerfen. Die Juden, denen könnte man's vorwerfen. Die wüßten, was sie täten. Sie wären eine andere Rasse, obwohl sie so aussehn wie wir. Man könnte den Unterschied sehn, aber nur, wenn man sie genau kennt.

Der Führer sagte, wir würden siegen, weil wir überlegen wären. Und weil die Nigger die Juden allmählich richtig hassen würden und die Juden was dagegen unternehmen müßten.

Er gab mir Bücher zum Lesen. Auf dem einen stand PROTOKOLLE. Ich versuchte es zu lesen. Ich bin nicht blöde. Aber ich konnte es nicht verstehen. Als er mich fragte, sagte ich ihm die Wahrheit.

Er sagte, das wäre okay – das Entscheidende wäre, ob ich das Richtige machen würde, wenn es soweit wäre.

Ich sagte immer ja.

Ab und zu fragten die mich, ob ich eine Frau wollte. Ich sagte immer ja.

Wenn ich eine der Frauen fickte, fragte ich mich, ob sie Murray je gefragt hatten, ob er eine wollte.

Am Ende wurde es jeden Tag rascher dunkel. Es fing an, kälter zu werden. Ich hatte keine Jacke dabei, bloß das, was in meinem Seesack war. Als sie mich eines Tages durchsuchten, bevor ich allein rein zum Führer ging, fragten sie, wieso ich keine Jacke anhätte. Ich sagte, so kalt wär's noch nicht.

Irgendwie mußten die Männer draußen mit dem Führer reden, weil er mich fragte, ob ich eine Jacke hätte. Wenn nicht, sagte er, könnte ich mit Rex einen Rutsch in die Stadt machen und mir eine besorgen. Ich wußte nicht, wer Rex war, dachte mir aber, daß er den Typ mit dem Schulterholster meinte.

Den Namen von dem Typ mit dem weißen Hemd und dem Klemmbrett fand ich nie raus.

Ich sagte dem Führer, ich hätte schon eine Jacke. Er sagte, ich sollte sie allmählich anziehen, sonst würde ich mir eine Erkältung holen.

♣

Bevor sie mich am nächsten Morgen holen kamen, dachte ich dran, was der Führer gesagt hatte. Ich ging an Murrays Truhe und holte mir seine schwarzweiße Jacke. Als ich sie anzog, war sie mir viel zu groß.

Die Männer, die mich durchsuchten, hatten die

Jacke noch nie gesehen. Ich mußte sie ausziehen. Sie nahmen sie sich vor, ganz sorgfältig, aber da war nichts drin.

Sie behielten meine Knarre. Ich nahm die Jacke mit rein zum Führer.

Besser würde es nie werden. Das wußte ich. Es war nicht so, daß ich nicht warten konnte – ich kann immer warten. Aber es würde sich nie ändern, das konnte ich sehen.

Er redete und redete. Ich rutschte ein bißchen rum, hörte ihm zu, achtete ständig auf sein Gesicht. Er schob seinen Stuhl zurück, legte die Füße auf den Schreibtisch. Das hatte ich ihn noch nie machen sehen. Ich nahm an, es gab einen Knopf, den er drücken konnte, die anderen Männer reinrufen. In Hinterzimmern gibt es immer so einen Knopf. Er legte die Hände hinter den Kopf, so, wie es Murray immer gemacht hat. Bloß daß sich da keine Muskeln wölbten.

Seine Hände und Füße waren da, wo er nicht ganz schnell einen Knopf drücken konnte.

Ich stand auf, fing an, ein bißchen rumzulaufen. Das hatte ich früher schon gemacht. Es machte ihn nicht mehr nervös.

Als er den Kopf zurücklegte, sah ich die schwarzen Punkte an seinem Adamsapfel auftauchen. Der Stelle, wo man den echten Mann erkennt.

Ich ging ganz dicht an seinen Füßen vorbei, so dicht, daß ich ihn riechen konnte. Eine Sekunde lang drehte ich ihm den Rücken zu. Meine Füße standen sicher, und ich schoß rum. Sein Mund klappte auf. Ich erwischte ihn so fest an der Kehle, daß er keinen Ton von sich geben konnte, obwohl er noch lebte. Ich drückte sein Gesicht auf den Schreibtisch und hielt ihn fest, während ich ihm von hinten das Genick brach.

Ich hatte keinen Plan, wie ich rauswollte. Ich fing an, ihn zu würgen. Er machte sich voll, während ich noch am Zuquetschen war – ich konnte es riechen.

Seine Tochter kam rein. Kam einfach rein, gab keinen Ton von sich. Sie war barfuß, hatte ein Drillichhemd an, einen roten Schal um den Hals. Ihr Bauch war echt riesig. Sie schaute mich an. Ich sah die Male auf ihrem Arm, wo irgendwer sie fest gepackt hatte. Ich war bei ihr, bevor sie so rauskonnte, wie sie reingekommen war, aber sie blieb einfach stehen.

Sie sagte kein Wort. Dann bewegte sie die Hand, bloß ein kleines bißchen. Ich trat neben sie, legte ihr meine Hand in den Nacken. Ich machte ein bißchen Druck. Nicht um ihr weh zu tun, bloß damit sie Bescheid wußte.

Als ich die Hand wegnahm, rührte sie sich nicht.

Ich beobachtete sie, während ich nach Murrays Jacke griff und sie anzog. Irgendwas sagte es mir, so daß ich's wußte. Es war egal, ob sie schrie. Auch wenn sie schrie, würden die Wachen nicht reinkommen.

Sie drehte sich um, weg von mir. Wollte auf demselben Weg raus, wie sie reingekommen war. Ich war dicht hinter ihr. Es war eine ganze Wohnung in einem einzigen großen Raum. Eine Küche an der einen Wand. Die Decke war sehr hoch. An der Wand war eine Art Rampe, die von Ketten gehalten wurde, wie ein altes Knastbett. Eine Leiter, damit man hochsteigen konnte, vielleicht zum Schlafen. Ich wußte, es war bloß für sie – der Führer wohnte nicht da.

Ich stieß sie zu einem Sessel. Sie setzte sich hin, ohne daß ich ihr was tun mußte.

Ich schaute aus dem Fenster. Es war nicht weit bis zum Wald. Ich blieb dicht bei ihr. Den roten Schal um ihren Hals, den nahm ich ihr ab, band ihn mir um den Kopf.

Durchs Fenster konnte ich sie nicht mitnehmen – das schaffte sie nie und nimmer. Ich sah mich nach irgendwas um, mit dem ich sie fesseln konnte. Sie stand rasch auf, öffnete eine Tür. Da war ein Podest, ein kleines Podest mit einer Treppe zum Boden. Ich sah, wie sich ein Mann mit einer Baseballkappe umdrehte, als er die Tür aufgehn hörte. Ich hatte ihn noch nie zuvor gesehen. Er hatte eine kleine Maschinenpistole an einem Riemen über der Schulter.

»Komm mit«, sagte das Mädchen und stieg die Treppe runter.

Ich ging dicht hinter ihr. Ich mußte an den Mann mit der Knarre rankommen. Er kam auf uns zu, hatte aber die Hände nicht an der Knarre. Ich hatte meine Hand hinten an ihrer Taille. Sobald er dicht genug rankam . . .

Der Wald war nahe. Ganz nahe.

Der Mann blieb stehen. Zu weit weg. »Was ist los?« sagte er.

»Er bringt mich bloß in die Stadt. Mit dem Laster. Ein paar Sachen kaufen«, sagte sie.

»Davon hat mir der Führer nichts gesagt.«

»Na und? Glaubst du, ich brauch seine Erlaubnis, bloß weil ich in die Stadt will?«

»Yeah, die brauchste«, sagte eine Männerstimme. Eine Stimme hinter uns.

Da wußte ich es – ich würde Shella nie sehen.

»Heb die Hände hoch, Junge! Schnell!«

Ich hob die Hände.

»Geh weg von ihr . . . Mach schon!«

Ich tat auch das. Der Mann, der hinter uns gewesen war, stand jetzt neben uns. Er hatte eine Pistole, eine große, verchromte. Zielte genau auf mich. Der Typ mit der Baseballkappe, der hatte ebenfalls beide Hände an seiner Knarre.

»Er hat gesagt, ich soll auf dich aufpassen«, sagte der Typ mit der Pistole. So, wie er es sagte, wußte ich, er meinte das Mädchen.

»Wir bringen beide zurück«, sagte der Mann mit der Maschinenpistole. »Soll der Führer entscheiden. Du da . . . gehen wir.« Er deutete mit dem Kinn auf mich.

Es war egal, aber der Wald war so nah, daß ich's probieren mußte. Ich stolperte ein bißchen, damit ich näher an ihn rankam, doch der Typ machte einen Schritt zurück, und dann hörte ich irgendwas, wie wenn ein echt leises Motorrad angeworfen wird, und die beiden gingen zu Boden, und Blut und Knochen schossen aus ihren Köpfen.

Ich rannte auf den Wald zu.

♣

Wie der Blitz war ich über dem Zaun. Als ich mich auf der anderen Seite fallen ließ, war niemand da. Ich rannte vom Zaun weg, so schnell ich konnte.

Der Indianer war da. Stand einfach da. Ich konnte nicht sehen, wo er herkam. Er hatte ein Gewehr in der Hand, ein langes Gewehr mit einer Röhre oben am Lauf. Er bewegte die Hand, eine Art Winken, und ich folgte ihm.

Ein Jeep stand am Ende des Pfads, den wir herunterkamen. Ein schwarzer Jeep. Ich stieg mit dem Indianer hinten ein – auf dem Vordersitz saßen schon zwei Männer. Wir zischten ab. Der Indianer griff zu einem Telefon, drückte einen Knopf.

»Wir sind weg«, sagte er. »Hier ist es noch ruhig. Checkt den Posten, meldet euch wieder bei mir.«

Der Fahrer bretterte durch den Wald, als wär er auf der Straße.

Das Telefon gab ein Geräusch von sich. Der Indianer hob ab. »Los«, sagte er. Dann hörte er zu.

♣

»Sie haben die Leichen gefunden«, sagte er zu den Männern auf dem Vordersitz. »Die können nicht rechtzeitig alles abriegeln. In 'ner Minute sorgt Sams Trupp dafür, daß sie was anderes zu tun haben, aber durch die Straßensperre müssen wir's allein schaffen.«

Der Mann auf dem Beifahrersitz langte über die Windschutzscheibe. Er zog was runter, eine Art Rollo. Nur daß es offensichtlich aus Metall war. Ein schmaler Schlitz war drin. Der Fahrer beugte sich vor, schaute durch. Auch an den anderen Fenstern waren solche Blenden, sogar am Rückfenster. Ich zog meine runter.

Der Indianer öffnete diese Kiste, die vor ihm am Boden stand. Ich sah Handgranaten, eine kleine Maschinenpistole, anderes Zeug. Es klapperte metallisch, als der Indianer alles zusammensteckte.

»Leg dich auf den Boden«, sagte er zu mir. Ich machte es, und dann gab's eine Explosion. Wie von einer Bombe. Irgendwo hinter uns.

»Noch eine Kurve«, sagte der Mann auf dem Beifahrersitz.

Der Indianer schob die Metallblende hoch und steckte eine Knarre aus dem offenen Fenster.

Ich spürte, wie der Jeep durch eine langgezogene Kurve schlitterte, und dann war nichts als Knallerei. Kugeln krachten in den Jeep, aber alles, was ich hören konnte, waren die Knarren. Der Jeep blieb in Bewegung. Ich spürte, wie er irgendwas erwischte, dann waren wir durch.

Der Jeep kam zum Stehen.

»Komm!« sagte mir der Indianer.

Wir sprangen raus. Der Jeep qualmte, ein Reifen war weg. An der Straßensperre waren zwei Autos und viele Tote.

♣

Wir verschwanden wieder im Wald. Der Mann, der auf dem Beifahrersitz gewesen war, ging als erster. Dann der Fahrer, dann ich, dann der Indianer.

Nach einer Weile blieben wir stehen. Der Fahrer blutete an der einen Gesichtsseite. Anscheinend merkte er es nicht. Der Indianer holte einen kleinen Kasten aus der Tasche. Er drückte auf einen Knopf, und es gab einen Rumms. Wir gingen weiter. Dann kam ein lautes Geräusch, wie von einer Brandbombe.

»Gastank«, sagte der Indianer zu mir. Er nahm das Telefon aus dem Holster, drückte einen Knopf. »Sechs«, mehr sagte er nicht. Dann hörte er zu.

Die anderen schauten ihn an.

»Sie sind da«, sagte der Indianer. Dann übernahm er die Spitze, und wir folgten ihm.

♣

Am Waldrand stand ein großer grauer Ford. Ich und der Indianer stiegen hinten ein. Ich sah, wie die zwei anderen Jungs in ein anderes Auto stiegen, einen braunen Chevy. Da war auch noch ein Jeep, ein weißer.

Als wir auf die befestigte Straße kamen, war der weiße Jeep vorn, und wir folgten.

Der Indianer zündete sich eine Zigarette an, bot mir eine an.

»Hübsche Jacke«, sagte er.

Ich berührte Murrays Jacke mit den Fingern.

»An die werden sie sich erinnern«, sagte der Indianer. »Wir hätten sie dalassen sollen.«

Ich sagte gar nichts.

Er wartete, rauchte seine Zigarette.

Ich beugte mich nach vorne, zog Murrays Jacke aus und gab sie ihm.

»Wir heben sie für dich auf«, sagte er.

♣

Sie sagten nicht viel, aber man konnte spüren, wie kiebig sie waren. Als sich der Indianer auf dem Sitz neben mir bewegte, konnte ich rund um ihn lauter kleine Funken sehen. Ich dachte, wir würden zu ihrem Lager gehen, aber wir fuhren geradeaus durch bis nach Chicago. Das Auto hielt vor dem Mietshaus, wo ich vorher gewohnt hatte. Als wir oben ankamen, sah es noch genauso aus.

»Ich komm heut nacht zurück«, sagte der Indianer. »Dann erzähl ich dir alles.«

♣

Ich duschte, zog andere Klamotten an. Im Kühlschrank war Essen. Ich hörte Radio, aber über das, was in Indiana passiert war, kam nichts. Vielleicht vergraben die ihre Leichen.

Ich wußte, der Indianer würde zurückkommen. Sonst hätte er mich einfach sitzenlassen, nachdem ich den Job erledigt hatte.

Im Lager sitzenlassen.

Ich wunderte mich, warum sie's nicht gemacht haben. Vielleicht machen Indianer so was nicht.

Nach einer Weile fand ich im Fernsehn eine Tiersendung.

♣

Ich hörte, wie der Indianer aufschloß, aber ich rührte mich nicht. Das einzige Licht kam vom Bildschirm, aber er kam durch die Wohnung, als ob er sehen könnte.

Er setzte sich mir gegenüber. »Das hast du bestens gemacht«, sagte er. »Direkt unter ihrem Radar reingerutscht.«

»Wo ist sie?« fragte ich.

Er holte ein paar Papiere aus der Tasche. Gab sie mir. Es waren Seiten aus einem Heft, schwarzweiß. An der einen Seite war die Ecke umgeknickt. Eine Frau stand da. Im Licht vom Fernseher konnte ich sehen, daß sie hohe schwarze Stiefel trug, irgendwas in der Hand hatte. Neben ihr war eine andere Frau, kniete auf einer Couch oder irgendwas.

Ich schaltete das Licht an. Die stehende Frau war blond. Ihre Haare waren lang. Ihre Arme und Schultern waren kräftig. Dick. Fast wie bei Murray. Die Frau, die neben ihr kniete, hatte ein Hundehalsband um. Sie war nackt ausgezogen. Die große Frau hielt eine Leine in der einen Hand. Eine kleine Peitsche mit einer Menge Riemen in der anderen.

Es war kein richtig gutes Bild, aber ich konnte genug sehen.

»Ist sie das?« fragte der Indianer.

»Ja«, sagte ich.

♣

Später zeigte er mir allerhand anderes Zeug. Hauptsächlich Bilder. Shella mit einem Mädchen über dem Knie, wie wenn sie sie versohlte. Shella, wie sie einen Mann auspeitschte, seine Hände hoch über dem Kopf gefesselt. Shella, die Hände in die Hüfte gestemmt, wie wenn sie Befehle gab. Er zeigte mir auch ein paar Anzeigen. Meisterin Katrina. Strenge Erziehung, privat. Auf einem Bild hatte Shella ein Mädchen total gefesselt, Wäscheklammern an die Brustwarzen geklemmt, ein Knebel in ihrem Mund. Das war alles Shella, auch wenn sie auf jedem Bild anders aussah.

»Wir haben keine Nahaufnahmen«, sagte der Indianer. »Der Verrückte sagt, das ganze Zeug wär alt, wenigstens zwei Jahre, okay? Aber wenn sie's ist, wissen wir, wo sie jetzt ist.«

»Wo?«

»Wir bringen dich zu ihr«, sagte er.

♣

Am nächsten Morgen war er zurück. »Es dauert ein paar Tage, bis alles geregelt ist, in Ordnung? Wir haben eine lange Reise vor, wir müssen viel vorbereiten.«

Er hatte noch mehr Papiere dabei. Einen Polizeiwisch mit Festnahmen drauf, lauter verschiedene Namen. Mädchennamen. Er sagte, auch das wäre Shella.

»Ich war nicht jeden Tag da«, sagte er nach einer Weile.

»Wo?«

»Im Wald. Schließlich sind wir draufgekommen. Wo du jeden Tag hin bist. Das mußte sein Haus sein. Aber er hat nicht dort gewohnt. Er ging durch dieselbe Tür rein wie du. Die Eingangstür. Jeden Tag. Man hat keinen Einblick drauf, noch nicht mal vom Wald aus, sie wird von anderen Gebäuden abgeschirmt, wie in 'nem Tunnel. Keine Chance für einen Schuß. Die Rückseite, die war leicht, aber da ist er nie hingegangen. Die Frau, die schwangere? Die ist manchmal rausgegangen, aber sie ist nie weit gekommen.«

»Ist sie . . .?«

»Wir haben nicht auf sie geschossen. Geschrien hat sie auch nicht.«

Ich sagte nichts. Nach einer Weile redete er weiter.

»Als wir gesehen haben, wie du mit dem Tuch um den Kopf rauskommst, wußten wir, es ist erledigt. Wenn du vorn rausgegangen wärst, hättst du's nicht geschafft. Keine Chance, dir Feuerschutz zu geben. Und 'ne Nachricht konnten wir nicht reinkriegen. Warten, das war alles, was wir machen konnten.«

»Schon okay.«

»Er 's tot. Ich nehm an, das weißt du. In der Zeitung hat nichts gestanden, aber der Verrückte, der hat's rausgefunden. Er sagt, er ist zufrieden. Das war, als er mit der Information rübergekommen ist . . . über deine Frau.«

»Fahren wir bald los?«
»Übermorgen.«

♣

Am nächsten Tag gab er mir einen Umschlag voll Geld. »Wir haben deinen Chevy verkauft«, sagte er. »Alles andere auch. Es ist alles weg. Du fängst von vorn an. Das sind lauter neue Papiere, wie er versprochen hat. Du kannst dir kaufen, was du brauchst, wenn dir danach ist.«

»Wonach?«

Er zuckte bloß die Achseln, wie wenn ich wüßte, was er meint.

♣

An dem Morgen, an dem wir aufbrachen, kamen sie zu dritt hoch. Der Indianer trat beiseite. »Das ist Joseph. Das ist Amos«, sagte er. Die streckten die Hände aus, und wir schüttelten sie uns. Ich kannte sie – sie waren auf dem Vordersitz von dem Jeep, als wir durch die Straßensperre kamen. Amos war der Fahrer.

»Sie sind Freiwillige«, sagte der Indianer.

Unten stiegen wir in einen anderen Jeep. Einen roten. Die standen echt auf Jeeps, die Indianer. Sie hatten alles mögliche Zeug reingepackt, sogar auf dem Dach noch Zeug.

»Jagdausflug«, sagte der Indianer zu mir.

Wir fuhren los.

»Lieber von Flugzeugen wegbleiben«, sagte der Indianer. »Ich glaub nicht, daß die irgendwas wissen, aber vielleicht haben sie ein Bild oder so. Die suchen nicht lang – das sind keine Profis. Im Augenblick ist das hier besser.«

Wir fuhren immer weiter, als ob Amos nie müde würde. Der Indianer redete. Manchmal redete Amos. Joseph, der paßte bloß auf.

Als sie sich endlich entschieden, anzuhalten, waren wir irgendwo in Nebraska.

♣

Amos und Joseph nahmen sich ein Zimmer in dem Motel. Ich glaube, sie blieben immer beisammen. Der Indianer und ich hatten ebenfalls ein Zimmer.

»Wir haben noch etwa einen Tag zu fahren«, sagte er mir. »Acht-, neunhundert Kilometer. Wir fahren bei Tagesanbruch los, machen es so, daß wir am Morgen drauf da sind.«

»Okay.«

Es war ruhig in dem Zimmer. Der Indianer erzählte mir von seinem Stamm. Ich hörte mit geschlossenen Augen zu. Als er zu reden aufhörte, machte ich die Augen auf.

»Hat der Verrückte Wort gehalten?« fragte ich.

»Sicher. Wir bringen dich bloß zu ihr, damit die Sache zu Ende ist . . . nicht weil wir ihm nicht glauben.«

»Aber ihr wollt euch selbst überzeugen?«

Er schaute her zu mir, nickte.

»Was ist mit dem Rest?«

»Dem Rest?«

»Hiram. Ruths Bruder. Ist er verlegt worden?«

Der Indianer sagte nichts. Er schaute mich eine ganze Weile an. Dann senkte er die Augen, spielte mit einer Zigarette, bis er sie anhatte.

»Du hast dich an seinen Namen erinnert . . .?«

Ich war genauso überrascht. Ich hatte nicht gewußt, daß ich seinen Namen kannte, bis ich ihn laut aussprach.

Der Indianer stand auf, lief ein bißchen rum. Ich schloß wieder die Augen. Ich spürte, wie er dicht zu mir kam, sich neben meinem Sessel aufs Bett setzte.

»Hiram wurde am nächsten Tag verlegt. Die müssen noch in derselben Minute, wo die Leiche auf den Boden fiel, die Papiere ausgefüllt haben. Er ist jetzt in einem Kahn der Stufe drei. Läppisch. Wir können jederzeit rein und ihn holen. Dauert eine Zeit, bis alles anständig vorbereitet ist. Aber unser Bruder hat seinen letzten Winter hinter Gittern verbracht.«

»Dann . . .«

»Der bescheißt uns schon nicht, John. Das wär's ihm nicht wert. Könnte aber sein, daß er nicht weiß, wie die Dinge stehn . . . du gehörst zu uns, verstanden?«

»Zu euch?«

»Bis es vorbei ist. Du hast dein Teil erledigt. Du hast es bestens gemacht. Wir glauben, daß sie da ist. Aber wir marschieren nicht vorn rein und schwenken ein Schild. Ist sie da, isses erledigt. Wie abgemacht. Ist sie nicht da . . .«

»Was dann?«

»Finden wir sie. Wir alle.«

Amos hielt den Jeep die ganze Zeit in der Nähe anderer Autos, blieb ständig auf der Mittelspur. Er schob sich so elegant von Kolonne zu Kolonne, daß man's kaum spürte. Er hielt das Steuer mit lockerer Hand, schlug es nur ein bißchen ein, wenn er die Richtung ändern wollte. Alle paar Stunden verschob er den Sitz. Nach vorn, zurück.

Hoch, runter. Jedesmal wenn er das machte, verstellte er auch die Spiegel.

Vor uns sah ich die Schilder – wir waren in Arizona. Joseph drehte sich auf seinem Sitz um.

»Kein Problem mehr, Bruder. Jede Menge Möglichkeiten zum Abtauchen hier.«

Der Indianer schaute ihn an. »In den verdammten Reservaten verpfeifen sie uns doch genauso schnell. Wir haben nur uns.«

Joseph nickte, drehte sich um und schaute aus seinem Fenster.

Wir fanden ein Motel. Amos setzte uns ab, fuhr weg, irgendwas für das Auto besorgen.

»Sie is in der Nähe«, sagte mir der Indianer. »Morgen früh, sowie es aufmacht, gehn wir rein.«

»Was?«

»Ein Krankenhaus«, sagte er und schaute mich an. »Ein Krankenhaus in der Wüste.«

♣

Das Licht war aus, der Indianer lag auf seinem Bett und rauchte. Es war spät, nach Mitternacht. Ich konnte das rote Ende seiner Zigarette sehen.

»Wolf?«

»Was?«

»Glaubst du, sie is da?«

Er rauchte die ganze Zigarette auf, drückte sie im Aschenbecher aus. Nach einer ganzen Weile sagte er: »Ja.«

SHELLA

Am Morgen hatte ich das Gefühl, ich sollte irgendwas anderes machen, aber mir wollte nicht einfallen, was das sein könnte. Es war noch dunkel. Der Indianer war nicht in seinem Bett.

Er kam etwa eine Stunde später rein.

»Willst du was frühstücken, bevor wir gehn? Einen Kaffee?«

»Ich bin okay.«

»Was machst du da?« fragte er und schaute aufs Bett, wo ich mein Zeug ausgebreitet hatte.

»Packen.«

Er nickte, ging wieder raus. Als er zurückkam, war ich soweit. Doch als ich mir den Seesack auf die Schulter lud, schüttelte der Indianer den Kopf.

»Was ist?« Er schaute auf den Zimmerschlüssel in meiner Hand.

»Wir gehen nicht an der Rezeption vorbei. Bezahlt ist für ein paar Tage, aber wenn irgendwas nicht hinhaut, bleiben wir einfach auf Achse ... checkt man nicht aus, glauben die, man kommt zurück.«

»Wer?«

Er zuckte bloß die Achseln ... nicht so, als ob er's nicht wüßte, sondern, als ob's egal wäre.

♠

In einer langgezogenen Kurve steuerte Amos den Jeep an den Straßenrand. Rechts konnte ich einen Haufen weißer Gebäude sehen.

»Bleib ein bißchen bei Amos«, sagte der Indianer. »Wir sind gleich zurück.«

Als Joseph vorne ausstieg, sah ich kurz ein Stück Schulterholster aufblitzen. Der Indianer hatte sicher auch eins um. Sie gingen langsam weg.

Amos fuhr los, mit mir auf dem Rücksitz. »Is alles in Ordnung«, sagte er. »Wir haben's letzte Nacht ausgecheckt, von hinten bis vorne. Wollten einfach noch mal sichergehn.«

Er kurvte weiter im Kreis rum, eine Schleife. Egal, wie er fuhr, immer konnte ich die weißen Gebäude sehen.

Es dauerte etwa eine halbe Stunde. Dann fuhr Amos an eine Bushaltestelle. Der Indianer und Joseph saßen auf einer Bank, wie wenn sie seit Tagen da wären. Sie stiegen wieder in den Jeep.

Auf dem Parkplatz holte der Indianer einen Haufen Papiere aus seiner Jacke. Er strich sie auf dem Schoß glatt, deutete auf einen Namen. Olivia Oltraggio.

»Das ist der Name, den sie benutzt«, sagte er.

Ich schaute genau hin. Sagte ihn immer wieder vor mich hin, damit ich ihn wußte. Den Familiennamen konnte ich nicht aussprechen. Der Indianer sprach ihn mir vor. Langsam. In vier Teilen. Er klang italienisch. Sie war seit fast drei Monaten da . . . das konnte ich an den Papieren sehen. Station vier, stand da. Der Indianer drehte die Papiere um, tippte wieder mit dem Finger hin. Sie war in Zimmer 303, aber erst ein paar Tage.

»Ein Privatzimmer«, sagte der Indianer. »Die haben sie verlegt, sowie es erledigt war.«

Ich langte nach meinem Seesack. Spürte die Hand des Indianers auf meinem Arm. »Laß ihn hier«, sagte er. »Draußen vor ihrem Zimmer, direkt daneben, ist das Treppenhaus. Mußt du schnell verschwinden, nimm die Treppe. Bis *ganz* runter, in den Keller. Halt dich links, geh an der Waschküche vorbei, dort ist 'ne Feuertür, eine rote Tür. Du kennst so was . . . man drückt den Griff runter, und der Alarm geht los . . . ein Notausgang. Drück ihn runter, und nichts passiert, kein Lärm, aber die Tür geht auf, okay? Wir sind draußen, geben dir Deckung.«

»Ich bin – «

»Gleich fertig«, sagte der Indianer. »Kommst du vorne wieder raus, kein Problem, steig einfach in den Jeep, fahr damit weg. Hier sind die Schlüssel. Dein Zeug ist hinten drin. Geh zurück zum Motel, geh irgendwo anders hin, du entscheidest.«

Ich hörte eine Tür aufgehn. Joseph war schon draußen, ging auf die Vorderfront von dem Gebäude zu.

»Wenn du drin bist, geh einfach zum Fahrstuhl, dem gleich hinter der Anmeldung. Fahr zu dem Zimmer hoch, verstanden?«

»Ja.«

Der Indianer nickte mir zu, und ich stieg aus. Als ich durch die Eingangstür trat, konnte ich Joseph nirgends sehen.

♠

Ich ging zum Fahrstuhl. Dachte mir, gut, daß mich die Leute nie beachten. Im Fahrstuhl waren Leute in weißen Kitteln, redeten miteinander. Ich stand an der Wand. Stieg im dritten Stock aus.

Dort war ein Schild mit einem Pfeil. Ich lief den Korridor entlang. Bei den Zimmern gingen Leute ein und aus. Es roch wie ein Gefängnis mit Blumen.

Das Treppenhaus war am Ende. Zimmer 303 direkt daneben. An der Tür war so ein schmaler Halter, wo sie ein Stück Plastik mit dem Namen des Patienten reinstecken. Damit man weiß, wer drin ist. Der Name, den sie benutzte, stand da. Weiße Buchstaben auf rotem Plastik. Er wirkte fremd.

Die Tür war zu. Ich drückte sie auf – sie gab ein leises Zischen von sich. Die Rückwand war total aus Glas. Ein Bett stand parallel davor. Die Sonne schien rein – es war schwer, was zu sehen. Die Tür ging hinter mir von selbst zu. Ich trat an das Bett, und ein Gesicht wandte sich mir zu. Es war eingesunken, nichts als Augen.

»Ich habe gewußt, daß du kommst«, sagte Shella.

Meine Füße fühlten sich an wie in Eisen. Ich ging auf Shella zu . . . ich fühlte mich wie der weiße Pitbull, als er auf die Linie zukroch. Ich hatte einen Backstein in der Brust. Genau in der Mitte von meiner Brust, nicht über dem Herz.

Ich kam hin. Ihre Haare waren lang, mehr weiß als blond jetzt, wie totes Stroh, dünn. Alles an ihr war dünn, ihre Arme waren wie Stecken. Als sie sich drehte, klaffte ihr Nachthemd auf . . . ihre Brüste waren fast weg. Ihre Backen waren eingefallen, große Flecken in ihrem Gesicht, dunkel . . . ich konnte das Schönheitsmal nicht sehen, das ich ihr gemacht habe.

Ich sah ihre Zähne. Ich konnte nicht sagen, ob sie lächelte oder ob sie sie fletschte. Sie streckte die Hand aus.

Ich trat näher. Ich hörte ein Knistern in meiner

Brust, so ähnlich, wie wenn man das Zeug, das sie um Zigarettenschachteln wickeln, zerknüllt. Ich ging so dicht ran, daß ich sie anfassen konnte. Sie blickte zu mir hoch.

»Hallo, John«, sagte sie, ganz leise. »Wenn du mich umbringen willst, kommst du zu spät.«

♠

Ich stand bloß da und schaute sie an. Shella. Es war Shella.

»Bist ganz die alte Quasseltasche, nicht wahr?« sagte sie. Sie bewegte den Hintern unter der Decke, tippte aufs Bett, damit ich mich hinsetzte.

Ich machte es. Sie legte mir die Hand auf den Schenkel, wie sie's immer gemacht hat, als ob's ihrer wäre. Die Sonne fiel auf ihre Hand. Ich konnte jeden Knochen drin sehen.

Ich schloß die Augen. Atmete so langsam, wie ich konnte. Ich konnte spüren, daß sie's genauso machte.

Als ich die Augen aufmachte, waren ihre noch geschlossen, aber sie schlief nicht.

»Was ist passiert?« fragte ich sie.

♠

Eine ganze Weile sagte sie nichts. Ich rührte mich nicht. »Du hast dich überhaupt nicht verändert«, sagte sie. »Ich hab's gewußt. Du wirst nicht langsam sterben.«

»Was ist passiert, Shella? Warum bist du weg?«

»Ach, wer weiß?« sagte sie. »Ich hab' das Herz einer Hure. Vielleicht hab' ich mich bloß gelangweilt. Ist das nicht egal?«

»Ich hab' dich gesucht ... eine ganze Weile.«
»Warum?«
»Damit du mir die Wahrheit sagst.«
Sie öffnete die Augen. »Die totale Wahrheit? Die echte und originale?«
»Ja.«
»Ich hatte Angst vor dir.«
»Vor mir? Vor mir, Shella? Ich hab' nie –«
»Ich weiß. Als ich abgehaun bin, in dem Auto, mit allen Sachen ... bin ich nicht weit weg. Ich bin etwa 'ne Stunde gefahren und hab' mir ein Zimmer genommen. Am nächsten Tag bin ich raus aus dem Motel und hab' mir eine möblierte Wohnung gemietet. Ein hübsches Studio. In der Zeitung war erst am nächsten Tag was. Mir war klar, daß es 'ne Weile dauert, bis du vor Gericht kommst. Ich hab' gedacht, ich besorg mir Arbeit, wackel mit meinem dicken Hintern, mach ein bißchen Geld, besorg dir 'nen Anwalt. Ich wußte, du willst nicht, daß ich dich im Knast besuchen komme ... vielleicht würden die auf mich warten ... wissen, daß du 'nen Partner gehabt hast.«
»Einen Partner ... klar, das ist richtig.«
»Yeah. Jedenfalls hab' ich angefangen zu arbeiten. Das nächste, was ich weiß, ist, daß du weg warst. Ich hab rausgekriegt, daß du dich schuldig erklärt hast. Nachdem du eingefahren warst ... o Gott, John, du hast erwartet, daß ich da bin, nicht wahr? Auf dich warte, wenn du aus dem Tor kommst.«
»Ich dachte, du würdest bleiben«, sagte ich.
»Ich *konnte* nicht bleiben, du blöder Trottel! Was hätt ich denn machen sollen? Ein Haus kaufen, mir einen Job bei McDonald's besorgen ... oder was?«

»Ich weiß nicht . . .«

»Leute wie wir können nicht an einem Ort bleiben. Is 'n schlechter Rhythmus, blöd. Das weißt du doch, oder?«

»Ich glaub . . .«

»Ich war nie weit weg. Nicht in Gedanken. Ich hab' den Pflichtverteidiger angerufen, ihm erzählt, ich wär deine Schwester. Er hat's mir runtergebetet. Ich hab' gewußt, wieviel Zeit du absitzen mußt . . . ich bin raus auf die Piste, 'ne Weile in der Szene versackt.«

Ich muß sie blöde angeschaut haben, als sie das sagte – sie legte irgendwie mit der Stimme einen Zahn zu. »Erinnerst du dich an Bonnie? Die Dürre, die bei mir war, als wir diese Strandhütte hatten?«

Ich nickte.

»So etwa«, sagte sie. »Die meisten, ganz genau so. Ich hab' auch ein paar Männer gemacht, aber nicht viele.«

Ich schaute mich in dem Zimmer um. Es war ein hübsches Zimmer. Groß und sauber. Es gab einen Fernseher auf einem Schwenkarm aus Metall, etwas abseits eine Duschkabine. Hinter dem Bett konnte ich ein Paar Tanks sehen, wie für Propangas. Ich holte eine Zigarette raus.

»Nur zu«, sagte Shella. »Darauf kommt's auch nicht mehr an.«

Ich zündete die Kippe an. »Laß mich mal«, sagte sie, so, wie sie's immer gemacht hat, und rückte näher. Ich gab ihr die Kippe. Sie nahm einen tiefen Zug, gab sie mir zurück. Sie beobachtete mich genau. Sie schaute, bis ich einen Zug nahm, dann legte sie sich zurück und schloß wieder die Augen.

Ich dachte, sie wäre vielleicht müde, aber sie fing wieder an zu reden.

»Bis ich zum Luftschnappen kam, hatten sie dich laufenlassen. Ich hab mir 'nen Flieger genommen, so eilig hatte ich's. Ich hab' nicht gedacht, daß es so schlimm, so schwer wäre, dich zu finden. Irgendein Mann würde wissen, wo du steckst, auf Bewährung. Ich habe Männer immer dazu bringen können, daß sie mir Sachen sagen. Ich hab' mir ein Zimmer in einem echt hübschen Hotel genommen. Ich hatte auch 'nen ganzen Haufen Geld, John. Dein Anteil. Ich hab' deinen Anteil für dich aufgehoben, die ganze Zeit. Ich war total aufgeregt. Als ob das andere Zeug vielleicht vorbei wäre, ich weiß nicht.«

»Ich –«

»Halt's Maul. Reden macht mich müde. Laß mich den Teil zu Ende bringen. Ich hab' bei der Bewährungshilfe angerufen. Als ich nach deinem Bewährungshelfer gefragt habe, haben die mich lange warten lassen. Genauso machen die's, jedenfalls ... mich hat's nicht abgeschreckt. Aber als der Mann an die Strippe gekommen ist, wollte er mir deine Adresse nicht geben. Nicht am Telefon, hat er gesagt. Ich müßte vorbeikommen. Da wußte ich Bescheid. Ich hab' aufgelegt. Es hat nur zwei Nächte gedauert, dann hatte ich den richtigen Typ gefunden. Einen auf Bewährung. Ich hab' ihm ein bißchen Fleisch versprochen, und zwei Tage später ist er wieder in denselben Schuppen gekommen, nachdem er sich dort gemeldet hat. Er hat mir gesagt, daß du die Bewährung geschmissen hast ... daß du abgehauen bist. Auf dich wär 'ne Fahndung raus ... wenn sie dich kriegen, müßtest du die restliche Zeit absitzen. Ein irrer Schritt, ganz untypisch für dich ... Also hab' ich gedacht, du wärst hinter mir her. Ich bin ausgerissen. Ich bin ständig ausgerissen ...«

»Shella ...«

»Ich bin jetzt müde, John. Echt müde. Wenn mir so wird, dämmer ich einfach weg. Die kommen sowieso bald mit meinen Spritzen. Laß mich einfach dösen. Komm in ein paar Stunden wieder, okay?«

»Klar. Ich hab' nicht –«

»Ich geh nicht weg«, sagte sie und schloß die Augen.

Ich weiß nicht mehr, wie ich aus der Klinik gekommen bin. Ich glaube, ich hab' den Fahrstuhl genommen, aber ich weiß es nicht mehr. Das nächste, an das ich mich erinnern kann, ist, daß ich auf der Bank saß. Der Bank, wo man auf den Bus wartet, wo vorhin der Indianer und Joseph waren. Ein Bus kam, aber ich rührte mich nicht. Andere Leute stiegen ein, ich nicht. Ich wußte, daß mich die Leute nach einer Weile anschauten. Ich wußte, es war blöde, dazubleiben. Ich wußte, ich war blöde.

Ich stand auf und ging spazieren. Immer rundrum. Ich wußte, das war ebenfalls blöde. Leute würden mich sehen. Ich konnte keine dunkle Ecke finden.

Ich sah ein Schild. OBEN OHNE. Drinnen erwischte mich voll die Kälte. Draußen muß es heiß gewesen sein. Es war wie in all den anderen Läden. Tagsüber sind die Mädchen nie besonders. Sie sind müde, als hätten sie nachts auch 'nen Job.

Ich kaufte mir was zu trinken und trank es nicht, wie immer. Die hatten keine richtigen Auftritte in dem Laden. Die Mädchen kamen raus und tanzten zu Platten. Männer sahen zu. Niemand hat gelacht. Es waren hauptsächlich stille Beobachter.

Die Mädchen sahen alle gleich aus, aber ich wußte, das konnte nicht sein. Vermutlich hab' ich nicht aufgepaßt.

Ich saß an der Bar und ließ die Zeit um mich vergehen. Es gab keine Uhr, und ich hatte keine an.

Nach einer Weile stand ich auf und ging wieder raus.

Ich ging in das Krankenhaus wie beim ersten Mal. Der Fahrstuhl war da. Alles war so wie vorher.

Ihre Tür war geschlossen. Ich machte sie auf. Sie saß im Bett, blickte her. Ein Stuhl stand neben dem Bett. Sie sah mich und bewegte die Hand, ich sollte mich hinsetzen. Ich ging hin und machte es.

»Weißt du, was ich habe?« fragte sie.

»Ich . . . glaub schon.«

»Yeah. Ich bin erledigt, John. Meine T-Zellen sind unter zweihundert.«

»Hast du Geld?«

»Geld? Darauf kommt's jetzt nicht mehr an. Deswegen haben die mich doch in das Privatzimmer gelegt. So machen die das hier. Es stört die andren Patienten, wenn sie sehn, wie jemand abtritt – ist dann schwerer, den ganzen Käse von wegen positiver mentaler Einstellung zu schlucken . . .«

»Wie . . .?«

»Wie *was*? Ist das denn jetzt nicht egal?«

Ich sagte eine Weile gar nichts. »Ich hab' viel gemacht«, sagte ich. »Ich hab' viel gemacht, um dich zu finden.«

»Du hast immer viel gemacht, John.«

Danach waren wir eine Weile still. Ich rauchte ein paar Zigaretten, teilte sie mit ihr. Niemand kam rein. Die Sonne stand tiefer am Himmel, kam aber immer noch durchs Fenster.

Vielleicht bin ich eingeschlafen. Ich hörte ihre Stimme, als ob sie mitten drin wäre, als ob sie schon eine Weile redete.

»Ich bin zu weit gegangen, Schätzchen«, sagte sie. »Ich bin zu weit gegangen. Ich hab' sie so gehaßt. Ich hasse sie immer noch.«

»Wen?«

»Meinen Vater.«

»Hast du . . .«

»Nein, ich hab' ihn nie gesehn. Aber ich sah ihn ständig vor mir. Verstehst du, was ich meine? Ich hab ihn einfach ständig vor mir gesehn. Ich hab' als Domina gearbeitet . . . ich hatte mit niemand Verkehr. Seit du eingefahren bist, John, habe ich mit niemand gefickt. Glaubst du das?«

»Ja, ich war nur . . .«

»Was?«

»Ich war durcheinander.«

»Typisch du. Durcheinander. Du bist immer durcheinander, stimmt's? Überrascht mich, daß du's so weit gebracht hast. Dich benutzen die Leute immer. Ich dachte, du wärst abgenutzt. Total aufgebraucht. Komisch, was? Ich weiß, wie was funktioniert, du nicht. Und ich bin diejenige –«

»Shella . . .«

»Ich hatte nie mit einem von denen Verkehr. Keinen echten Verkehr. Ich hab auch nie den typischen Hurenfehler gemacht. Huren sind blöde. Die denken, weil ein Mann sie bezahlt, damit sie ihm ins Gesicht pissen, dürfen sie ihn auslachen. Ich kannte mal eine, die ist umgebracht worden, weil sie das gemacht hat. Man darf nicht lachen, wenn man nicht alles im Griff hat . . . ganz egal, wer bezahlt.«

»Es kommt nicht –«

»Alles ist wichtig. Bezahlt wird für alles. Meine Freier, denen ist beim Auspeitschen einer abgegangen, wenn ich ihnen weh getan hab. Manchmal haben sie's selber zu Ende gebracht. Aber ich hab nie einen in mich reingelassen. Ich hätte beim Telefonieren bleiben können. Da ist echt Geld drin. Mit Freaks reden. Schieb 'ne Kreditkarte rein, schließ die Augen, und du kriegst, was du willst. Aber ein paar von denen, die wollten was Richtiges. Und dafür haben sie mehr bezahlt. Viel mehr. Mir hat's auch geholfen. Es hat gereicht, für 'ne Weile. Ich hab' meine Montur angezogen, mir von ihnen die Stiefel lecken lassen, sie gefesselt, ihnen die Augen verbunden. Es war ein Gefühl wie . . . Macht. Aber wie's vorbei war, haben sie sich angezogen und einen nicht mehr angesehn. Jetzt hatten sie wieder das Sagen. Sie hatten gekriegt, wofür sie bezahlt hatten. Egal, was du mit ihnen gemacht hast, sie haben den Ton angegeben. Dich benutzt, so wie sie's immer machen.«

Ich berührte ihren Arm. Die Knochen in ihrem Arm. »Jetzt mußt du das nicht mehr machen . . .«

»Ich *mußte* das nie machen, John. Weißt du noch, wie dich der kleine Gauner in New York immer genannt hat? Ghost? Genau so was war ich, ein Gespenst. Es war nicht wirklich. Versohlen. So nennen es manche. Versohlen. So wie man's mit 'nem Kind macht. Einige haben das gemacht. Mit Kids, mein ich. Manche von denen stehn auf beides. Wie Doppeldecker, aber mit der Peitsche. Wechsler nennen sie es. Bist du ein Wechsler, teilst du aus und steckst ein. Ich hab' nie eingesteckt.«

»Ich weiß.«

Sie tat, als hätte sie mich nicht gehört. »Die haben so einen putzigen Namen dafür. Häusliche Zucht und Ordnung. Eines Tages hatte ich so einen gefesselt. Bevor wir anfingen, hat er mir Bilder von seinen kleinen Mädchen gezeigt. Zwei kleinen Mädchen. Hat erzählt, wie er sie versohlt, wenn sie böse sind. Er hatte Bilder von ihnen. Die Höschen runter. Er hat gesagt, er bringt sie vielleicht her zu mir. Zum Erziehen, sagte er. Er wollte zusehn. Ich habe ihn beackert. Die Wörter gesagt. Wie beim Tanzen. Ich hab sein Gesicht gesehen. Er war es. Mein Vater. Gefesselt und konnte sich nicht rühren. Ich hab' seinen Ständer rausragen sehn, und ich wollte ihn abschneiden.«

»Is alles in Ordnung«, sagte ich zu ihr.

»Halt's Maul! Ich muß das zu Ende bringen. Du bist von so weit hergekommen, um die Wahrheit zu hören ... setz dich und schluck sie. Schluck sie!«

Ich tastete mit den Fingern über ihren Arm, versuchte eine Ader zu finden. Ihre Haut war so blaß, daß ich durchsehen konnte.

»Ich hab' ihn totgeprügelt. Mitten drin hat er's kapiert. Wußte, ich würde nicht aufhören. In seinem Mund war ein Knebel. Ein guter Knebel, ein Gummiball. Ich weiß nicht, ob er an der Kotze erstickt ist oder ob sein Herz aufgehört hat zu schlagen oder was. Aber ich konnte es riechen, als er starb. Danach bin ich rausgerannt. Ich hatte Schiß. Schiß vor mir selber. Aber ich hab's wieder gemacht. Gleich wieder. Ich hab 'ne Masse von denen erledigt, John. 'ne ganze Masse. Im ganzen Land.«

»Schon okay«

»Okay? Yeah, es war okay. Ich hätte ewig weitermachen können. Mir jeden Freak auf der Welt vorknöpfen. Mir wäre nie schlecht geworden. Ich hab dauernd Pillen genommen. Gegen den Schmerz. Wenn ich erst mal angefangen hatte, mußte ich in Schwung bleiben. Ich bin nicht mehr vor dir weggerannt, bloß gerannt. Ich mußte ganz viele von denen erledigen, bevor ich den richtigen finden würde. Sein Gesicht sehen. Aber sowie ich einen erledigt hatte, mußte ich weg. Gleich danach, weg.« Sie holte tief Luft. Irgendwas rasselte dabei in ihr. »Die wußten Bescheid. Die mußten einfach Bescheid wissen. Sie wußten es. Einer von denen hat mich sogar gefragt, bist du diejenige? Sie wußten, daß irgend jemand aus dem Untergrund sie umbringt. Aber ich hatte nie Schwierigkeiten, Kunden zu kriegen. Niemals. Ich bin kräftiger geworden, stärker.«

»Ich hab ein Bild gesehn«, sagte ich.

»Ja?« sagte sie. Dann schloß sie die Augen. Ich dachte, sie würde wieder einschlafen. Ich saß da, sah sie an. Dann fing sie wieder an zu reden, aber es war ein Flüstern. Nicht so, als ob sie schwach wäre, eher, als würde sie Geheimnisse erzählen.

»Ich hab' es gebraucht. Immer öfter. Die ganze Zeit hab' ich sein Gesicht gesehn. Einmal muß ich dabei weggetreten sein. Als ich zu mir kam, war er da, total blutig und gefesselt. Ich hab' ihn liegenlassen, bin ins Bad duschen gegangen. Da hab' ich's gesehen. Blut. An meinem Mund. Überall an meinem Mund. Beim nächsten Mal hab' ich aufgehört, so zu tun als ob. Aufgehört rumzuspielen. Ich hab' ihr Blut getrunken. Es war das Beste, Süßeste, Reinste, was ich je gemacht hab'. So muß es dann passiert sein.«

Es wurde dunkel in dem Zimmer. Als sie einschlief, blieb ich neben ihr.

Sie schlief nicht so lang. Aber ich hatte Zeit. Zeit nachzudenken. Als sie die Augen aufschlug, sagte ich's ihr.

»Ich kann dich hier rausholen«, sagte ich.

»Was?«

»Du kannst mit mir kommen. Du mußt nicht ... hier sterben, Shella. Wir können irgendwohin. Du kannst mit mir reden. So wie früher. Und ich kann ihn suchen. Ihn aus dem Verkehr ziehn, bevor du abtrittst.«

Ihre Augen waren ganz sanft, so, wie sie früher waren, manchmal. Ich spürte ihre Hand an mir. »Wen, Schätzchen?«

»Deinen Vater. Wie ich's versprochen hab.«

»Der is tot, Baby. Schon lange tot. Ich hab's rausgefunden. Als ich meinen Marsch angetreten hab', wußte ich, daß ich ihn erledigen könnte. Ihn selber erledigen, so, wie es sein sollte. Er ist nie weggezogen von da, wo er war – es war leicht, ihn zu finden. Er ist einfach gestorben. Im Schlaf. Er war ein alter Mann. Einfach gestorben. Es gibt nichts mehr zu erledigen.«

»Wir könnten aber –«

»Ich will nicht hier sein. Aber ich will auch nirgendwohin. Ich will es hinter mir haben. Fertig mit allem.«

Sie schaute mich an. Ein harter, grader Blick. Shellas Blick. »Noch einen Deal, Partner. Noch einen Deal. Du bist von weit her gekommen, um's zu hören. Wenn ich dir sage, was du wissen willst, erledigst du es dann?«

Ich zündete mir eine Zigarette an, um Zeit zu schinden. Sie tippte mir auf die Hand, wollte einen Zug. Ich hielt sie ihr an die Lippen. Sie konnte sich nicht mehr aufsetzen.

»Machst du's?«

Ich nickte bloß – ich konnte nicht reden.

»Ich liebe dich«, sagte Shella.

Ihr Genick knackte wie ein trockener Zweig.

Ich ging vorn aus dem Krankenhaus raus. Es wurde dunkel. Der Jeep stand da. Wie Dukes Radio, mit neuen Batterien drin.

Ich setzte mich ans Steuer, ließ den Motor an. Ich saß eine Minute lang da.

Dann schaltete ich die Scheinwerfer ein und fuhr langsam von dem Parkplatz runter.

Als ich auf den Highway kam, fuhr ich nach Osten.

Meine Jacke abholen.